민주의 방

민주의 방

초판 1쇄 2024년 3월 5일

지은이   한열음
펴낸이   조영환
펴낸곳   현대경제신문사
주소   서울특별시 마포구 마포대로 4길 18, 3층
대표전화   02-786-7993
팩스   02-6919-1621
홈페이지   www.finomy.com

출판등록 서울, 다 09956, 2010년 2월 26일
© 한여름, 2024

* 이 책의 전부 또는 일부 내용을 재사용하려면 사전에 저작권자와
  현대경제신문사의 동의를 받아야 합니다.
* 잘못 만들어진 책은 구입하신 서점에서 교환해 드립니다.

ISBN : 979-11-986855-0-6 03810

민주의 방

한열음 장편소설

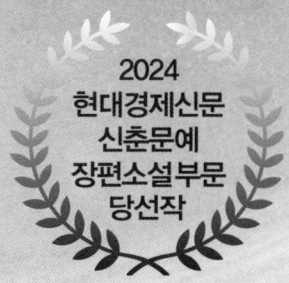

2024
현대경제신문
신춘문예
장편소설부문
당선작

현대경제신문사

작가의 말

시간을 견딘 소녀들에게

열일곱 살에 시간이 멈춰 버린 아이가 있었다. 아이의 멈춘 시계를 작동시키기 위해 소설을 쓰기 시작했다. 아프고도 행복한 시간이었다. 한 인간의 생이 슬픔만으로 채워지지 않는다는 사실을 글을 쓰면서 알게 되었다. 볕이 들지 않는 그늘에도 짬짬이 온기 품은 바람이 지난다.

이 소설에서 '방'은 공간을 의미함과 동시에 인물의 심리적, 사회적 위치를 드러낸다. 사람은 누구나 엄마라는 방 한 칸에서 생성되어 세상이라는 방으로 나간다. 세상은 하나지만, 그 안에서 사람들에게 주어지는 방은 제각각이다. 어떤 방은 빛이 들지 않아 춥고 어둡다. 계속되는 균열로 위태로울 수도 있다. 누군가는 그 방을 견뎠을 것이고, 견디고 있을 것이고, 견뎌야 할 것이다. 만약 볕을 충분히 쬔 누군가가 온기를 품고 문을 열어 준다면 그 방에도 잠시나마 따뜻한 바람이 머물지 않을까. 나의 글이 그 역할을 해 주었으면 하는

바람이다. 별은 하늘이 아니라 사람이 살아가는 땅에서 빛
난다고 믿으며 산다.

    어두운 이야기를 유쾌하게 쓰고 싶었다. 하지만 나는 감정
을 잘 다스리는 사람이 아니었다. 감정에 매몰되지 않기 위
해 1년 반 동안 매달 일정량의 원고를 썼다. 소설의 꼴을 갖
추는 것은 고려하지 않은 채였다. 고백하건대 나는 아직도
소설이 무언지 모른다.
    바람과 달리 쓰는 동안 자주 어둡고 무거운 감정에 휘말렸
다. 그런 날은 글자를 더하지 않고 실컷 울었다. 마치 주인공
을 대신해 우는 것처럼. 그러면 다시 쓸 수 있었다. 주인공이
갇혀 있던 방의 문을 열고 세상으로 나아가기만을 기도하며
썼다. 당연하게도 초고의 상태가 갈팡질팡하였다.
    주인공이 방향을 찾도록 글을 다듬는 데는 훨씬 더 오랜
시간이 필요했다. 하지만 포기할 수 없었다. 그렇게 주인공

은 긴 방황 끝에 열일곱을 지나 스무 살이 되었다. 스스로 삶을 책임질 수 있는 성년이 된 것이다.

　결과적으로 많은 빚을 진 글이 되었다. 쓰고 다듬는 동안 읽고 응원해 준 나의 글벗들, 조언해 주신 스승님들께 참 고맙다. 또한 내 가족과 고향 마을 자연에 순응하며 살아가던 소박한 사람들, 그들의 언어. 그리고 1990년대 구로공단에서 가혹한 시간을 견딘 소녀들에게 가장 큰 빚을 졌다. 내가 사랑한 사람들, 사는 내내 잊지 않을 것이다.
　이 글은 처음부터 끝까지 소설임을 기억해 주었으면 한다. 독자들에게 조금이나마 위로가 되었으면 하는 마음이지만, 혹여나 누군가의 슬픔을 보태는 건 아닐까 두렵기도 하다. 만약 그렇다면 그것은 전적으로 필력이 부족한 나의 탓이니 부디 아프지 않기를.

10년 넘게 많은 소설(이라고 생각하는 글)을 썼다. 장편소설뿐만 아니라 여러 편의 단편소설까지. 그중 이 소설로 독자분들께 첫인사를 드릴 수 있어서 다행이다. 열일곱의 아이에게 기억하겠다는 약속을 지킬 수 있게 해 주신 현대경제신문사 관계자분들과 김호운 선생님, 이정 선생님께 감사드린다. 세상과 사람을 사랑하며 부지런히 쓰는 것으로 보답하고 싶다. 끝으로 소설 쓰는 배우자를 만나 외로움을 견딘 남편에게도 사랑과 존경을 보낸다.

2024년 2월

한열음

차례

작가의 말　4
모두의 방　11
능바우, 방 한 칸　23
능바우, 방 두 칸　53
언니의 방　81
읍내리 방　101
나의 방　113
소녀들의 방　139
방 밖의 방　215
엄마의 방　239
방, 끝과 시작　261

심사평　273

모두의 방

작은오빠랑 길거리를 돌아다니며 녹슨 못을 줍기로 했다. 언니랑 큰오빠는 학교에 갔다. 작은오빠랑 노는 것은 별로 재미가 없지만 할 수 없었다.

"오빠, 쩌어기 옥수수, 옥수수."

길바닥에 멀쩡한 옥수수가 떨어져 있었다.

"오메, 별로 드럽지도 않은디, 누가 흘리고는 그냥 가 버렸나비네. 우리가 먹으까나?"

"응, 응. 먹자."

오빠나 나나 아침부터 아무것도 먹지 못해 배가 고팠다. 오빠는 옥수수를 주워 옷으로 먼지를 대충 털어 냈다. 내가 보기엔 오빠가 입고 있는 옷이 더 더러워 보였다. 여섯 살 오빠가 옥수수를 반으로 자르려고 했지만 실패했다. 오빠가 나부터 먹으라고 옥수수를 내밀었다. 나는 옥수수를 몇 알 이빨로 뜯어 보았다. 냄새가 나는 것도 같았지만 너무 배가 고파 숨을 참고 먹었다. 꼭꼭 씹었더니 단물이 나왔다.

"자."

내가 오빠도 먹으라고 오빠한테 먹다 만 옥수수를 건넸다. 오빠도 옥수수를 뜯어 먹었다.

학교에 간 언니랑 큰오빠가 돌아왔다. 시장에 간 엄마는 아직 돌아오지 않았다. 아홉 살 우리 언니가 부엌에 있는 부대에서 밀가루를 꺼내 반죽을 했다. 저녁엔 밀가루 풀빵을 먹을 수 있을 것이다. 언니 옆에 쪼그려 앉아 밀가루 반죽하는 것을 구경하고 싶었지만 배가 너무 아파서 일어날 수가 없었다. 힘센 거인이 배를 뒤틀어 짜는 것 같아 눈물이 나왔다. 땀이 나서 머리카락이 얼굴에 달라붙었다. 나는 참지 못하고 방바닥에 드러누웠다. 울다가 누운 채로 바지에 똥을 쌌다. 변소까지 달려갈 힘이 없었다. 방안에 똥 냄새가 진동했다. 어찌해야 할지 몰라 목청껏 소리를 지르며 울기로 했다.

"야야, 민주 왜 근다냐? 낮에 뭐 멕인 거여?"

부엌에 있던 언니가 놀라서 뛰어 들어왔다. 지켜보고 있던 작은 오빠가 옆에서 혼날까 봐 안절부절못했다. 배는 계속 뒤틀렸다. 머리가 아파지더니 급기야 천장이 빙빙 돌았다.

눈을 떴을 때는 엄마가 손으로 내 배를 문지르고 있었다. 다행히 난 똥 싼 바지를 입고 있지는 않았다. 누가 갈아입혀 줬나 보았다.

"아이고, 우리 강아지, 배가 고파 가꼬 옥수수 주서먹었담서? 담부턴 그런 거 막 주서먹고 그럼 안디야. 큰일 나. 벌레들이 붙어 있다가 뱃속이로 들으가서 막 창시기를 갉아 먹는당게."

"벌레 없어."

"벌레들이 하도 찌깐혀서 안 보이는 것이여. 엄마가 배 문질러 줬응게 금방 나슬 거여. 얼른 나스믄 엄마가 우리 강아지 먹고 싶은 거 다 사 줄랑게. 얼릉 나스야지."

"짜장면!"

"그려, 짜장면 사 주어야지. 우리 강아지."

기분이 좋아진 나는 엄마 배에 손을 가져다 댔다.

"벌레 없어. 애기 있어."

엄마 배 속에는 곧 내 동생이 될 아기가 자라고 있었다. 그래서 엄마 배는 점점 뚱뚱해졌다.

"그려. 엄마 배는 애기가 사는 방이여. 너도 이 방에서 살다가 나온 거여. 언니도, 오빠도 싹 다 이 방에서 살다가 나왔응게."

엄마 배 속은 좁아서 아기가 자라면 더 살 수가 없어 태어나야만 하는 거라고 언니가 알려 줬다. 나도 언니도 모두 그렇게 세상에 나와 엄마 배보다 더 큰 방에 같이 사는 거라고.

장날이었다. 엄마가 나와 작은오빠를 시장에 있는 짜장면집에 데려갔다. 날씨가 너무 추워 엄마가 나를 안아 주길 바랐지만 엄마는 배가 너무 뚱뚱해져서 힘들다고 했다. 그래도 괜찮았다. 드디어 짜장면을 먹는 날이니까. 사실, 지난번 짜장면을 사 주겠다는 약속을 하고는 계절이 바뀌도록 엄마는 약속을 지키지 않다가 이제야 지키려는 것이었다.

집을 온통 짜장면으로 만들었는지 짜장면 가게 입구에서부터 고소한 냄새가 코를 찔렀다. 테이블에 앉아 음식을 기다리는 것은 시장에 간 엄마를 기다리는 것보다 힘들었다.

드디어 짜장면이 나왔다. 한 그릇이었다. 엄마가 짜장면을 먹기 좋게 비벼 주었다. 윤기가 쫠쫠 흐르는 것이 빨리 먹고 싶어 미칠 지경이었다. 엄마가 잘 비벼진 짜장면을 오빠와 내 앞으로 내밀었다. 오빠는 젓가락으로 면을 집어 허겁지겁 먹었다. 자꾸만 젓가락 사이로 면이 흘러내렸다. 엄마는 짧게 자른 면을 숟가락으로 떠서 내게 천천히 먹여 줬다. 그래서 나보다 오빠가 더 많이 먹는 것 같앉다. 나도 혼자서 먹을 수 있는데. 오빠랑 내가 까만 양념까지 싹싹 긁어 깨끗이 그릇을 비우는 동안 엄마는 계속 주전자에서 물만 따라 마셨다.

나는 커서 돈을 아주아주 많이 벌 생각이었다. 그러면 짜장면을 매일 사 먹을 수 있을 테니까. 그때는 오빠와도 안 나눠 먹고 나 혼자 한 그릇을 다 먹을 거다.

방 안에는 비린내가 가득했다. 검게 굳어가는 핏자국 위로 갓 빠져나온 새빨간 피가 느리게 흘렀다. 전구가 내뿜는 노오란 빛이 사람들 얼굴로 골고루 내려앉았다. 앉은뱅이책상 위에서 나는 한 장면이라도 놓칠세라 눈을 크게 뜨고 어수선한 풍경을 노려보았다. 힘줄이 도드라진 이마, 토끼처럼 붉은 눈. 가닥가닥 찢겨 꼬챙이처럼 내리꽂는 비명. 엄마는 어느 때보다 무서웠다. 다섯 살이나 되었는데도 나는 울음을 참지 못했다. 누군가 우는 나를 들어 올려 문밖의 웅성거리는 무리에 떠맡겼다. 선선한 밤공기 속 꽃냄새에 비린내가 씻겼다. 나는 어두운 하늘을 올려다보았다. 수많은 별이 마당으로 쏟아질 듯 반짝였다.

문간방을 제외한 모든 방의 불은 꺼져 있었다. 집에는 방이 아주 많았다. 하지만 우리 가족이 지내는 방은 딱 하나였다. 나머지 방들은 모두 박쥐랑 귀신들 차지였다. 우리 가족은 이제 여섯 명에서 행운의 숫자, 칠이 될 거라고 언니가 알려 줬다. 행운이 뭔지는 잘 모르겠지만 동네 아줌마 말대로 엄마 배 속을 빠져나오느라 난리 블루스를 추고 있는 동생이 우리 집에 행운을 가져올 거라는 걸 보니 좋은 말인가 보았다.

　엄마의 비명이 멎자 우렁찬 아기 울음소리가 이어졌다. 어찌나 시끄럽게 우는지 나는 동네가 깡그리 부서질 것만 같아 걱정됐다.

　"긍게 시방이, 80년 5월 13일 새벽 0시 23분이구만!"

　동네 아저씨가 동생이 태어난 시간을 알렸고 옆에서 아버지가 아주 작은 노트에 그걸 받아 적었다.

　동생은 밤의 한가운데를 뚫고 나와서 우리 가족이 되었다. 진한 피비린내의 기억과 함께 나는 언니가 되었다. 언니가 되는 게 얼마나 어려운 일인지 안 겪어본 사람은 절대 모를 것이다.

　그 무렵에는 언니만 힘든 게 아니었다. 동생이 태어나고 얼마 안 지나 동네에는 나쁜 소문이 떠돌았다. 왕준지 광준지 하는 곳에서 큰 난리가 났다고 어른들이 수군거렸다. 그쪽에서 학교에 다니던 동네 오빠가 하늘에 올라가 별이 되었다고 했다. 하지만 무슨 일이 생긴 건지 자세히 말해주는 사람은 없었다. 엿듣기 위해 다가가면 '애들은 저리가'라고만 했다. 우리 가족이 사는 방에도 난리가 났기 때문에 나는 그 일을 더 자세히 알아볼 겨를이 없었다. 아기는 하루 종일 울고도 지치지 않는지 밤마다 또 울어대는 통에 매번 내 잠을 깨웠다. 그런데도 울보 동생은 밉지 않았다. 나는 수시로 동생 얼굴에 코를 대고 냄새를 맡았다. 그러면 이내 기분이 좋아졌다. 아무래도 내가 언니라서 그런 것 같았다.

　사람들은 우리 집을 '재실집'이라고 불렀다. 아빠 직장인 꽃밭 옆의 '천막집'이 무너지고 우리 가족은 이곳, 산정리로 이사 왔다. 나는 아침마다 꽃밭에 갈 수 없어 슬펐다. 아버지가 일하는 꽃밭에는 온갖 꽃들이 모여 사는 비닐하우스가 있었다. 그 안에 들어서면 축축하고 진한 꽃 냄새가 강아지처럼 오두방정을 떨며 한꺼번에 달려들고는 했다. 나는 거기서 카라 꽃을 처음 보았고, 장미나 국화, 백합의 이름을 알았다. 비닐하우스 안에서 듣는 빗소리는 최고였다. 수많은 비의 요정이 북을 치며 끝없이 행진하는 것 같았다. 그럴 때는 가만히 눈을 감고 요정의 북소리를 들었다. 하지만 이제 북소리가 듣고 싶어도 비닐하우스에 갈 수 없게 되었다. 아쉬운 대로 눈을 감고 기억을 떠올려 보려고 했지만 번번이 실패했다. 요정은 이미 저 멀리 달아나 버린 것이 틀림없었다.

하지만 천막집보다 재실집이 더 좋은 건 분명했다. 일단 커다란 대문부터 마음에 쏙 들었다. 내 키를 훌쩍 넘는 담벼락이 넓은 집을 빙 둘러 있어 대궐이 따로 없었다. 넓은 마당을 지나 반듯한 계단에 오르면 기다란 마루와 여러 개의 방이 있는 본체가 보기 좋았다. 줄 맞춰 올린 기와지붕은 또 얼마나 멋스러운지. 산정리 마을을 통틀어 가장 근사한 집의 문간방에 사는 대가로 부모님은 재실과 묘지를 관리하고 제사 준비를 맡았다.

대문을 열고 밖으로 나가면 집 왼쪽으로 흐르는 경사를 타고 반질반질한 비석을 앞세운 무덤이 세 개 있었다. 산에 있는 다른 무덤들보다 훨씬 컸다. 맨 위에 있는 무덤 뒤로 대나무와 소나무가 편을 갈라 빽빽했는데, 낮에도 어두컴컴한 것이 귀신들의 놀이터로 안성맞춤이었다.

마을 뒷산이 여러 번 색깔 옷을 갈아입었다. 아버지는 여전히 꽃밭으로 출근했고 엄마는 삼일장에 나가 병아리를 팔았다. 모두 나가고 집에 동생 진주랑 둘만 남게 되면 나는 본체 빈방에 몰래 들어가 낮잠을 자거나 무덤가에 가 잔디밭에서 미끄럼을 탔다. 친해진 동네 아이들과 재실 탐험을 시작했다. 뭐니 뭐니 해도 동네 최고 인기는 우리 집에 사는 박쥐였다. 박쥐를 보고 나면 본체 뒤편의 거대한 아궁이에 들어가 깜둥이가 될 때까지 장난치다가 집에 돌아온 아버지에게 매질을 당했다. 억울할 건 없었다. 나는 매번 '맞을 짓'을 했으니까. 엄마는 아니었다. 내가 보기에 잘못한 게 없는데도 아버지는 엄마를 허구한 날 때렸다. 그 덕에 엄마 얼굴엔 사시사철 멍이 도라지꽃처럼 피었다. 언젠가 보았던 도라지꽃은 정말 예뻤지만 보라색으로 변한 엄마의 얼굴은 하나도 안 예뻤다.

엄마 얼굴에서 못생긴 멍꽃이 청보랏빛을 잃어갈 때쯤 나는 일곱 살이 되었다. 세 살짜리 동생, 진주 밑으로 식구가 하나 또 늘었다.

'나비'.

동네에서 늙은 고양이가 새끼를 낳았다고 엄마가 한 마리 얻어 왔다. 나비는 재실집 구석구석에 숨어 있는 쥐를 찾아내는 데 도사였다. 나는 수시로 귀여운 나비를 쫓아다녔다. 나비는 어찌나 날랜지 이내 눈앞에서 사라졌다. 엄마 만나러 갔나? 상관없었다. 저녁에 언니가 불을 지피는 아궁이 앞에 가면 틀림없이 부뚜막 위에서 그르렁그르렁 소리를 내며 졸고 있을 테니까. 저녁에 부엌에 들어가니 역시나 나비가 부뚜막 위에 배를 깔고 누워 있었다.

"야는 뜨겁지도 않은 게벼."
 나비의 등을 여러 번 쓸어내렸다. 그르렁그르렁 소리에 맞춰 움직이는 나비의 보드라운 등을 만지면 기분이 몽글몽글해졌다.

 식구들이 빠져나간 재실집 마당으로 해가 긴 발을 뻗었다. 재실집 본채 마루 끝에 앉아 꾸벅꾸벅 졸다가 '오도독 오독 찹찹'하는 소리를 들었다. 졸음이 저만치 달아났다. 차가운 고드름을 맨살에 올려놓고 목덜미부터 엉덩이까지 천천히 끌어내리는 것 같았다. 침을 한번 꼴깍 삼키고는 맨발로 토방에 내려가 마루 밑을 보았다.
 어두컴컴한 마루 밑에서 나비가 철퍼덕 주저앉아 무언가를 씹어 먹는 중이었다. 나비 옆에서 조그마한 것들이 꼼지락거렸다. 빛이 모자라 그게 뭔지 정확히 알 수 없었다. 눈을 비비고 다시 보니 눈앞이 조금씩 밝아졌다. 아직 몸에 짙은 색 털이 돋지 않아 연회색 몸뚱이에 구불구불 주름이 가 있는 새끼 쥐였다. 눈도 뜨지 않은 그것들은 분홍색이 감도는 발을 꼬물거렸다. 입안에 든 것을 다 먹었는지 나비는 꿈틀대는 가여운 쥐를 또 한 마리 덥석 물었다. 나는 나비의 입으로 사라지기 전 새끼 쥐의 분홍색 다리가 파르르 떨리는 것을 보았다. 그리고 아무렇지 않은 표정으로 나를 바라보는 나비의 눈도.
 저녁에 부뚜막 위에 앉아 그르렁거리는 나비의 입가엔 피 한 방울 묻어 있지 않았다. 귀여운 새끼 쥐를 잡아먹은 나비는 배가 부른지 세상 편하게 잠에 빠져들었다. 나는 나비의 등도 쓰다듬지 않고 아궁이 앞에 앉아 언니 손에 들린 부지깽이를 신경질적으로 흔들었다.

"하이고, 야가 왜 그린댜, 불 꺼지겄다."

"언니야, 왜 나비는 쥐를 잡어 먹는디야?"

"아 그럼 괭이가 쥐를 잡어 먹지, 머슬 잡어 먹겄냐?"

"기양 풀 먹으믄 안 되는 거여? 쥐도 불쌍허잖여, 아까 낮이 나비가 새끼 쥐를 몽땅 다 잡어먹었단 말여. 새끼 쥐가 아퍼서 다리를 이르케, 어 이르케, 막 떠는디도 암시랑토 않게 막, 깨물어서 먹어 버맀당게."

나는 팔을 들어 올리고 파르르 떠는 모양새를 해서 언니에게 보여주었다.

"아, 그럼 너는 괭이가 쥐를 하나도 못 잡어서 우리 집에 쥐가 막 득실득실 혔으믄 좋겄냐? 병균도 여그저그 다 옮기고 댕김서?"

"그것은 아닌디, 그리도 애기 쥐는 불쌍허단 말이여……, 그믄 아빠 쥐나 처먹든가!"

나는 벌떡 일어나 잠든 나비의 등을 손바닥으로 내리쳤다. 화들짝 놀란 나비는 몸을 날려 마당으로 내뺐다.

"나비가 그 귀여운 쥐들을 아작아작 씹어 먹는 것을 봤드라믄 언니도 그르케 나비 편만 들지는 못 혔을 거고만!"

"얼레? 야가 왜 울고 지랄이여?

능바우, 방 한 칸

재실집 앞으로 펼쳐진 들판이 누렇게 변했다. 올벼를 심은 논은 날 더울 때 추수가 끝나 진작에 텅 비었다. 논두렁을 차지하고 자란 콩대도 벼를 따라 똥색으로 옷을 갈아입었다.

"너도 인자 나비 안 좋아허잖여, 새끼 쥐 잡어먹는다고, 아 그람서 왜 나비는 데꼬 갈라고 그리싼데?"

"그래도 나비를 넘 줘 버리는 것은 싫단 말이여, 우리랑 같이 살었응게 이사가드라도 나비도 같이 딜꼬 가얄 거 아녀? 나비가 없으믄 이사 가는 집에서 쥐는 누가 잡는디야? 긍께 딜꼬 가야지, 안 기어?"

나비를 이웃에 줘 버리고 이사 갈 거라는 가족들 앞에서 나는 나비를 끌어안고 눈물 바람을 했다. 아무리 나비가 새끼 쥐를 잡아먹고 난 후 내가 등을 쓸어 주지 않았다고 해도 나비와 영영 헤어지는 것은 상상조차 안 해봤다.

"거기 가서 또 괭이 한 마리 얻어 주께, 운전기사 아저씨가 동물은 차에 못 태운다잖여."

엄마가 내 품에서 나비를 빼내려고 했다. 새로 나비를 얻어 준다 해도 그 나비가 이 나비일 리 없었다. 나는 나비를 안은 손에 힘을 더했다. 나비가 아픈지 '니야아홍' 하고 울었다. 짐을 나르던 아버지가 다가왔다.

"이녀러 가시내가 뭔 말이 그렇게 많어. 뚜드러맞기 전이 빨리 못 노냐! 너도 여그다 혼자 확 내삐리고 가벌랑게."

아버지가 나를 때릴 것처럼 손을 치켜드는 바람에 깜짝 놀라 나비를 놓치고 말았다. 나비가 제힘으로 도망친 건지 맞기 싫은 내가 먼저 손의 힘을 빼 버린 건지 알 수 없었다. 마당을 어슬렁거리던 나비는 기어이 뒷집 아줌마 손에 붙들려 재실집을 떠났다. 새끼 쥐를 잡아먹었더라도 좀 더 쓰다듬어 줄걸 그랬다.

 문간방 짐들이 용달차에 실렸다. 아버지가 동생을 데리고 운전기사 아저씨 옆에 타고 나머지 가족들은 짐칸에 올랐다. 능바우로 간다고 했다.
 "능바우?"
 "그려, 능바우가 니가 태어난 고향여, 고향."
 꼬불탕 흙길을 따라 트럭은 자꾸만 산속 깊숙이 들어갔다. 주변에 보이는 거라곤 계단처럼 층이 다른 조각난 논들과 어떻게 저기서 안 넘어지고 똑바로 앉아 일할 수 있을까 싶게 경사진 밭, 들을 에워싼 야트막한 산과 그 위 동글동글 파란 하늘뿐. 사람은 하나 없이 도깨비나 동물만 살 것 같은 풍경이었다. 커다란 당산나무를 뒤로하고 시커먼 방죽도 하나 지났다. 조금 더 올라가자 드문드문 집이 나타났다.
 마을 입구에서 왼쪽으로 꺾인 길 안쪽의 집 한 채가 흙 마당을 펼치고 트럭을 기다리고 있었다. 담이나 대문은 없었다. 어디까지가 마당이고 어디부터가 길인지 구분되지 않아 들도 산도 다 한집 같았다. 나는 집을 꼼꼼하게 살폈다. 시멘트로 다진 토방이 두 단으로 네모반듯했고, 그 끝에 단을 낮춰 설치된 수도가 정갈했다. 토방 위 자리한 마루 입구에는 여닫이문이 여러 개였다. 빼꼼히 열린 문 사이로 보이는 마루에 반들반들 윤이 났다. 보기 드문 신식 집이었다.

"하따, 집 겁나게 크고 좋네잉."

작은오빠는 집이 맘에 드는지 토방에 서서 두리번거리다가 수돗가로 달려가 바가지로 물을 떠 벌컥벌컥 마셨다.

"야야, 그 집이 아니고 쩌어짝이 우리가 살 집이여."

엄마가 손가락으로 어딘가를 가리켰다. 우리 남매의 시선이 일제히 엄마의 손끝을 따라갔다. 토방에서 ㄱ자로 연결된 곳에는 나뭇단이 천장까지 높게 쌓였고, 그 옆으로 외양간에 소 한 마리가 커다란 눈을 끔뻑이면서 무언가를 계속 씹었다. 외양간 옆 좁은 공간에 농기구들이 나란히 걸렸고, 건물이 끝나는 곳에 방이라고 짐작할 만한 문이 하나 보였다. 문 앞에서 부엌을 고치던 아저씨들이 아버지와 반갑게 인사했다.

"하이고, 김서방 왔는가? 이거시 민 년 만이여?"

"아이고 그랑게요. 욕들 보고 기싰구만요잉."

아버지도 아저씨들과 함께 부엌을 고치기 시작했다. 원래는 헛간 옆에 붙어 있는 창고인데 주인이 먼 친척인 우리에게 공짜로 내준 것이었다. 아궁이와 구들은 이미 아저씨들이 만들어 놓았고 부엌살림을 놓도록 마당 쪽으로 슬레이트 지붕을 잇고 부엌 공간을 넓히는 중이었다.

"바닥 돌멩이를 쪼매 더 파내야 것는디. 아야 괭이 좀 가지와 봐라잉."

한 아저씨가 아무나 들으라는 듯 큰 소리로 말했다. 나는 아저씨 앞으로 쪼르르 달려갔다.

"긍게 괭이는, 트럭 아저씨가 동물 태우믄 안 된다고 혀서 넘 줘

버리고 왔는디요. 쥐도 겁나게 잘 잡어서 나도 디리꼬 오고 싶었는디."

잊고 있던 나비 생각에 나는 또 울적해졌다. 아저씨들이 입을 크게 벌리고 웃었다. 작은오빠가 차에서 곡괭이를 가져오는 걸 보고서야 아저씨가 말한 괭이가 나비가 아니라는 걸 알아챘다.

아저씨들은 우리가 살 집을 '창꼬방'이라고 불렀다. 짐을 다 정리하고 온 식구가 모두 큰집에 가서 저녁을 먹기로 했다. 마을의 집들은 두세 채씩 모여 있다가 또 한참을 걸어가면 두어 채가 나타나는 식이었다. 우리 집처럼 대부분 담이나 대문이 없어 집안이 훤히 다 들여다보였다. 능바우는 윗마을과 아랫마을로 구분되는데 윗마을에 집이 열 채, 아랫마을엔 띄엄띄엄 한 채씩 총 네 집이 있다고 했다. 큰 집은 아랫마을에서도 가장 끝이었다.

할아버지는 **빳빳**하게 풀 먹인 한복 차림이었고, 머리에 비녀를 꽂은 할머니는 허리가 잔뜩 굽어 있었다. 우리는 큰집 안방에 동그란 상을 두 개 펴고 밥을 먹었다. 엄마랑 큰엄마가 아궁이 잔불로 직접 구웠다는 까만 김이 고소하니 맛났다. 김만 있으면 배가 터지든 말든 밥을 하염없이 먹을 것 같았다. 할머니가 밥상에 김을 올려놓기 바쁘게 우리 남매는 손을 뻗어 김을 낚아챘다. 진주도 짭짤한 김 한 장을 손에 들고 쪽쪽 빨아먹었다. 지켜보던 할머니가 언니랑 내 손등을 때리더니 김을 오빠와 사촌 오빠 쪽으로 몰았다.

"가시내들이 어디서 먹을 걸 그리 탐허고 지랄이여, 지랄이. 느자구없게."

그러고는 김치 종지를 언니랑 내 앞으로 당겼다. 나는 할머니가 어른들 상에 김을 챙겨 주는 틈을 타 오빠들 앞에 있는 김을 훔쳐 먹었지만 언니는 밥 한 그릇을 다 먹는 동안 매운 김치만 집어 먹었다. 엄마는 큰엄마랑 부엌에서 계속 김을 굽는지 보이지 않다가 가끔 쟁반에 김을 받쳐 들고 방문을 열었다.

'이렇게 할머니 눈치를 보며 김을 먹을 게 아니라 부엌에 가 엄마한테 자르지도 않은 큰 김을 얻어먹어야지.'

나는 할머니 눈치를 보다 슬며시 숟가락을 상에 내려놓고 방을 나갔다. 부엌에서는 엄마랑 큰엄마가 김치가 든 양푼을 사이에 두고 흙바닥에 쪼그려 앉아 손으로 김치를 찢어 가며 밥을 먹고 있었다. 김은 어디에도 보이지 않았다. 나는 다시 방으로 들어갔다. 식사가 끝나가는 밥 상 위에도 김은 없었다.

저녁상을 물린 할아버지는 나를 무릎 위에 앉히더니 양푼에서 내 주먹만 한 열매를 하나 집어 들었다.

"아나. 요거 묵어 봐라잉. 이게 무화과라는 것이여."

나는 처음 보는 과일을 받아 한입 베어 물었다. 물컹한 느낌은 이상했지만 달콤하니 맛은 좋았다.

"너는 꼬추가 납작허냐, 아니믄 손가락 맨치로 질쭉허게 생깄냐?"

"나는 여잔게 꼬추가 없는디요. 긍게 그냥 납작하게 생깄지요. 할아버지는 겁나게 나이를 많이 먹었는디 여태 그것도 몰론대요잉?"

민주의 방 29

어른들이 다 같이 웃었다.
"이녀러 가시내가 할아버지한테 말버릇이 그게 머시다냐? 으른이 멀 물어보믄 공손허게 대답만 허믄 되는 것이지. 하여간 꼬추 안 달고 나온 것들은 다 저 지랄이랑게."
할머니가 눈을 뾰족하게 뜨고 나를 째려봤다. 나는 눈을 내리깔고 중얼거렸다.
"치이, 할머니도 꼬추 없으믄서."

아버지는 본채 뒤 대나무밭에서 잔가지를 여러 개 꺾었다. 가지들의 키가 엇비슷해지도록 다듬어 다발을 만들었다.
"너도 인자 학교를 가얀 게 숫자를 배우얄 것이여. 이 한 다발이 열 개씩이여."
아버지는 대나무 가지를 이쪽에서 저쪽으로 옮기며 숫자 세는 걸 알려줬다. 아버지가 바빠서 글자까지는 배우지 못했다. 아버지는 능바우에서 첫 농사를 짓기 위해 겨울부터 바빴다.
능바우에서는 나와 정록이 경민이까지 셋이 함께 1학년으로 입학했다. 학교까지 가는 산길은 너무 좁아서 길게 한 줄로 서서 걸었다. 흙바닥은 얼어서 한껏 부풀어 있었다. 바작바작 땅 얼음 부서지는 소리가 듣기 좋았다. 나는 일부러 언 땅만 골라 밟았다. 기분이 들떠 줄줄 흐른 콧물이 얼어붙는 줄도 몰랐다. 면 소재지가 있는 학교까지는 십오 리 길이랬다. 십오 리가 얼마나 먼 거리인지 알 수 없었지만, 아무튼 멀다고 했다. 여러 겹 겹쳐진 산골짜기 사이로 난 좁은 길이 논밭 가운데로 이어지다 결국 면 소재지에 닿

앉다. 개울 건너편에 학교가 보였다. 나는 언니를 따라 징검다리를 껑충껑충 뛰어 건넜다.

운동장에 1학년 신입생들이 남자와 여자로 나뉘어 줄을 섰다. 그 주변으로 아줌마 무리가 소란스러웠다.

"하이고, 저것 봐, 유치원 댕긴 애들은 확실히 다르고만."

"누가 아니랴. 쟈들 봐. 인사도 지대로 못허고 꿔다 논 보릿자루 마냥 멀뚱멀뚱 서 있잖여."

우리 부모님은 왜 나를 유치원에 보내 주지 않아 이런 창피를 당하게 하는지 분했다. 스물까지 숫자도 셀 줄 안다고 말해 주고 싶었지만 유치원 나온 아이들은 더 많이 셀 수 있을지도 몰라 꾹 참았다. 학교에는 병설 유치원 한 반과 1학년부터 5학년까지 한 반씩 있었다. 6학년만 학생 수가 많아 두 반이었다. 나와 작은오빠는 1반, 언니는 2반이 되었다.

1학년 1반 선생님은 우리를 남자와 여자 한 명씩 키 순서대로 짝을 지어 앉혔다. 짝없는 남학생이 꽤 되었다. 어쩔 수 없이 키 큰 남자애들끼리 짝이 되었다. 내 짝꿍이 된 진수는 온종일 콧물을 흘렸다. 콧물이 윗입술까지 내려오면 옷소매로 쓱 닦았다. 진수의 옷소매는 항상 반질반질 윤이 났다. 선생님은 우리에게 선 그리기와 숫자 쓰기, ㄱ, ㄴ, ㄷ, ㅏ, ㅑ, ㅓ, ㅕ 등 글자를 알려 주었다. 유치원을 나온 애들이 그렇지 않은 우리에게 글자도 모른다며 놀렸다.

내일이 오늘로 바뀔 때마다 조금씩 더 따뜻해졌다. 아침에 교실에 들어가니 반장인 현수가 선생님 책상에 앉아 빵과 우유를 먹고 있었다. 현수네 엄마는 종종 학교로 전화를 걸어 현수가 아침을 안 먹고 갔다며 선생님한테 빵과 우유를 사 먹이라고 부탁했다. 우리는 자습하면서 슬쩍슬쩍 빵 먹는 현수를 부러운 눈으로 훔쳐보았다. 두 장의 도톰한 카스텔라 사이에 크림까지 듬뿍 들어간 저 빵은 얼마나 맛있을까. 토요일이 되면 현수네 엄마는 빨간 치마를 예쁘게 차려입고 와서는 빵값과 함께 곱게 싼 보따리를 선생님 손에 들려 주곤 했다. 보따리 속에 있는 건 주로 김치통이었다. 나도 혹시나 해서 아침을 먹지 않고 학교에 가 보았지만 엄마는 선생님에게 연락하지도, 보따리를 들고 학교로 찾아오지도 않았다. 전화도, 빨간 치마도 없어서 그런 것 같았다. 김치는 엄마가 담은 것이 더 맛있을 텐데, 아쉬웠다. 남의 제사 음식 해 주는 게 일이었던 우리 엄마 손맛은 능바우에서도 유명했다.

학교는 어버이날에 있을 학예발표회 준비가 한창이었다. 우리 1학년 1반은 선생님의 풍금 반주에 맞춰 노래를 하기로 했다. 그리고 또 하나, 첫 인사를 1학년이 하는 것으로 결정되었다. 선생님은 나한테 첫 인사를 연습시켰다. 나는 선생님이 알려 주는 대로 인사말을 외우고 또 외웠다. 다 외우고 나자 이번에는 함께할 손동작을 알려 주었다.

내가 무대에서 첫 인사를 한다고 하자 부모님뿐만 아니라 동네 어른들까지 모두 농사일을 하루 쉬고 학교에 오기로 했다. 어버이

날 아침 일찍 총연습이 있었다. 언니는 나와 오빠를 데리고 다른 애들보다 먼저 등굣길에 나섰다. 총연습이 끝나자 선생님은 나를 위아래로 여러 번 훑어보다가 교실로 눈을 돌렸다.

"연정아, 잠깐만 나와 볼래?"

연정이는 목부터 가슴까지 복슬복슬 주름 장식이 달린 하얀 블라우스와 노란색 치마를 입고 있었다. 선생님은 나와 연정이를 발표회가 있을 병설 유치원 교실 무대 뒤로 데리고 갔다.

"연정아, 선생님이 미안한데, 잠깐 민주랑 옷 좀 바꿔 입자."

나는 언니한테 물려 입어 색이 바랜 붉은 티셔츠 차림이었다. 엄마가 새로 빨아서 아침에 입혀 주긴 했지만 아무래도 선생님 맘에는 안 들었던 모양이었다. 연정이가 내 옷을 보더니 울상이 되었다. 나는 창피했다.

"연정아, 선생님이 미안해. 그런데, 이게 다 우리 반을 위한 일이고, 우리 학교를 위하는 일이야. 그런 일에 연정이가 앞장서는 거니까 얼마나 훌륭한 일이겠어. 그렇지?"

선생님은 연정이의 블라우스와 치마뿐만 아니라 새하얀 타이츠까지 벗겨서 나에게 입혔다. 연정이 옷은 너무나 보드라웠다. 거울에 비친 내 모습이 공주처럼 눈부셨다. 내 옷을 입은 연정이를 보니 학예회가 끝나도 다시 바꿔 입고 싶지 않았다. 나는 공주님 같을 내 모습을 상상하며 사뿐사뿐 걸어 무대로 나갔다.

"아버지이, 어머니이, 이렇게 마니 와 주셔서 대다안이 감사합니다. 언니들의 춤과 오빠들의 노래까지 마니 준비했사오니 오늘 하루 마음껏 즐기시고……."

예쁜 옷을 입어 그랬는지 나는 한 번도 틀리지 않고 첫 인사를 끝냈다. 능바우에서 온 어른들이 객석에 앉아 소리를 지르며 박수를 오래오래 쳐 주었다. 내 차례가 끝나고 선생님과 함께 무대 뒤로 가 보니 연정이네 엄마가 팔짱을 끼고 서 있었다. 그렇지만 선생님이 있어서 그랬는지 아무 말도 하지 않았다. 선생님은 멋쩍게 웃으며 나와 연정이 옷을 다시 바꿔 입혔다. 아줌마는 연정이를 끌다시피 밖으로 데리고 나갔다. 마법이 끝나고 공주 옷도 사라졌다.

"우리 민주 오늘 정말 잘했어."

선생님이 나를 안아 주면서 내 머리를 쓰다듬었다. 나는 선생님이, '너는 왜 이렇게 다 떨어진 옷을 입고 학교에 온 거야? 그것도 오늘 같은 날?'이라고 말하지 않아서 선생님이 좋았다.

꽃 농사만 짓던 아버지는 농사일로 바빴고 엄마는 다시 시장으로 장사를 나갔다. 이제는 병아리가 아니라 강아지를 도매로 사다가 시장에 나가 판다고 했다. 엄마는 아침마다, 우리가 이사 올 때 지나왔던 큰길을 따라 밤실 마을까지 가 버스를 탔다.

"엄마는 어트케 식구들 아침밥도 다 챙겨 주고 허니라고 맨날 시간이 빠듯헌디 아침마다 버스도 안 놓친댜?"

나는 동네 중학생 언니 오빠들보다 한참 뒤에 버스를 타러 출발하는 엄마가 버스를 안 놓치고 탄다는 게 신기했다.

"아, 엄마는 능바우가 알어 주는 달리기 선수 아니다냐."

"달리기 선수는 무슨. 버스 기사 아저씨가 엄마 안타믄 기다려 준 게 글지. 큰집이 오빠들한티 다 들었고만. 맨날 아저씨가 마을

회관 화장실 댕겨와서 출발하기 전에 개장시 아줌마 탔냐고 물어본다드만."

언니가 끼어들었다.

"그리도 동네 오빠들이 엄마가 달리기 선수라고는 허드만."

"근디, 엄마 나는 울엄마 딸인디 왜 이르케 달리기를 못허까잉?"

학교에서 달리기만 하면 꼴등은 내 차지였다. 능바우 애들은 다 마라톤 선수들인데.

"걱정허지 말어. 인자 1학년인디 머시가 걱정이여. 금방 다 잘허게 될 거여."

거짓말이었다.

긴 기다림 끝에 나는 2학년이 되었지만, 우리 반 달리기 꼴등은 여전히 나였다. 2학년 교실은 1학년 교실 바로 옆이었다. 1학년 교실 복도를 지나 우리 교실로 갈 때마다, 저렇게 어린아이들이 학교생활을 잘해 나갈 수 있을지 정말 걱정됐다.

중학생이 된 언니는 아침을 먹고 나면 엄마와 함께 밤실 마을에 들어오는 버스를 타기 위해 내달렸고, 저녁 늦게 또 밤실까지 들어오는 두 번째이자 마지막 버스를 타고서 집에 돌아왔다.

찬바람에 꽁꽁 얼었던 산길은 한낮이 되면 햇볕에 녹아 온통 곤죽이었다. 신발에 달라붙은 진흙 덩어리는 걸음을 옮길 때마다 몸집을 불렸다. 급기야는 내 발이 아버지 장화만큼 커진 꼴이 되었다. 학교 갔다 돌아온 나는 마당에 있는 커다란 돌에 신발의 흙을 쓱쓱 문질러 떼어낸 다음 가방을 벗어 마루에 던졌다.

부엌에서 소쿠리와 칼을 챙겨 들로 나갔다. 들에는 이미 동네 여자애들이 자리를 잡고 나물을 뜯는 중이었다. 능바우 여자애들에게 먹을 수 있는 나물과 못 먹는 풀을 구분하는 일은, 누가 엄마고 아빠인지 구분하는 것만큼이나 쉬운 일이었다. 무침용과 국거리를 구분하는 것도 마찬가지였다. 엄마가 집에 있는 날엔 주문에 맞춰 국거리와 무침용을 구분해서 뜯어야 했지만, 엄마가 없는 날은 내 마음대로 뜯었다. 나는 냉이를 넣어 향이 진한 된장국도 좋았지만 냉이는 뿌리까지 파내야 해서 너무 귀찮았다. 그래서 요맘때쯤 논두렁에 올라오는 자운영 나물을 잔뜩 뜯었다. 몸집이 제법 풍성한 자운영은 조금만 뜯어도 금방 소쿠리가 가득찼다. 나물을 깨끗이 씻어 끓는 물에 데쳐 놓으면 장에서 돌아온 엄마가 빨간 양념으로 무쳐 상에 올렸다. 아버지는 질기다고 투덜댔지만 나는 자운영을 한참 씹으면 올라오는 달짝지근한 맛이 좋았다. 문제는 미나리였다. 아버지가 제일 좋아하는 미나리. 엄마는 자주 학교에 다녀오는 내게 소쿠리를 내밀면서 찬거리를 주문했다.

"민주야, 오늘은 미나리 쫌 뜯어 오니라잉."

"하, 또오?"

"아 느그 아부지가 거시기 안 찾나?"

그런 날은 소쿠리를 들고 미나리가 질겨져 먹을 수 없을 때까지 어디 동굴에라도 들어가 숨어 버리고 싶었다. 얼음은 이미 녹았다고 하지만 미나리가 자라는 개울물은 얼음물과 별반 차이가 없었다. 물속에서 올라오는 미나리를 뜯으려면 장갑도 못 꼈다. 내 손가락은 온통 새빨갛게 변하다 굳어 버려 칼조차 쥐기 힘들어졌다.

개울에 드문드문 박혀 있는 돌을 밟고 미나리를 뜯다가 균형이라도 잘못 잡는 날에는 물에 빠져 손이고 발이고 꽁꽁 얼기 십상이었다. 그런 사정을 알 리 없는 아버지는 빨간 양념에 빙초산을 넣어 새콤하게 무친 미나리 반찬을 즐겼다. 나는 분명 소쿠리 하나 가득 뜯어온 거 같은데 뜨거운 물에 넣고 데치면 미나리는 늘 한 줌밖에 안 되었다. 하나하나 물속에서 찾아 뜯느라 얼마나 고생했는지도 모르면서 아버지는 젓가락질 한 번에 그 아까운 것을 뭉텅뭉텅 집어 입으로 가져갔다. 나도 미나리무침은 좋아했지만 꼭 참고 한두 번, 그것도 한 젓가락에 한 가닥씩만 먹었다.

여자애들이 나물을 뜯는 동안 남자애들은 낫이나 괭이를 들고 산으로 갔다. 겨울잠에서 깨어난 씨앗들이 움트느라 땅을 밀어내 흙이 물렀다. 칡 캐기엔 더없이 좋은 계절이었다. 말라비틀어진 칡 넝쿨을 따라 뿌리를 찾아내면 돌이 나와도 포기하지 않고 괭이질을 계속했다. 다른 뿌리들과 엉켜 더 이상 파기 힘들어지면 가져간 낫이나 괭이로 뿌리를 끊어냈다. 칡뿌리는 너무 깊지 않게, 옆으로 길게 뻗는 경우가 많았다. 남자애들은 뿌리를 따라 흙을 파다가 웬만큼 뿌리가 가늘어진다 싶으면 끊어서 어깨에 하나씩 둘러메고 산에서 내려왔다.

큰오빠는 벌써 지난겨울에 돈 벌겠다고 서울로 올라갔고 작은오빠는 허구한 날 구슬치기만 일삼는 통에 우리 집에는 칡 캘 사람이 없었다. 능바우에서 칡 캐기 대장은 누가 뭐래도 옆집 사는 정록이와 정식이 오빠였다. 칡 중에서도 부드럽고 단맛이 좋은 암칡이 으

뜸이었는데 정식이 오빠는 그런 암칡을 찾아내는 데 도가 텄다. 나는 종종 호미를 들고 정식이 오빠 뒤를 쫒아 산에 올랐다. 정식이 오빠가 덤불에서 칡뿌리를 찾아내고 괭이질하는 모습을 지켜보고 있으면 괜스레 기분이 좋았다. 두 사람의 괭이질에 암칡 뿌리가 웬만큼 드러나면 옆에서 기다리고 있던 나는 잽싸게 쭈그려 앉아 호미로 칡뿌리 옆을 깔짝댔다.

"오빠, 나도 이거 같이 캤응게 하나 주야 혀? 알겄지?"

"하따, 니가 머슬 혔다고 맨날 이르케 실헌 알칡만 골라가꼬 달라고 헌다냐?"

정식이 오빠는 내 머리에 꿀밤을 먹이거나 나무라면서도 키는 작지만 통통한 암칡 하나씩을 내 어깨에 들려 주었다. 암칡을 하나밖에 못 캔 날에는 반 토막이라도 나눠 주었다. 아버지는 내가 얻어 온 암칡을 주인집 작두를 빌려다 잘랐다. 몇 덩이는 작두와 함께 주인집에 주고 남은 칡 덩어리는 식구 수대로 하나씩 잡고 뜯었다. 다섯 살 난 동생은 입술 사이로 갈색 물을 줄줄 흘렸다. 옷에 물을 들여 놓는 바람에 엄마에게 혼났지만 늘 더 먹겠다고 손을 내밀었다.

논두렁마다 자운영이 다홍 꽃을 피우고 냉이가 가느다란 꽃대를 올려 살랑살랑 바람에 흔들리기 시작하면 이번엔 허연 솜털을 단 쑥이 여기저기서 고개를 쳐들었다. 쑥은 미나리와 달리 주로 양지 바른 논두렁이나 밭두렁에 돋아서 뜯는 재미가 좋았다. 소쿠리 가득 쑥을 뜯어 가면 엄마는 쌀가루를 묻혀 솥에 쪄내거나 묵은지를 썰어 넣고 국을 끓였다. 아버지가 좋아하는 국이었다. 이때쯤엔 나물 캐기만 좋은 것이 아니었다. 산에 드문드문 진달래가 피고 잎이 무성해진 산능금[1] 나뭇가지에 조롱조롱 꽃대가 달렸다. 학교 가는 길이 온통 먹을 것 천지가 되었다. 연한 진달래 꽃잎을 한 주먹씩 따서 입 안에 넣고 씹는 것보다 시큼한 산능금 이파리나 포도송이처럼 주르륵 매달린 꽃대를 훑어 먹는 게 제일이었다.

 따뜻하고 기분 좋은 햇살에 취해 우리는 산에 올라 이것저것 따 먹느라 바빴다. 때마침 파리똥[2] 나무에 다디단 열매가 빨갛게 익어가는 참이었다. 남자애들은 뭐가 급한지 달리기 선수처럼 우르르 내달려 벌써 학교로 가 버렸고 여자애들 셋이 파리똥 열매를 따먹다 말고 꽃다발을 만드는 중이었다.

 멀리서 학교 수업 시작을 알리는 종소리가 들렸다. 시계가 없던 우리는 그제야 지각한 사실을 알아챘다. 순옥이와 나는 울상이 되어 경자 언니를 쳐다봤다.

 "야들아, 우리 오늘 기양 학교 가지 마끄나? 어차피 벌씨 늦어 뿌릿는디."

 4학년 경자 언니는 여자애 중 나이가 제일 많은 대장이었다.

 "그라믄 울 아부지헌티 맞어 죽을 틴디. 그럼 기양 이대로 집이 가자고?"

 나는 아버지한테 혼날 일이 걱정이었다.

---

1) '정금'이라는 토종 야생 베리를 일컫는 전라도 방언.
2) 야생 보리수.

"이 바보 천치야, 아 멀라고 시방 바로 집으로 가서 우덜이 학교 안 갔다고 이실직고를 헌다냐?"

"그럼 어찌자는 건디?"

"아, 여그 산이서 맞난 거 실컷 따 먹고, 종이 인형도 그리고, 도시락 까묵다가 다른 애들이 학교 끝나고 오믄, 그때 우덜도 사알살 집으로 돌아가믄 될 거 아니다냐? 그믄 어른들이 우덜이 학교 안 갔다 온 중 어치케 알 것이여? 안 기어?"

대장은 뭐가 달라도 달랐다. 우리는 배가 고파질 때까지 산속을 돌아다니며 놀다가 밥 먹기 좋은 장소를 찾아 앉아 도시락을 먹었다. 노트에 종이 인형을 그리다 그것도 지겨워져 주변을 돌아다니며 고사리를 꺾었다. 들고 가기 좋게 떡갈나무 잎 서너 장을 따 감쌌다. 그때 저만치서 두런두런 남자애들 돌아오는 소리가 들렸다. 우리는 일단 바위 뒤로 몸을 숨겼다. 남자애들이 지나가고 한참 지나서야 우리는 작전 성공에 들떠 웃고 떠들며 집으로 돌아왔다.

아침이 되어 학교 갈 준비를 마치고 마당에서 다른 아이들이 오기를 기다렸다. 어제 일도 있고 해서 경자 언니나 순옥이랑 다시 한번 입을 맞춰 볼 생각이었다. 아버지가 들일을 나가려고 지게 바작[3]에 농기구를 챙겨 넣고 있었다. 경민이가 학교에 가기 위해 우리 집 마당에 들어서다 나랑 눈이 마주쳤다.

"야야 민주야, 너 어즈께 왜 학교 안 왔냐고 선생님이 물어봤으

---

3) '발채'의 전라도 방언.

야, 도대체 왜 안 온 거여?"

내가 눈치를 주기 전에 경민이가 그만 큰 소리로 말을 뱉어 버렸다. 나는 얼른 아버지 쪽을 보았다. 아버지는 지게에 받쳐 놓았던 작대기를 잡아 빼 손에 쥐고 나를 향해 몸을 돌렸다. 지지대를 잃어버린 지게가 그대로 고꾸라지는 통에 바작에 올려놓았던 농기구가 요란스레 바닥으로 흩어졌다.

"머여? 이녀러 가시내가 비싼 밥 처믹이서 학교 보내 놨더니만 학교를 안 가? 멋 혔냐, 학교 안 가고 어디서 먼 지랄을 허다 집구석에 저녁때가 다 되야가꼬 기어 들왔냔 말여?"

지게 작대기가 오랑캐같이 쳐들어왔다. 나는 두 손을 모아 싹싹 빌면서 작대기를 피해 몸을 비비 꼬았다.

"아이고 지가 죽을 짓을 혔구만요. 잘못혔으요. 한 번만 용서해 주세요, 아부지. 다씨는 안 그리께요."

아무리 빌어도 매타작은 멈추지 않았다. 학교 가려고 마당에 들어선 동네 아이들이 모두 내가 맞는 걸 지켜보았다. 엄마와 언니는 이미 버스를 타러 나가고 없었다. 뒤늦게 밥 먹다 뛰어나온 주인집 아줌마가 아버지를 타일렀지만 사정없이 휘두르는 작대기 근처로 다가서지는 못했다.

"머리에 피도 안 말른 년이 어디서 중간치기질이여? 내가 오늘 니 버르장머리를 단단히 뜯어 고치벌랑게, 울어싸도 소용없는 중이나 알어."

아버지는 내가 몸을 뱅뱅 돌리자 앞뒤 구분 없이 아무 데나 지게 작대기를 들이댔다. 나는 두 손으로 싹싹 빌다가 맞은 자리가 아파

손으로 문질렀다. 그러다 다시 빌기를 반복했다. 엉덩이를 문지르고 있던 손에 그대로 지게 작대기가 닿았다. 손톱이 깨지는가 싶더니 핏방울이 맺혔다. 매질은 멈추지 않았다. 흐르기 시작한 피를 본 나는 더 이상 빌지 않았다. 온몸을 부들부들 떨면서 구경꾼들 얼굴을 하나하나 쳐다봤다.

개가 된 것 같았다. 마당에 서 있는 모두가 나를 공격하는 적으로 보였다. 몽둥이에 맞아 사지가 굳은 채 죽어 가는 개를 떠올렸다. 그때도 이 사람들은 죽은 개를 빙 둘러서서 구경만 하고 있을까. 죽을 거면 차라리 어서 숨이 끊어지길 바랐다. 작대기가 계속해서 다리에 닿고 등을 후려쳤다. 내가 더 이상 움직이지 않자 아버지가 작대기로 힘껏 땅을 내려쳤다. 금 간 지게 작대기가 기어이 부러졌다. 잠깐 아버지가 매질을 멈춘 사이 주인 아줌마와 정식이 오빠가 달려들어 아버지한테서 작대기를 빼앗았다.

동네 애들이 벌벌 떨고 있는 나를 끌다시피 데려갔다. 어떻게 발이 움직이는지 알 수 없었다. 몸에 남은 통증은 아무것도 아니었다. 가장 견디기 힘든 건 내가 맞는 것을 동네 아이들이 다 지켜보았다는 사실이었다. 이대로 땅바닥에 고꾸라져 죽어 버렸으면 싶었다. 엄마가 아버지에게 맞고 나면 왜 자꾸만 농약병을 만지작거렸는지 알 것 같았다. 깨진 손톱에서 피가 계속 새어 나왔다. 되는대로 옷에 피를 닦았다. 손등이며 팔까지 검푸른 멍이 올라왔다. 절룩거리며 겨우겨우 학교에 가서 교실 의자에 앉으니 엉덩이가 쓰라렸다. 변소에 가서 옷을 걷고 몸을 살폈다. 배고 다리고 멍 안 든 곳을 찾기가 더 어려울 지경이었다.

학교 수업이 영영 끝나지 않기를 빌었다. 수업이 끝나면 다시 아버지가 있는 집으로 돌아가야 한다는 생각이 머리를 가득 채웠다. 그럴수록 시간이 너무 빨리 흘렀다. 마지막 수업 시간에는 온몸이 불덩이처럼 뜨거웠다. 내가 돌아갈 곳은 아버지가 있는 집밖에 없었다.

집에 가는 내내 나한테 말을 거는 아이는 아무도 없었다. 당연했다. 나는 개니까. 아이들은 우리 집 마당을 지나 집으로 가는 것을 포기하고 길도 없는 뒷산을 통해 집으로 돌아갔다. 그날도, 그다음 날도, 그 다음다음 날도 같이 놀자고 우리 집으로 나를 찾아오는 애들은 없었다. 투명 인간이 되면 재밌을 줄 알았는데, 밤이 되어 주위가 깜깜해지면 가슴과 배 언저리가 저릿하니 아파서 숨쉬기가 힘들었다. 시간이라도 빨리 지나가면 좋을 텐데 뭐가 아쉬운지 자꾸만 뒤돌아보느라 어느 때보다 느려 터진 것처럼 느껴졌다.

큰 집 뒤뜰에 앵두가 빨갛게 익고 나서야 아이들은 다시 나를 찾았다. 능바우에서 탐스러운 앵두나무가 가장 많은 집이 우리 큰집이었다. 아이들은 저마다 손에 대접을 하나씩 들고 우리 집 마당에 들어서 아주 작은 목소리로 나를 불러냈다.

"민주야 니네 아부지 집에 기셔?"

내가 고개를 좌우로 흔들었다. 그제야 그 아이 목소리가 커졌다.

"참말로 다행이구만. 야, 앵두 따러 가자. 벌써 싹 다 익어 부렀당게."

투명 인간 놀이가 끝났다는 사실에 안도하며 나는 부엌에서 대접을 하나 챙겨 아랫마을로 내려갔다. 우리 큰집 입구와 뒤뜰에 있는 앵두나무는 동네 애들이면 아무나 와서 따 먹게 두었다. 그런데도 애들은 꼭 나나 작은오빠를 앞세우고 앵두를 따러 가자고 했다. 대접이 적당히 차자 아직도 많이 남은 열매를 그대로 두고 집으로 돌아왔다. 두 그릇씩 앵두를 따서 챙기는 애들은 없었다. 아무도 정하지 않았지만 그건 규칙처럼 지켜졌다.

비가 부슬거리는 일요일 낮에 할머니가 바가지 가득 앵두를 가지고 왔다.

"가시내들이 게을러 빠져 가꼬, 아 뭣 헌다고 동네 애들이 앵두 다 따갈 동안이 코빼기도 안 비친다냐? 잉? 후딱후딱 와 가꼬 따다가 즈그 아부지도 잡숫게 디리고, 잉, 오빠도 멕이고, 잉, 그리얄 거 아녀?"

내가 앵두를 건네받자 진주가 달려와 바가지에 손을 넣었다.

"하따, 이녀러 가시내가 어디서 버르장머리 없이 즈그 아부지도 안 자신 거에다 먼지 손을 대고 지랄이여, 지랄이? 잉?"

할머니가 진주 손등을 내려쳤다. 진주가 놀라서 손을 핵 빼다 바가지를 치는 바람에 앵두가 땅바닥으로 와르르 쏟아졌다.

"하여간 가시내들이 하나부터 열까지 즈그 오메 택여서 쓰잘데기라고는 하나 없당게. 뭣 허고 멀뚱멀뚱 섰어? 얼른 주서 가꼬 시쳐서 아부지랑 오빠 들오믄 디리게 찬장이다 잘 느놓지 않고?"

나는 부슬거리는 비를 맞으며 마당에 떨어진 앵두를 바가지에 담아 수돗가로 가 씻었다.

"시쳐서 가시내들끼리 다 처먹지 말고 아부지 들오시믄 먼지 디리고, 오빠 오믄 주고, 남거들랑 가시내들이 처먹든가 혀. 알겄냐? 잉?"

할머니는 한참을 더 지켜보다가 기어이 한마디 더 던지고서야 발길을 돌렸다.

"예에-."

나는 부러 큰 소리로 대답했다. 진주가 눈물이 그렁그렁한 채로 멀어져 가는 할머니 눈치를 보면서 내 옆에 쪼그려 앉았다. 나는 할머니 모습이 멀어지기 무섭게 동생이랑 바가지째 들고 문턱에 앉았다. 우리는 마당으로 씨를 퉤퉤 뱉어가면서 배가 부를 때까지 앵두를 실컷 먹었다. 한 줌 남은 앵두는 마당 가 풀숲에 버렸다.

"찌깐 언니야, 왜 내삐리는 거여?"

"아, 고거빼니 안 냉깄다고 혼날 거 아니냐? 증거를 없애 부리야지."

장맛비가 계속 퍼부었다. 마당의 흙바닥엔 벌써 여러 갈래의 물길이 생겨난 지 오래였다. 엄마가 좋아하는 핏빛 접시꽃은 축축 처져 빗물을 흘렸다. 나는 문턱에 걸터앉아 슬레이트 지붕골을 따라 흐르는 빗줄기들 사이로 그 모습을 지켜보았다. 끊어지지 않는 빗줄기가 빽빽한 감옥 창살 같았다.

'벼얼비치 흐르으는 다리를 건너어~.'

방안에선 벌써 몇 번째 같은 노래가 반복됐다. 이따금 천둥소리에 묻혀 노래가 끊겼다. 본채 뒤뜰의 대나무밭이 그날따라 더 시커멓게 보였다.

'짝!'

등이 따가웠다.

"이녀러 가시내가 문턱에 앉지 말라고 그르케 말혀싸도 또 그러고 자빠졌네. 복 달어난다고 거시기 혔냐 안혔냐? 잉?"

지겨운 복타령이었다. 부모님은 어렸을 때 얼마나 문턱에 많이 앉아 있었기에 우리 집이 이렇게 가난할까. 비가 무섭게 내려 잠시 일손을 놓고 아버지에게 노래를 배우고 있던 엄마는 부엌 한쪽에 접어두었던 비닐을 몸에 칭칭 감기 시작했다.

"엄마, 비가 겁나게 내리쌌는디 어디 갈라 그려?"

"호박이랑 꼬추 쪼매 따가꼬 올팅게, 너는 후딱 방에 들어가서 거시기 허고 있어라잉. 댕겨와서 거시기 헐랑게"

"아따, 엄마가 본다고 뭐슬 알간디? 허구헌 날 검사를 헌다고 그리싼데?"

"이녀러 가시내가 버르장머리 없이 엄마를 거시기허고 지랄이여? 핵교서 그르케 갈켰냐?"

나는 엄마에게 등짝을 한 대 더 얻어맞고 나서야 방에 들어가 한쪽 모서리가 비에 젖어 눅눅해진 책을 펴고 숙제를 했다. 교과서는 긴 장마에 젖었다 마르기를 반복한 통에 책장이 온통 오돌오돌했다. 장마가 끝나면 교과서가 펴지려나.

엄마 말처럼 지긋지긋한 장마가 그치고 방학이 시작되었다. 나는 여름방학이 정말 싫었다. 방학뿐만 아니라 학교에 안 가는 일요일도 싫었다. 농사일은 뭐든 다 싫었지만 그중에서 가장 괴로운 건 벼에 농약을 치는 일이었다. 언니랑 오빠가 농약이 빨려 들어가는 기계를 젓고, 아버지가 분무대를 잡고 움직이는 대로 동생과 나는 중간에서 호스가 꼬이지 않도록 지켰다. 약 냄새에 놀란 뱀이 언제 발밑으로 기어 나올지 몰라 긴장을 늦출 수 없었다. 줄을 잡고 논두렁에 서 있을 때 바람이라도 불면 가느다란 농약 방울들이 얼굴로 날아들었다. 저녁에 집에 오면 우리는 메슥거리는 속 때문에 저녁도 먹는 둥 마는 둥 하고는 지겨운 여름방학이 어서 끝나기만을 빌면서 잠들었다.

농사일을 도운 애들뿐만 아니라 여름 내내 개울로 헤엄치러 다닌 애들까지 얼굴이 갈색으로 변해야 방학이 끝났다. 아직은 한여름처럼 더웠지만 그래도 밤송이마다 토실토실 살이 올랐고 깨금[4])과 머루, 산능금 열매도 먹음직스레 익었다. 학교 앞 가게에서 파는 과자가 백배는 맛있었지만 능바우 애들은 돈이 없었다. 그래도 괜찮았다. 산이 주는 군것질거리는 언제나 공짜였으니까. 채 벌어지지도 않은 초록색 밤송이를 따 가시 옷을 벗기면 조그만 풋밤이 나왔다. 우리는 이빨로 껍질을 벗기고 오도독오도독 밤을 씹어 먹었다. 풋밤은 보니도 연해 잘 까졌다. 생밤으로 먹기엔 잘 익은 갈색 밤보다 풋밤이 더 맛있었다. 밤송이 까기가 귀찮은 날엔 깨금을 따 먹었다. 이것도 밤처럼 씹는 맛이 좋긴 했지만 열매가 워낙 작아서 웬만큼 따 먹지 않으면 기별도 안 갔다. 으름도 씨를 뱉기 바빠 별로였다. 산에 널린 먹을거리 중 최고는 봄이나 가을이

---

4) 개암, 헤이즐넛.

나 역시 산능금이었다. 봄에 그렇게 꽃을 따 먹었는데도 가을 산은 까맣게 익은 산능금 천지였다. 새콤달콤한 것이 맛도 맛이지만 가지째 뚝 꺾어 들고 집에 가는 내내 따 먹으면 되니 편했다. 입술이 시커메지도록 다 따먹고 나서 가지는 아무 데나 훅 집어던지면 그만이었다.

 능바우 애들은 학교가 끝나고 집에 오면 자루를 하나씩 들고 산으로 들어갔다. 익어 저절로 떨어진 상수리나 산밤을 줍기 위해서였다.
 "야, 오늘은 우덜끼리 쩌어그 큰골로 가 보자. 거그가 상수리가 겁나게 많댜."
 정록이가 의기양양하게 앞장을 섰다.
 "그려. 근디 너 진짜 길은 잘 아는 거여? 언니 오빠들 없이 우덜끼리 가도 될랑가."
 "기양 가믄 되지 뭐. 갔다가 몰르것으믄 높은 디로 올라가서 동네 보이는 디로 내리오믄 될 거 아닌게벼."
 "하따 이를 때는 정록이 너 디게 똑똑헌 거 같다잉."
 자루를 허리에 차고 정록이를 따라 큰골로 올라갔다. 그런데 아무리 올라가도 참나무가 안 보였다.
 "야야 상수리나무도 읎는디 어디가 상수리가 많다는 거여? 맨놈의 소나무 뿐이잖여."
 "긍게, 울 엄마가 여그가 상수리가 겁나게 떨어졌을 거라고 혔는디. 여그가 아닐랑가."

상수리는 몇 개 줍지도 못하고 우리는 목이 말라 골짜기 물을 찾았다. 물을 찾는 것은 어렵지 않았다. 골짜기는 어느 산이나 있기 마련이었다. 누가 먼저랄 것도 없이 우리는 양손을 땅바닥에 짚고 엎드려 물을 쪽쪽 빨아 마셨다.

"야, 나 까재 잡었으야."

경민이가 가재 한 마리를 잡아 들고 자랑했다. 정록이랑 나도 질세라 도랑의 돌멩이란 돌멩이는 다 들춰 냈다. 돌을 치우는 족족 가재가 놀라서 뒷걸음질 쳤다. 봄처럼 말린 꼬리에 알을 품고 있지는 않았지만 제법 살이 올라 큼직했다. 우리는 물줄기를 따라 쭉 걸어 내려오면서 계속 가재를 잡아 자루에 담았다.

"야들아, 벌쎄 저녁 되야 브렀는디."

정록이가 허리를 펴고 말했다. 그제야 경민이랑 나도 고개를 들고 주위를 살폈다. 산속으로 푸르스름하게 저녁 기운이 서리는 것이 눈에 보였다. 우리는 가재 잡기를 그만두고 자루를 흔들면서 산에서 내려왔다.

엄마는 고추장을 푼 물에 호박을 썰어 넣고 가재로 국을 끓였다. 나는 엄마가 불을 때는 아궁이 앞에 앉아 나뭇가지에 가재를 끼워 구웠다. 가재가 빨갛게 익으면 재를 털고 딱딱한 껍질까지 바삭 깨물어 먹었다.

가재로 끓인 국을 잔뜩 먹었더니 초저녁부터 잠이 쏟아졌다. 얼마나 잤을까. 언니가 나를 흔들어 깨웠다.

"야야, 쪼매 인나야 쓰것어."

"아, 왜 그려, 나 디게 졸린디."

"나 똥 매라. 변소깐이 좀 같이 가잔게."

"또? 언니는 중학생이나 됐음서 밤이 똥 쌀 때마다 나를 꼭 딜꼬 가야 쓰겄어? 인자 혼자 댕기도 되잖여어."

"죽었다 깨나도 변소깐은 혼자 못 간 게, 후딱 인나 봐라. 아 언능. 꿈지락거리다 바지다 싸겄어."

기어이 언니는 자는 나를 깨워 앞세웠다. 변소는 마당을 가로질러 좁은 길을 조금 더 걸어 내려가면 나타나는 정록이네 밭 입구에 있었다. 내가 손전등을 들고 앞에 걸으면 언니가 뒤에서 내 옷을 붙잡고 따라왔다. 아홉 살인 나도 혼자서 밤에 변소를 잘만 다니는데 언니는 한 번도 혼자서 가는 걸 못 봤다. 중학생이 된다고 겁이 다 없어지는 건 아닌가 보았다. 내가 잠든 사이 밤이 꽤 깊었는지 별을 잔뜩 품은 하늘이 지붕 위로 바짝 내려와 능바우를 기웃거렸다. 조금 쌀쌀했고 풀벌레들이 합창 대회라도 벌이는 것처럼 사방에서 울어 댔다. 도대체 이런 밤이 뭐가 무섭다는 것인지 손톱만큼도 이해할 수 없었다.

"자, 언능 들으가서 후딱 싸고 와."

나는 손전등을 언니한테 건넸다.

"너는?"

"나는 뭐, 달도 훤헌 게 후라시 없어도 되겄는디."

"아니, 그게 아니고, 너도 들오라고."

"또? 여그 밖이 섰으믄 됐지. 내가 안 무섭게 계속 말 시키믄 되잖여, 맨날 똥 냄시 나게 나까지 들오라 그려."

언니가 울상을 해서 나는 할 수 없이 변소에 따라 들어갔다. 착한 언니가 우는 것은 정말이지 싫었다. 언니가 댓돌 위에 올라서자 '덜크덩'하고 돌이 흔들렸다. 언니가 똥을 싸는 동안 나는 구린내를 맡으며 손전등을 들고 쪼그려 앉아 있었다.

"나 다 쌌은게 다시 밑에 좀 비춰 봐라잉."

"하이고 똥깐이 빠질깜시 그려? 구데기들이 자다가 훤허다고 놀래서 잠이 홀딱 다 깨겄고만."

언니는 변소에 내려갈 때는 뒤에서 내 옷을 잡고 따라오더니 갈 때는 자기가 앞에 서서 나보고 발밑으로 손전등을 비추라고 했다. 아무래도 화장실 앞으로 쫙 펼쳐진 들판이 무서운 모양이었다. 걷다 말고 나는 뒤를 돌아보았다. 산이 들판 너머로 시커멓게 버티고 있었다. 금방이라도 뭔가 튀어나올 것 같긴 했다. 나도 모르게 언니 허리춤을 꽉 붙잡았다.

능바우, 방 두 칸

이사를 했다. 이번에는 트럭이 오지 않았다. 새로 이사 갈 집이 바로 주인집이었기 때문에 짐만 날랐다. 주인집이 시내로 이사를 하면서 안채를 우리에게 내었다. 우리 형제들은 처음으로 부모님과 따로 방을 쓰게 되었다. 아랫방은 부모님, 그 위쪽 미닫이문이 달린 윗방은 우리 남매 방이 되었다. 가장 큰 사랑방은 그냥 빈방으로 두었다. 사랑방은 아궁이가 부엌이 아니라 뒤꼍 쪽에 따로 나 있어 웬만해선 불을 때지 않아서 냉골이었다. 두 개의 방만으로도 달리기할 만큼 넓었다. 게다가 두 방을 합친 크기만큼의 마루가 있었다. 지금까지 우리가 살았던 '창꼬방'은 진짜 창고가 되었다.

아버지는 마당 가에 나무 기둥을 여러 개 세우고 철조망을 둘러 칸을 나눴다.

"넓은 마당을 놀리서야 쓰겄어?"

양철 지붕을 얹으니 그럴싸한 개집이 완성됐다. 엄마는 늘 장에 내다 팔 강아지를 사기 위해 강아지가 태어났다는 소문을 쫓아 시골 마을을 돌아다녔는데, 이제는 우리 집에서도 직접 개를 키워 그 새끼를 내다 팔 거라고 했다. 엄마는 장에 내다 팔 강아지를 사서 그중에 가장 튼튼하게 생긴 '멍청이 도사견' 두 마리를 데려왔다.

"엄마, 갱아지가 귀엽기만 헌디 왜 멍청이, 멍청이 그리싼데?"

"야들이 머리가 겁나게 나쁜 게 글지. 을매나 멍청허냐믄, 지 새끼를 나 놓고는 깔아 뭉개서 죽어 나가도 모르고 밥만 처먹는다고 안 허냐. 긍게 낭중에 야들이 커서 새끼를 낳거들랑 느덜이 수시로 잘 디리다 보야써."

"아, 그리믄 똑똑헌 놈들로다가 델꼬올 일이지, 멋 헐라고 이런 멍청헌 애들을 델꼬 왔는디?"

"아 그야, 야들이 새끼를 줄줄이 많이 난 게 글지. 한 번에 열 마리도 넘게 난당게. 금방금방 크기도 잘 크고."

"아, 그려? 우야당간 나는 야들이 이쁘기만 허고만. 걱정허들 말어, 나랑 진주가 새끼 나믄 잘 지켜 줄랑게."

  열 살 기념 선물처럼 진달래를 일등으로 해서 여기저기 꽃들이 피어났다. 나는 학교 가는 길에 손에 닿는 대로 꽃을 꺾어 선생님 책상 위에 있는 꽃병에 꽂았다. 진달래가 지면 이어 달리기라도 하듯 또 다른 꽃들이 계속해서 피었기 때문에 꽃병에 꽃이 떨어지는 일은 좀처럼 없었다. 들녘에는 논마다 물이 가득 들어차 실바람만 불어도 논 전체가 부드럽게 일렁였다. 아직 아무것도 심지 않은 논에는 파란 하늘과 솜털 구름이 바람이 부는 쪽으로 흘렀고 새들이 빠르게 헤엄쳐 다녔다.

  일요일 아침에 우리는 아버지를 따라 못자리 논에 가서 모 떼기를 해 왔다. 작년까지 모내기에서 못줄만 잡았던 내게 모를 심을 자격이 주어졌다. 열 살이 되었기 때문이었다. 못줄을 잡을 사람이 없자 아버지는 간격을 가늠한 다음 못줄이 감긴 굵은 나무 막대를 땅에 푹 꽂았다. 워낙 조각 논들이라 못줄은 애초에 잡을 필요도 없었던 거였다. 나는 아버지가 알려 준 대로 왼손에 못단을 잡고 오른손으로 네댓 포기씩을 떼어 검지와 중지, 약지를 쫙 펴고 무른 땅에 꽂았다. 어른들과 함께 모를 심는 내가 자랑스러웠다. 손가락을 따라 쑥쑥 심긴 모들이 안 넘어지고 제자리에 서서 바람에 살랑거리는 게 여간 보기 좋은 게 아니었다.

"야야, 너 장딴지에 끄무락지 붙었당게."

작은오빠가 내 다리를 보며 놀렸다. 나는 아무렇지도 않게 내 종아리에 붙어 피를 빠는 거머리를 떼어 아버지처럼 손가락으로 튕겼다. 다리가 따끔거렸지만 아무렇지도 않은 척, 흙탕물로 한번 쓱 씻어내고는 다시 허리를 굽히고 모를 심었다. 열 살씩이나 되었는데 이 정도 참는 건 일도 아니었다.

저녁을 먹고 아버지는 흑백 TV로 뉴스를 보았다. 서울 여의도에 63층이나 하는 빌딩이 건설되었다고 했다. 63층이 얼마나 높을지 가늠이 되지 않았다. 63층 높이에서도 사람이 숨을 쉴 수 있다는 사실이 신기했고, 비행기가 날아가다 부딪히면 어쩌나 걱정이 되었다. 나는 63층에 있는 내 방에서 잠을 자다가 아래로 한없이 떨어지는 꿈을 꾸었다.

논에 심은 벼들이 제법 키가 자라 논바닥이 안 보일 정도로 짙푸른 잎이 빽빽해졌다. 건조한 바람이 며칠째 계속 불어 어른들은 논바닥이 마를까 근심이었다. 아버지는 교회에 가거든 비를 내려 주십사고 기도하라고 했다.

도시에서 전근을 온 담임 선생님이 교회에 나가지 않으면 지옥에 떨어진다고 겁을 줬다. 나는 지옥에 가지 않기 위해 얼마 전부터 경민이네 가족을 따라 일요일이면 산을 넘어 교회에 다니기 시작했다. 교회 마루에 무릎을 꿇고 앉아 아버지의 명령대로 비를 내리게 해 달라고 빌었다. 다만, 아버지 이름이 아니라 예수님 이름으로 기도해야 한다고 해서 그렇게 했다. 우리 아버지 이름으로 기도하면 하느님이 안 들어줄 게 뻔했다. 교회 선생님 말이 예수님은 우리의 기도를 항상 들어주신다고 하더니 정말로 며칠 안 되어 비가 내리기 시작했다. 그런데 내가 기도를 너무 열심히 한 탓인지 비가 내려도 너무 무섭게 내렸다.

"야들아, 후딱 인나야 쓰것다."

밤중에 아버지가 우리 남매를 깨웠다. 아버지는 몸에 비닐을 감고 손전등을 든 채로 토방에 서 있었다. 우리는 벼락같은 아버지 소리에 놀라 잠이 덜 깬 눈을 하고서 일어나 마루로 나왔다.

"골돔 논두렁이 다 무너져 버렸으야. 안 그리도 물이 넘치것다 싶어 가꼬 가 봤드만……."

우리는 엄마가 내 주는 두루마리 비닐을 풀어서 몸에 둘렀다. 아버지를 따라 골돔에 가 보니 논둑 곳곳이 내려앉아 물이 흘러넘쳤다. 그대로 두면 벼까지 다 쓸려 갈 판이었다. 우리는 아버지가 시키는 대로 큰 돌들을 주워다 무너진 논둑에 쑤셔 박고 돌 사이에 풀과 흙을 채워 다졌다. 논둑 옆으로 흐르는 개울 반대편까지 삽으로 물길을 넉넉하게 만들어 주었다. 우리 논 쪽으로 물이 더 흘러 들어오는 것을 막기 위해서였다. 하늘엔 별 하나 뜨지 않아 눈앞은 깜깜했고 성난 빗줄기는 어디서고 내 몸을 때렸다. 우리는 어둠 속에서 아버지의 손전등을 따라 빗물과 사투를 벌였다. 잠깐씩 손전등 불빛에 드러난 물줄기는 용의 꼬리라도 꿈틀대는 듯 요란했다.

아버지와 엄마는 다시 논둑이 무너질까, 그래서 웃자란 벼들이

다 떠내려갈까. 한숨을 쉬었고 우리는 우리대로 학교 갈 일이 걱정되어 잠을 설쳤다. 아침밥을 뜨는 둥 마는 둥 하고 책가방을 챙겼다. 몸에 비닐을 칭칭 감은 아이들이 하나둘 마당으로 들어섰다.

"비가 이르케 많이 내맀싸는디 어찌자고 학교서 전화가 안 온다냐잉."

정록이었다. 사실 내가 아침을 다 먹고도 늦장을 부린 것도 같은 이유에서였다. 비가 너무 많이 내리거나 폭설로 산사태 위험이 있는 날엔 학교에서 이장님 집에 전화해 아이들 등교를 말류하곤 했다. 이장님 집에는 학생이 없었지만, 능바우에서 전화가 있는 유일한 집이었기 때문에 이장님이 전화를 받아 방송을 해 줬다. 그럼 이장님 집 마당 감나무에 매달린 확성기를 타고 소리가 퍼져서 온 동네 사람들이 다 들을 수 있었다. 새벽부터 내내 기다렸건만 이장님 목소리는 들리지 않았다.

"아무리 생각히 봐도 소농리는 비가 별로 안 오는 모양이여. 아긍게 몰르고 있는 것 아니겄냐잉?"

누군가가 의견을 내놓았다. 그럴듯했다. 어쨌거나 학교 허락 없이 우리가 단체로 결석할 수는 없었다. 가방이 젖지 않도록 몸에 비닐을 꼼꼼하게 두른 다음 고무신을 챙겨 신고 길을 나섰다. 동네 입구 쪽은 길이 꽤 넓어서 그런대로 괜찮았는데 앞으로 걸어갈수록 산을 타고 내려온 물줄기들이 좁은 길에 모여들어 점점 무서운 속도로 흘렀다. 급기야는 빗소리보다 물 흐르는 소리가 더 크게 들리기 시작했다. 흙탕물은 속이 보이지 않아 더 겁이 났다.

"야야, 아무리도 안 되겄는디. 걍 집이 돌아가얄 거 같어. 이르다

복당골 지나믄 우덜 다 떠널러 가겄어."
 6학년 지용 오빠의 말이었기 때문에 다른 아이도 대부분 동의했다. 나도 이미 넘치는 물 때문에 바지는 물론이고 속옷까지 몽땅 젖은 상태였다. 그런데 그대로 집에 가자니 지게 작대기가 부러지게 또 아버지한테 맞을 것만 같아서 쉽게 그러자고 할 수도 없었다. 작년에 동네 애들 앞에서 개처럼 매타작을 당한 후 나는 수시로 꿈속에서도 매를 맞곤 했다.
 "난 죽으나 사나 학교에 갈 거여. 어치피 떠널러 가다 물에 빠지 죽으나 아버지한티 맞어 죽으나 매한가지여. 아니, 물에 빠지 죽는 편이 허빼 낫겄어. 암만!"
 빗소리에 섞여 안 들릴까 봐 나는 큰 소리로 말했다.
 "아무리 생각히도 이건 아닌 거 같어. 우리도 집이 가자. 민주야, 아부지도 이르케 비가 많이 와서 떠널러갈 거 같어서 도로 왔다고 믄 별말 없을 거여, 안 그냐. 나는 도로 갈 참여."
 작은오빠가 나를 설득했다. 이미 아이들 몇 명은 더 위험해지기 전에 빨리 돌아가야 한다면서 왔던 길로 몸을 틀었다. 정록이, 경민이도 그 무리 끝에 등을 보이고 첨벙첨벙 걸었다. 지용 오빠와 작은오빠까지 나를 설득하다 내가 고집을 꺾지 않자 포기하고 아이들 뒤를 따라갔다. 작은오빠까지 눈에서 사라지자 덜컥 겁이 났다.
 빗줄기가 더 사나워졌고 길에 고인 물살도 아까보다 훨씬 빠르게 느껴졌다. 나는 앞으로도 뒤로도 가지 못하고 그 자리에 서서 엉엉 소리 내 울었다. 울음소리가 빗소리에 파묻혔다. 더 시끄럽게 울어봤자 아무 소용이 없었다. 이 정도 빗소리면 하느님한테도 내 울음소리가 안 들릴 게 뻔했다. 무엇보다 남은 것은 내 선택이었다. 나는 울음을 그치고 몸에 둘렀던 비닐을 벗어서 가방을 여러 겹으로 꼼꼼하게 여몄다. 틈이 없는지 확인하려 했지만, 빗발이 거세 어려웠다. 가방 색으로 보아 아직 젖은 것 같지는 않았다. 단단히 감싼 가방을 우산처럼 머리에 이고 다시 학교 방향으로 걸음을 옮겼다. 얼굴에 흘러내리는 물이 빗물인지 눈물인지 알 길이 없었다. 물속에서 발이 미끄러져 몇 번 넘어지긴 했지만 다 젖은 몸이라 그런 건 아무래도 상관없었다. 복당골을 지나고 큰 바윗길을 지나고 공동묘지를 지나 학교가 저만치 모습을 드러냈다.

마지막 고비가 남았다. 원래 징검다리로 건너던 개울은 불어난 물이 주변 논을 삼키는 중이었다. 가슴이 벌렁거려 한참을 서서 숨을 골랐다. 쉽사리 용기가 안 났다. 머리에 인 가방이 혹시 물에 빠질까, 손을 더 높이 들고 물속으로 발을 집어넣었다. 평소 장딴지 높이에서 찰랑대던 개울물이 허리를 넘기나 싶더니 이내 가슴께로 차올랐고 곧장 어깨에 닿았다. 빠른 물살에 잠깐이라도 정신을 놓았다가는 그대로 휩쓸려 버릴지도 몰랐다. 다리가 휘청거렸다.

낼 수 있는 가장 큰 목소리로 '나 좀 살려 주세요. 예수님의 이름으로 기도드립니다. 아멘'을 계속 반복했다. 순간, 발을 삐끗해 머리가 물속으로 잠겼지만 나는 있는 힘을 다해 바닥을 박차고 몸을 물 밖으로 밀어냈다. 충격으로 몸이 휘청대는 바람에 두어 번 더 자맥질을 했다. 하지만 용케도 빗소리, 물소리 사이로 하느님이 내 기도를 들었는지, 나는 떠내려가지 않고 무사히 개울을 건넜다.

비닐에 감싼 가방을 끌어안고 논두렁에 주저앉아 성난 물살을 바라보았다. 동네 아이들 앞에서 개처럼 매질을 당하는 것과 목숨을 걸고 개울을 건너는 것 중 하나를 골라야 한다면 어느 쪽이 나을까를 고민해 보았다. 둘 다 어려운 문제였다. 개울을 건너다 다쳤는지 발목에서 흘러나온 피가 이내 빗물에 섞여 묽어졌다. 입술이 바르르 떨렸다. 어느 틈으로 물이 들어갔는지 가방 한쪽이 물에 젖어 있었다.

텅 빈 운동장엔 크고 작은 물웅덩이가 쏟아지는 빗물을 계속 받아내는 중이었다. 소농리에도 능바우 못지않게 큰비가 쏟아지고 있었다. 무사히 학교에 도착했다는 안도감에도 눈물은 멈추지 않았다. 살아남았기에 흘릴 수 있는 눈물이었다. 교실 문 여는 소리에 놀란 아이들이 일제히 나를 쳐다보았다. 내 몸에서 흐른 물이 교실 바닥을 흥건히 적셨다. 선생님이 숙직실로 수건을 가지러 간 사이 수업 마치는 종이 울렸다. 1교시인 줄 알았는데 2교시 마치는 종이라고 했다. 완전한 지각이었지만 결석은 아니었다.

"능암 애들 아무도 안 오길래, 못 오나 했는데 어떻게 온 거냐? 안 그래도 학교에서 능암 이장님 집에 전화가 안 된다고 그러더라고."

빗줄기는 점심시간이 다 되어서야 기세가 꺾였다. 깍두기는 교과서를 붉게 물들이느라 국물이 다 빠져나가 맛이 맹탕이었다. 가방이 젖을 것만 걱정했지, 도시락은 차마 생각하지 못한 탓이었다. 밥에도 비 냄새가 배어 있는 것 같았지만 배가 고팠던 나는 밥을 남기지 않고 다 먹었다. 이장 아저씨네 집에 전화가 되어 선생님이 동네에 연락을 넣었다고 전해 주었다. 나는 혼자 집에 돌아갈 일이 걱정이었다. 젖은 옷을 입고 계속 앉아 있었더니 몸에서 쉰내가 진동했다. 6교시까지 수업을 다 듣고 가방을 들고 교실을 나섰다. 능바우로 가는 길은 어느새 물이 다 빠져 질척거릴 뿐이었다. 아침에 있었던 일은 꿈인 양 시치미를 떼는 하늘이 얄미웠다.

오빠 종아리에는 매질을 당한 흔적이 역력했다. 동생을 사지에 내팽개치고 왔다고 아버지한테 한차례 두들겨 맞았단다. 작은오빠가 계속 내 눈치를 보는 바람에 나는 맘 놓고 오빠를 원망할 수도 없었다.

비를 맞은 농작물만 몸집을 키운 것은 아니었다. 여름과 가을을 지나고 나도 키가 부쩍 자랐다. 큰비가 내리던 날, 불어난 개울을 건너는 순간 다 커 버린 것이라고 나는 믿었다. 가을걷이가 끝나고 열매들이 나무에서 거의 다 떨어졌다. 낙엽에 파묻힌 열매들은 산짐승들 몫이었다.

능바우에는 본격적인 사냥이 시작되었다. 아이들은 저마다 철사로 만든 올가미를 하나씩 들고 등굣길에 나섰다. 산토끼 똥이 많이 있는 곳이나 새털이 남아 있는 곳 위주로 올가미를 놓고 학교에 갔다.

"야야, 정록아, 요거시 산토끼 똥 아니다냐? 여그다 내 올가미 놓으믄 쓰것냐?"

공부만 빼고 뭐든지 잘하는 정록이한테 동글동글한 똥이 토끼 똥이 맞는지 확인했다.

"비슷허긴 헌디 이건 토끼 똥이 아니고 노루 똥이여. 토끼 똥보다 더 크고 누렇잖여. 어차피 우덜은 노루는 못 잡은 게 딴디다 노야 쓰겄는디."

"노루? 아, 노루 새끼 한 마리만 거시기허믄 을매나 좋겄냐잉. 그럼 돈을 겁나게 벌 틴디. 밤마다 총소리 들리는 것이 노루 사냥 온 사람들이 쏘는 거라매?"

"맞댜. 나도 자다가 총소리 나믄 무서 죽겄당게. 오줌 쌀 뻔혔으야."

나는 정록이가 알려 준 곳에 올가미를 놓고 학교에 갔다. 돌아오는 길에 우리는 올가미 놓은 자리를 돌아봤다. 나나 경민이가 놓은 올가미에 토끼가 걸린 적은 한번도 없었지만 정록이 올가미에는 종종 산토끼가 버둥거렸다.

딱 한 번, 정록이가 토끼를 두 마리 잡은 날 한 마리를 줘서 집에 들고 간 적이 있었다. 엄마는 토끼 가죽을 벗기고 매운 양념을 더해 닭볶음탕처럼 요리했다. 닭보다 조금 질기긴 했지만 기름기가 적어 맛은 더 좋았다. 그래서 틈만 나면 나도 산토끼를 잡아 다시 요리해 달라고 하고 싶었다. 하지만 토끼가 어찌나 날랜지 쉽사리 내 손에 들어오지 않았다. 올가미에는 흔적도 남기지 않던 토끼는 집에 가는 길에 종종 우리 앞으로 튀어나왔다. 녀석은 귀를 쫑긋 세우고 앞발을 들고 서서 우리를 놀리듯이 바라보다 냉큼 사라졌다. 그래도 종종 아버지가 산에 나무하러 갔다가 산토끼를 잡아 오는 날에는 우리 식구들도 산토끼 고기를 실컷 먹었다.

"야야, 쉿! 조용히 혀 봐라잉."

정록이가 집에 가다 말고 검지를 입에 가져다 댔다. 정록이 말을 들으면 웬만해서는 손해 볼 일이 없었다. 경민이랑 나는 걸음을 멈추고 정록이가 가리키는 쪽을 보았다. 풀숲에 꿩 여러 마리가 종종종 걷고 있었다. 한 마리는 몸집이 제법 큰 까투리[5]였고 나머지 여러 마리는 다 새끼였다. 깃털이 화려한 장끼[6]는 보이지 않았다.

우리는 숨을 죽이고 꿩 무리를 향해 슬그머니 다가갔다. 눈치가 빠른 어미는 푸드득 날아가 버렸고, 아직 날지 못하는 새끼 몇 마리만 우리 손아귀에 들어왔다. 손에 닿는 꿩 털이 보드랍고 따뜻했다.

"야, 이걸 어찐다냐? 너무 애기 새라서 집에 가꼬 가도 별라 먹을 것도 없겄는디."

정록이가 양손에 새끼 꿩 한 마리씩을 움켜잡고 말했다.

"아, 그라믄 데리다 키워서 잡어먹으믄 안 될랑가?"

내가 잡은 새 한 마리를 두 손으로 꼭 그러쥐고 말했다. 모처럼 사냥에 성공한 참이라 놔 주기 아까웠다.

"이거보다 허빼 찌깐헌 참새도 먹는디, 이거라고 먹을 것이 왜 없겄어? 안 기어?"

경민이도 풀어 주기는 싫은 모양이었다.

"야야, 그리도 아직 날지도 못 허는 애들을 잡어먹는 것은 쫌 그린다. 걍 놔주자. 불쌍허기도 허고, 야들이 좀 크믄 그때 다시 거시

---

5) 암꿩.
6) 수꿩.

기허믄 되지 않겄냐잉."

"야, 이 바보 멍충아, 누가 크믄 나 잡어 갑소 허고 도로 잽혀 준다가니?"

나는 답답해서 소리쳤다.

"야들아, 걍 놔 주자. 그 대신 내가 담에 때까치나 토끼 잡으믄 니네들 먼저 주께."

"음, 나는 때까치 고기는 싫은 게 토끼 잡으믄 줘. 그르믄 놔 주고."

나는 얼른 토끼로 딱 못 박아 말했다.

"알었어, 알었어. 토끼로 주믄 되잖여. 토끼, 토끼로 줄라느만."

나와 경민이는 그 말에 잡고 있던 꿩 새끼를 풀어 놓았다. 새끼들이 총총총 우리에게서 멀어졌다. 어디선가 '쿠엉쿠엉' 꿩이 울었다.

겨울 방학이 시작되면 동네 아이들은 대나무를 가늘게 쪼개 연살을 다듬었다. 가오리연, 방패연, 그냥 막 연. 내 멋대로 그림을 그려 넣은 창호지에 밥풀로 연살을 붙이고 크레파스로 색을 입힌 꼬리도 멋들어지게 달았다. 하늘로 두둥실 떠올라 바람을 타는 내 가오리연을 상상하면서 학교 가는 길 입구 언덕에 올랐다. 세로로 무덤 세 개가 경사지게 늘어서 걸리적거리는 덤불이나 나무가 없는 곳이었다. 연날리기엔 안성맞춤이었다. 언덕에는 며칠 간격으로 내린 눈이 녹지 않고 두껍게 쌓여 있었다.

언덕 밑은 정록이네 방죽이었다. 꽁꽁 얼어붙은 방죽에서는 아침부터 썰매를 들고 나온 동네 아이들이 소란을 떨었다. 보는 아이들도 있겠다. 이제 멋지게 내 작품을 하늘로 띄우기만 하면 되었다. '모두가 그 멋진 모습에 감탄하면서 박수를 치겠지.' 바람도 적당하니 하늘도 내 편이었다. 연을 머리 위로 힘껏 던지듯이 띄우고 빠르게 반대 방향으로 달렸다. 얼추 연이 바람을 탄 것 같아 멈춰서서 실이 감긴 나무 막대기의 양쪽을 잡고 천천히 줄을 풀었다. 연이 빠르게 내게서 멀어졌다. 썰매를 타던 아이들이 하나둘 소리를 죽이고 연을 지켜보았다. 색동 꼬리 세 개가 허공에서 하늘하늘 춤을 추었다. 완벽했다.

"하따, 연이 겁나게 이쁘네잉."

'그러면 그렇지. 누가 만든 건데'.

나는 보란 듯이 욕심껏 연줄을 풀었다. 방죽에서 노는 아이들뿐만 아니라 온 동네 사람들이 내 연을 볼 수 있도록 더 높이 띄우고 싶었다. 그런데 멀쩡하게 잘 날던 연이 갑자기 한쪽으로 살살 맴을 돌기 시작했다. '줄을 너무 풀었나.' 나는 서둘러 연줄을 손으로 툭툭 당겨 보았다. 연이 더 빠르게 돌았다. 이내 회오리바람처럼 요란을 떨더니 순식간에 바닥으로 곤두박질쳤다. 아이들이 몇 마디 소리를 지르는가 싶더니, 그럴 줄 알았다는 표정으로 다시 썰매를 탔다.

도대체 내가 만든 연은 왜 오래 떠 있질 못하는 것인지 생각할수록 약 올랐다. 아버지가 만들어 준 연은 균형도 잘 잡고 높이, 또 오래 하늘에 떠 있었지만 내가 만든 연은 아예 날지를 못하거나 하늘에서 뱅뱅 돌다 빠른 속도로 땅에 떨어지곤 했다. 아버지가 만들어 주면 되는데도 나는 기어이 낫을 들고 직접 연살을 깎아야 직성이 풀렸다. 아버지가 만든 연은 내 연이 아니었다.

"아, 그리게 연살을 골고루 잘 깎으야지. 한 짝은 뚜껍고 한 짝은 얄쿠란 게 야 찌우뚱 허니 균형을 못 잡는 거 아녀. 아, 그리고 꼬리를 이르케 욕심껏 질게 달어 노믄 무거서 어뜨케 난다냐. 꼬리를 무겁게 달라믄 마빡이다가도 댓살을 하나 붙이주든가. 머시든지 균형이 맞으야는 거시여."

아버지가 내 연살을 트집 잡았다. 연 말고 다른 건 하나도 균형을 못 잡는 사람이 누구인데. 표정을 감추느라 고개를 숙이고 내가 깎은 연살을 보았다. 내가 보기엔 잘 깎인 것 같았다. 나는 연살을 떼어내 칼로 다듬었다. 토방 한쪽에선 작은오빠가 통통하게 살이 오른 대나무를 반으로 갈라 낫으로 튀어나온 마디를 매끄럽게 손질하는 중이었다. 한참을 그러더니 다듬어진 대나무를 들고 부엌으로 들어갔다. 나는 손질하던 것들을 토방에 내려놓고 오빠를 따라갔다. 오빠는 아궁이의 남은 숯불에 대나무 앞쪽을 달구었다. 까맣게 그슬린 대나무에 힘을 주어 ㄱ자로 꺾었다. 한참을 그렇게 손으로 잡고 있다가 놓았다. 대나무는 굽어진 채 모양을 그대로 유지했다. 대나무 스키가 만들어졌다. 이제 손잡이용 작대기를 만들 차례였다. 오빠는 적당한 두께의 대나무를 골라 허리 높이에 맞춰 마디 바로 밑을 잘랐다. 막힌 마디에 녹슨 못을 박고 못대가리가 뾰족해질 때까지 돌에 갈았다.

오빠는 완성된 스키를 들고 내가 연을 날리던 언덕으로 갔다. 서둘러 오빠를 쫓아갔다. 진주도 따라왔다. 구경꾼들이 모여들었다. 오빠는 언덕 입구에 서서 스키를 눈 위에 내려놓고 그 위에 올라타듯 발을 얹었다. 손잡이 막대를 이용해 균형을 잡고 양쪽 발을 앞뒤로 엇갈리게 몇 번 움직였다. 걸리는 거 없이 스키는 눈 위에서 잘 미끄러졌다. 나는 침을 꼴깍 삼켰다.

"하이고, 먼 놈의 뜸을 그르케 들인댜. 후딱 타 보랑게. 언능!"

오빠가 양팔을 살짝 드는가 싶더니 작대기를 힘껏 땅에 꽂았다. 스키를 탄 작은오빠가 앞으로 휙 하고 나갔다.

"우와, 겁나게 재밌겄는디, 나도 잠 한번 타보믄 안 될랑가?"

"나도, 나도. 내가 2등여. 줄 스랑게."

오빠의 스키는 인기 만점이었다.

"다들 왜 그려? 울 오빠 거시긴 게 당연히 내가 먼지 타 보야지. 안 기어?"

오빠가 자랑스러웠다. 오빠처럼 나도 멋지게 스키를 타 보이면 곤두박질치던 연날리기 기억 따윈 아이들 머릿속에서 일찌감치 꺼진 불씨처럼 사라질 게 틀림없었다.

"아, 당연히 민주 니가 먼지 타 보야지. 암만. 그담이 나란 소리여."

아이들이 내 뒤로 빠르게 줄을 섰다. 작은오빠가 스키를 바닥에 반듯이 놓고 나한테 손잡이를 넘겨 주었다. 나는 손잡이를 땅에 콕 박고는 조심조심 한 발을 먼저 스키 위에 올려놓았다. 생각보다 스키가 미끈거려서 팔다리에 힘이 잔뜩 들어갔다. 나머지 한쪽 발을 스키에 올려놓으려는 순간 먼저 올려놓은 쪽 스키가 앞으로 주욱 미끄러졌다. 서둘러 손잡이를 떼었다 다시 땅에 꽂아 보았지만 스키는 한쪽 발만 싣고 앞으로 나갔다. 너무 빨라서 땅에 꽂힌 손잡이는 놓쳐 버렸다. 나는 엉덩방아를 된통 찧었다. 아이들이 신이 나서 웃어 댔다. 작은오빠가 제일 크게 웃었다. 나는 씩씩거리면서 미끄러진 스키를 주워 아이들 쪽으로 집어던졌다.

"느덜은 을매나 잘 타는가 내가 똑똑히 지켜볼라느만!"

아이들은 잘 탔다. 능바우 애들은 신기할 정도로 운동 신경이 좋았다. 산에서도 잘만 달렸고, 높은 나무도 흔들리는 우듬지 근처까지 금방 올라가 홍시처럼 대롱대롱 매달리곤 했다. 나는 아니었다.

경민이가 넘어지긴 했지만 처참하게 넘어진 거로는 내가 일등이었다. 볼수록 분한 마음이 들어 스키를 뺏고 싶었지만 괜히 창피하니까 심술부린다고 할까 봐 그러지도 못했다. 혼자 쌩하니 집으로 발걸음을 옮겼다.

"언니야, 같이 가."

내가 넘어진 걸 보고 스키는 타보지도 못한 진주가 코를 훌쩍거리면서 쫓아왔다. 내일은 그냥 비료 부대에 지푸라기나 넣어서 타야겠다고 생각했다. 진주도 앞에 태우고. 언덕을 온통 반질반질하게 만들어 스키 따위는 타지도 못하게 만들 참이었다.

아침마다 서둘러 비료 부대를 들고 가 눈길을 닦았다. 하지만 능바우 아이들은 86 아시안게임에라도 출전하려고 그러는지 스키 실력이 나날이 발전했다.

해가 바뀌었다. 어른들은 가을에 서울에서 열린다는 아시안게임이야기를 자주 입에 올렸다. 꽃을 피워 대느라 지친 봄이 여름으로 바통을 넘길 때쯤 도로 확장 공사가 시작되었다. 평소에 우리가 학교 다니는 좁은 산길 밑으로 차가 다닐 수 있도록 넓은 길을 만들어 군사용으로 사용할 거라고 했다. 차가 다닐 수 있다는 말에 이제 중학생 언니, 오빠들처럼 버스를 타고 학교에 다니게 될지도 모른다는 생각에 들떴다.

밤실 마을 쪽에서 굴착기와 불도저, 트럭들이 줄지어 올라왔다. 건장한 남자들 여럿이 마을로 들어왔다. 널찍한 사랑방 한 칸이 비었기 때문에 공사를 하는 동안 아저씨들은 우리 집에서 생활하기로 했다. 엄마는 돈을 받고 아저씨들 밥을 해 주기로 해서 당분간 시장에 나가지 않아도 되었다. 학교에 다녀와도 엄마가 집에 있어서, 아저씨들하고 함께 밥을 먹을 수 있어서 꿈만 같았다.

동네 아이들은 학교가 끝나면 공사하는 곳으로 서둘러 뛰어갔다. 아저씨들이 일을 마칠 때까지 땅바닥에 앉아 놀다가 굴착기를 따라 노래를 부르며 돌아왔다. 저녁을 먹고 나면 아이들이 하나둘 우리 집 마당으로 모여들었다. 우리는 마당에 둘러앉아 아저씨들이 해 주는 옛날이야기를 들었다. 마당에는 일찌감치 멍석이 깔리고 쑥대를 태운 모깃불이 뭉게구름을 만들었다. 연기와 어둠이 엉겨 붙은 우리 집 마당은 금세 마법처럼 다른 곳이 되었다. 이야기는 듣고 또 들어도 질리지 않았다.

여름방학이 돌아오고 밭에는 옥수수가 영그느라 수염이 까맣게 말라갔다. 엄마는 감자나 옥수수를 쪄 솥단지째 마당에 내놓았다.

수박 농사를 짓는 집에서는 종종 수박을 서너 통씩 가져오기도 했다. 엄마가 잘 익은 수박에 칼끝을 들이대면 '쩌억' 하고 갈라지는 소리가 듣기 좋았다. 아저씨들과 동네 아이들은 우리 마당에 깔아 놓은 멍석에 앉아 밤이 늦도록 자러 갈 생각을 하지 않았다.

앞이 잘 안 보일 정도로 비가 많이 내리는 날에는 공사도 멈췄다. 아저씨들은 토방에서 동네 아이들과 공기놀이를 하거나 비닐을 몸에 돌돌 말고 나가 소가 있는 집에 꼴을 베어다 주었다. 아저씨들이 길가에 넘친 물을 따라 나온 미꾸라지나 중고기를 잡아 오면 엄마는 호박을 썰어 넣고 매운탕을 끓였다. 논이나 방죽에 나가 우렁을 한 양동이씩 들고 오면 삶아서 살을 발라 고추장과 빙초산을 넣어 무쳤다. 우렁 초무침은 언제 먹어도 환상이었다.

"하이고, 맨날 이르케 반찬도 없이 밥을 디리서 어찌까요잉?"

엄마는 평소 우리가 먹던 것보다 맛있는 것들을 훨씬 많이 해서 상을 차리면서도 빼먹으면 안 되는 반찬처럼 그 말을 꼭 덧붙였다.

"아줌마 그게 먼 소리래요잉, 우덜은 여그 공사가 아주 안 끝났으믄 쓰것고만요. 밥도 맛나고 능바우 아들도 이쁘고요. 돈을 벌러 왔는지 호강허러 왔는지 몰로겄당게요."

아저씨들은 정말 엄마가 해 주는 밥이 맛있는지, 아니면 아버지 말대로 돌도 씹어 먹을 나이라서 그런 건지 툭하면 엄마에게 빈 공기를 내밀면서 밥을 더 달라고 했다. 어떤 아저씨들은 엄마를 자꾸 부르는 게 미안하다고 나를 불러 밥을 더 퍼 오게 했다. 밥을 두 그릇씩 먹고도 아저씨들은 누룽지까지 싹싹 비웠다. 설거지거리가 많아 힘들 텐데도 수돗가에 앉은 엄마는 자주 콧노래를 흥얼거렸다.

"느그들 포크레인 바가지 타 봤냐?"
일을 마치고 돌아온 아저씨가 굴착기에서 내려오며 물었다.
"얼레, 포크레인 바가지에 사람이 다 탄데요?"
"아, 그럼, 얼마나 재밌는디. 내가 태워 주랴?"
아이들이 서로 자기가 먼저 타겠다고 야단이었다. 아저씨가 다치지 않게 차례로 줄을 서라고 했다. 진주가 일등, 내가 이등이 되었다. 밥을 해 주는 엄마 덕분에 우리는 특혜를 누렸다. 큰 아이들은 위험하다고 해서 작은오빠는 탈 수 없었다. 나도 커서 안 된다는 것을 꽉 붙잡고 있겠다고 우겨서 겨우 허락받았다. 아저씨는 마당 가에서 웃자란 쑥대를 한 아름 뜯어다 굴착기 삽 안쪽에 깔고 동생을 앉혔다.
"갑자기 일어서면 큰일 난다. 떨어진게 가만히 있으야단다잉."
동생이 끄덕였다. 겁먹은 표정이었다. 아저씨가 운전석에 올라타 시동을 걸고는 굴착기 삽을 들어 올렸다. 굴착기가 천천히 돌기 시작하자마자 진주가 무섭다고 소리를 빽 질렀다. 아저씨가 다시 시동을 끄고 서둘러 우는 동생을 내려 주었다.
"아무래도 진주는 너무 애기라서 무선가 빈디."
동생 눈에 눈물이 가득했다. 그러거나 말거나 나는 예상했던 것보다 내 차례가 빨리 돌아와 흥분됐다. 나는 아저씨 도움 없이 혼자서 굴착기 삽 안으로 냉큼 들어가 자리를 잡았다. 흙냄새와 쑥 향이 섞여 기분이 묘했다. 아저씨가 삽을 들어 올려 천천히 돌리기 시작했다. 사방에서 시원한 바람이 일었다. 만화 속 주인공이 된 것 같았다. 기분이 좋아 소리를 질렀다. 아저씨가 조금 빨리 몇 바퀴를 더 돌리고는 나를 내려 주었다. 땅바닥에 내려왔는데도 가슴이 계속 쿵쾅거렸고, 땅이 빙빙 돌았다.

 진짜 방학 같던 공사가 끝나고 아저씨들도 마을을 떠났다. 동네 아이들이 당산나무 아래까지 줄지어 배웅했다. 아저씨들과 함께, 옛날이야기도, 맛있는 반찬도, 굴착기 놀이기구도 사라졌다. 아저씨들이 일을 좀 덜 열심히 했더라면 좀 더 길게 우리 사랑방에 머물렀을 텐데 아쉬웠다.

 아저씨들이 다 돌아갔는데도 저녁을 먹고 난 아이들은 우리 집 사랑방에 모여 놀다가 밤이슬에 종아리를 적시며 돌아갔다. 종종 그대로 잠이 들어 아침에서야 돌아가는 애들도 있었다. 그때부터 우리 형제들도 가끔 사랑방에서 잠을 잤다.

 공사로 학교 가는 길이 넓어져 이제는 한 줄로 길게 줄지어 걸을 필요가 없었다. 여자애들 넷이 손을 잡고 옆으로 함께 걸어도 충분했다. 방학이 끝날 때마다 하던 동네 아저씨들 풀베기 행사도 사라졌다. 전에 다니던 길에는 방학 동안 아무도 다니지 않아 개학 때쯤 되면 풀이 우리 허리 높이까지 쑥쑥 자라 있어 개학 전에 아저씨들이 낫을 들고 나가 다 베어 줘야 했다. 하지만 새로 난 길은 불도저가 여러 번 땅을 다져서 그런지 큰 풀이 없었다. 기대와 달리 버스는 안 다녔다.

 산을 깎아 새로 만든 길 아래로는 낭떠러지가 생겨났다. 우리는 집에 돌아오는 길에 엉덩이에 붉은 흙을 잔뜩 묻혀 가면서 흙 썰매를 타고 내려가, 흙이 자꾸만 무너져 내리는 경사를 누가 더 빨리 올라가는지 내기했다.

비라도 내리는 날에는 다져지지 않은 흙길에 종아리까지 푹푹 빠트리며 걸어야 했다. 몇 번 신발을 더럽힌 능바우 애들은 비가 오면 망설임 없이 예전의 좁은 산길로 들어섰다.

가을바람이 불었다. 사방에서 낙엽이 날아 와 새 길의 맨살을 덮었다. 가을 소풍이 며칠 앞으로 다가왔다. 나는 새벽마다 뒷산에 올랐다. 밤새 떨어진 알밤을 줍기 위해서였다. 암탉이 낳은 달걀도 차곡차곡 찬장에 들어가 앉았다. 소풍날 가져갈 김밥에도 넣고 삶아서 간식으로 챙겨 가려면 달걀이 꽤 필요했다. 가을 소풍 장소는 작년에도 갔던 천호성지였다. 아이들이 농담 삼아 소풍 성지라고 부르는 곳이었다.

학교에 다녀와서 아이들과 함께 밤이랑 상수리를 주워 집에 돌아왔다. 마침 마당에는 집안 살림들이 비행하고 있었다. 가을일하다가 술을 잔뜩 마신 아버지가 던지기 선수인 건 보나마나였다. 엄마는 응원이라도 하는 것처럼 옆에서 악을 쓰며 부채질했다. 나는 밤과 상수리가 든 자루를 얼른 뒤뜰에 감추었다. 던질 것을 보태고 싶지 않았다. 더 이상 던질 만한 물건을 찾지 못한 아버지가 엄마의 머리채를 낚아챘다. 엄마를 던지기는 너무 무거웠는지 머리를 잡은 채로 흔들고 뺨을 때리고 발로 찼다. 엄마가 순순히 맞아 주지 않고 욕을 하며 대드는 바람에 아버지 눈이 뒤집혔다. 마당을 가로지른 아버지가 지게 바작에 꽂힌 낫을 빼 들었다.

"엄마! 빨리 도망가! 언느응!"

언니가 소리 질렀다. 엄마가 달리기 선수가 될 차례였다. 엄마는 대나무 숲을 향해 달렸다. 엄마의 선택은 장애물 달리기였다. 술에 취한 두 번째 주자를 고려한 결정일 터였다.

"아버지이! 아버지이이!"

언니의 응원에 힘입어 아버지는 뒷마당 쪽으로 낫을 바통처럼 들고 뛰었다. 비틀비틀, 형편없는 선수였다. 엄마의 선택은 탁월했다. 대나무 장애물이 제 역할을 톡톡히 해냈다. 아버지는 몇 개의 대나무에 낫으로 상처를 낼 뿐이었다. 옆집 아저씨가 성큼 쫓아가 아버지한테서 바통을 빼앗았다. 아버지는 분이 풀리지 않는지 집 안으로 들어가 이미 부서진 물건들을 다시 집어 들었다. 던지기 시합이 이어졌다. 아버지가 단연 일등이었다. 모든 경기가 끝나고도 아무런 상이 주어지지 않자 아버지는 욕을 쏟아내다 지쳐 곯아떨어졌다. 겁에 질려 벌벌 떨던 나도 어느샌가 잠들었다. 잠결에 언니가 밖으로 나가는 소리를 들은 것도 같았다.

아침에도 엄마는 보이지 않았다. 아버지는 언니가 차려 준 아침상을 말없이 받았다. 우리도 조용히 밥을 먹고 언니가 싸 준 도시락을 들고 학교에 갔다.

'내일이 소풍인데 그때까지 엄마가 안 돌아오면 어쩌지. 우리 반에서 나 혼자 김밥도 못 싸가면 어쩌지. 앞으로 영영 엄마가 없으면 어쩌지…….'

수업이 끝나기가 바쁘게 마라톤을 하다시피 달려 집으로 왔다.

엄마는 여전히 보이지 않았다.

'장에 갔나? 하긴 내일이 소풍인데 김밥 싸 주려고 장 보러 갔겠지.'

김밥 재료를 사러 엄마가 시장까지 직접 갈 필요는 없었다. 다들 중학생인 자녀에게 심부름을 시키거나 중학생이 없는 집에서도 다른 집 학생에게 부탁하면 그만이었다. 그래도 설마……. 나는 저녁 버스를 타고 오는 사람들이 빨리 마을 입구에 나타나길 기다렸다. 작은오빠도 구슬치기하러 나가지도 않고 마당에 서서 자꾸만 동구 밖을 내다봤다. 멀리 걸어오는 사람들 사이로 언니 모습이 나타났다. 오빠와 나는 달렸다.

"언니야, 엄마는?"

"엄마 안 올 거여."

"……."

오늘만 안 온다는 것인지, 앞으로 계속 안 온다는 것인지 궁금했지만 물어보기가 겁났다. 말 대신 눈물이 툭 떨어졌다.

"야들아 사실은 어짓밤에 엄마 왔었어. 먼 소리가 나서 혹시나 싶어 창꼬방이 가 본 게 엄마가 농약병 들고 울고 있드라. 내가 안 봤으믄 우리 엄마 죽을 뻔혔으야. 내가 차라리 도망가라고 혔어. 외할머니한테 가라고. 죽지만 말라고. 엄마가 오천 원 주고 가면서 당분간 차비허라고, 나보고 불쌍헌 니네들 잘 돌보라고……."

산 너머로 해가 사라지고 어둠이 한꺼번에 내려앉았다.

"민주 너는 이거 입고 가라. 내가 찢어진 디 어짓밤이 꼬메 놨어.

그리고 도시락 가지 가고. 엄마가 언지 올랑가 몰라서 김밥 재료는 못 샀어. 차비가 있으야 학교를 댕긴 게. 나도 중학교 졸업은 히얄 거 아니다냐. 참말로 미안허다."

소풍날 아침 자기가 입던 원피스와 도시락 가방을 내미는 언니는 죄인의 표정이었다. 길 잃은 죄가 주인을 잘못 찾은 듯했다. 도시락 뚜껑을 열어 보았다. 흰밥에 깍둑 썬 오이와 고추장. 그리고 아침 일찍 일어나 쪄 놓았는지 도시락 가방 구석에 시커멓게 들어앉은 밤 한 움큼.

아이들 사이에 섞여 학교로 가는 내내 오빠랑 나는 한마디도 하지 않았다. 엄마가 아버지한테 두들겨 맞고 집을 나갔다는 소문이 동네를 돌고도 남을 시간이었다. 아이들이 자기들끼리 귀엣말을 주고받았다.

학년별로 운동장에 모여서 천호성지까지 걸어갔다. 몇몇 엄마들이 선생님들에게 줄 음식 찬합 보따리를 들고 따라왔다. 구름 한 점 없이 파란 하늘은 온통 잠자리 떼 차지였다.

"민주야, 이거 마셔. 애들이 돈 모아서 너랑 니네 오빠 꺼도 샀어야."

경자 언니가 다가와 뚜껑이 열린 오란씨 한 병을 내밀었다. 빨대가 꽂혀 있었다.

"그리고 이따가 점심때도 능바우 애들 다 모여서 김밥 나눠 먹기로 혔응게 걱정허지 말어. 알겄지?"

내가 얼떨결에 오란씨 병을 건네받자 경자 언니는 사과 하나를 내 도시락 가방에 넣고는 자기네 반 무리로 돌아갔다. 나는 오란씨를 받아 들고 아주 조금씩 음료수를 빨아 먹었다. 병은 좀처럼 비워지지 않았다. 오란씨가 너무 달아서 이번엔 내가 벌을 받는 것 같았다. 뚜껑이 없어 계속 손에 들고 걸어야 하는 벌. 엄마는 집을 나갔는데 단물이나 쪽쪽 빨아 먹고, 친구들 사이에 앉아 오이 고추장 도시락 먹을 걱정이나 했던 내가 받는 벌.

천호성지에 도착하니 순교자들의 무덤 위로 누렇게 잔디가 바랬다. 비석 틈새, 무덤 사이, 잔디 중간 중간에 숨겨 놓은 보물찾기가 시작되었다. 나는 보물을 찾을 마음이 없어 먼산을 보고 앉았다. 천호산을 온통 다 뒤져도 내가 찾는 보물이 있을 것 같진 않았다. 엉덩이에 달라붙은 검불을 털고 일어서는데 누군가 다가와 내 손에 무언가를 쥐여 주고는 뛰어갔다. 종이쪽지였다. 펼쳐 보았다. '보물'이라고 보라색 도장이 찍혀 있었다. 엄마 얼굴에 자리 잡았을 보라색 멍 자국 같았다. 구겨서 힘껏 던졌다. 보물은 얼마 못 가 바로 앞 가시덤불에 걸렸다.

"아이고, 애들 소풍 갈직이 천 원씩이라도 주지 그랬냐. 소풍날 챙기 주라고 오천 원 준 건디."

다음 날 학교에서 돌아오니 엄마는 아무렇지도 않은 얼굴로 부엌에서 불을 때고 있었다. 내가 소풍에 오이 고추장 도시락을 싸 갔다고 말하자 엄마가 언니를 나무랐다. 나는 얼른 말을 덧붙였다.

"엄마, 나는 암시랑토 안 혔어. 애들이 김밥도 주고 오란씨도 사 주고 사과도 줬당게. 참말로 암시랑토 안 혔당게."

'그니까 엄마도 암시랑토 안 혔으면 좋겠어'라는 말은 삼켰다. 아버지는 한동안 술을 마시지 않았고 저녁마다 부서진 물건들을 하나씩 고쳤다. 들에는 가을걷이가 한창이었다.

언니의 방

"언니야, 왜 그려? 학교서 선생님헌티 혼난 거여? 아니믄 또 아부지가 학교 가서 술 먹고 난리 친 거여?"

부뚜막 앞에 앉은 언니 눈이 퉁퉁 부었다. 아침에 언니네 학교에 간다고 나간 아버지는 날이 어두워지도록 귀가가 늦어지고 있었다. 모처럼 읍내리에 나갔으니 술집 어딘가에서 고약해져 있을 터였다. 내가 여러 번 묻는데도 언니는 말이 없었다. 벌게진 눈에서 눈물이 길게 흘러 아궁이 불빛에 따라 잠깐씩 빛나다가 턱 밑으로 뚝 떨어졌다.

오랜만에 좋아하는 술을 실컷 마시고 온 아버지는 기분이 좋아 보였다. 저녁 내 아무 말도 없던 언니가 무슨 정신인지 아버지 앞에서 큰 소리를 내기 시작했다. 생전 처음 보는 광경이었다.

"아버지 진짜 우리 아버지 맞어요? 어뜨케 선생님 앞에서 그르케 말씀허실 수가 있어요? 저는 주서 온 자식이래요?"

아버지 얼굴이 이내 험악해졌다.

"뭣이여? 이 버르장머리 없는녀르 가시내가 아버지헌티 말버릇이 그게 뭣이다냐?"

"애들 다 댕기는 복도에 서서는, 아들이 중학교에 들어오는디 먼 놈의 가시내를 고등학교를 보내겄냐고 선생님헌티 따지듯이 말씀허신 게 그럼 잘허신 거래요?"

아버지 주먹이 언니 머리통을 내려쳤다.

"이녀르 가시내가 실컷 밥 믹이서 갈처 논 게 머리만 커서 즈그 아버지헌티 대드는 거 봐라. 싸가지 없게."

"그려요. 가난헌게 고등학교, 그거 못 보내 줄 수도 있어요. 그리도 부모라믄 속상해는 허야는 거 아녀요? 어찌믄 그르케 당당허게 선생님한테 따질 수가 있대요. 그리고 그냥 못 보내 주겄다고 조용히 말씀허시믄 될 일이지. 뭐가 그르케 자랑스런 일이라고 그리 큰소리로, 아들이 중학생 된 게 딸년은 돈 벌어서 뒷바라지허얄 거 아니냐니요. 그게 자식 담임 선생님한테 허실 말씀이래요? 애들이 뭐래는지 알어요? 의붓아버지 아니냐고 그려요."

"아 이녀르 가시내가 저녁이 못 먹을 걸 처먹었는가 어디서 말대꾸를 또박또박허고 지랄이여, 지랄이. 한번 다 봐라. 능바우서 어디 가시내를 고등핵교 갈친 집이 있는가? 어? 정신머리 똑바로 처박힌 년이믄 생각을 히얄거 아녀. 아들이 인자 내년이믄 중학생이 되는디, 큰딸이 되야가꼬 착실히 돈 벌어서 동생 건사헐 생각은 못허고. 큰아덜을 못 갈쳤은 게 작은아덜놈이라도 갈치얄 거 아니여?"

"참, 아버지 대단허시네요. 대단허셔요. 차라리 낳지나 말지."

언니가 울면서 마당 밖으로 사라졌다. 쫓아 나가 더 때릴 줄 알았는데 웬일인지 아버지는 힘없이 방바닥에 주저앉아 찬물을 벌컥벌컥 들이켰다. 더 이상 욕도 하지 않았고, 물건을 던지지도 않았다. 어둠 속에서는 한 번씩 가느다란 흐느낌이 가을 풀벌레 울음에 섞여 들었다. 깜깜하면 혼자 변소도 못 가는 언니가 손전등도 없이 풀숲에서 울었다. 부엌에서는 엄마가 반질반질한 가마솥만 행주로 닦고 또 닦고, 또 닦았다.

언제부터 내린 것인지 모를 눈이 켜켜이 쌓여 세상이 온통 하얗게 빛났다. 날이 밝아도 눈송이들은 아주 가볍게 위에서 아래로, 아래로 하염없이 떨어졌다. 처마 끝엔 어제도 보았고 그제도 보았던 고드름에 오동통 살이 올랐다. 아무도 걷지 않은 새하얀 길을 엄마와 언니가 보따리를 들고 걸었다. 두 사람의 발걸음은 내리는 눈만큼이나 느렸다.

'꿈인가. 꿈이구나. 그러니까 잠바도 입지 않고 마당에 서서 점처럼 작아지는 언니 뒷모습을 보고 있는데도 춥지가 않지.'

눈사태가 난 듯 내 안에서 무언가가 푹푹 무너져 내렸다. 요 며칠 언니는 마음을 단단히 먹은 듯 보였다. 언니는 결국 능바우를 떠났다. 잠깐 서울에 다니러 간 것이 아니라 계속, 그곳에서 가족이 아닌 다른 사람들과 살 거라는 사실은 저녁이 되고 다음 날 아침이 되어도 믿기지 않았다. 엄마는 언니를 서울에 데려다 주고 사흘 만에 돌아왔다.

"봉제 공장? 미싱으로 옷 만드는 공장 말여?"
"그려, 옷 맹그는 공장."
"언니가 무슨 미싱을 헐지 안다고 미싱 공장을 들으갔다? 울 언니 공부허는 거 젤로 좋아허는디."
"인자 배우야지. 시다로 들으갔응게 실밥도 따고 대리미질도 험서 차차 배우는 거랴."

나는 군불 때는 엄마 옆에 쭈그리고 앉아서 계속 이것저것 캐물었다. 서울이란 곳을 한 번도 가 보지 못해서 언니가 어떤 모습으로 살아갈지 상상이 되지 않았다. 밖은 어둠이 짙어지나 싶더니 이

내 논도 산도 하늘도 모두 한통속으로 까맣게 변했다. 나는 어둠을 한참 바라보다 갑자기 생각난 게 있어 엄마한테 물었다.

"엄마, 근디, 인자 언니 밤이 똥 매리믄 누가 같이 변소깐이 가 줄랑가?"

"……."

"언니는 혼자서는 밤이 똥 싸러 못 댕기는디, 큰일 나 버릿네잉."

"긍게 말이다잉. 으찌 그르케 겁도 많은지……."

바짝 마른 장작은 타닥타닥 박자까지 맞춰가면서 활활 타들어 갔다.

"동상, 있는가?"

정록이네 엄마가 양푼을 들고 부엌으로 들어왔다.

"예, 성님. 다 저녁이 으찐 일이시래요?"

"자네 서울서 왔다 소리 들어 가꼬, 은주는 잘 디리다 주고 왔는가?"

"예."

"이거 아까 낮이 정록이가 고물 장시헌티 바꾼 모냥인디, 맛이나 보라고 가지왔네."

아줌마가 내민 양푼에 든 것은 하얀 분이 묻은 엿가락이었다.

"아이고, 지는 서울까지 댕겨왔는디도 디릴 것이 암것도 없는디 빈손으로 받을랑게 염치가 없네요잉, 아주 잘 먹겠네요잉."

"좌우당간, 동상 너무 속 끓이들 말드라고. 은주 갸가 보통 야무진 아간디. 착실허니 일 잘 배우고 이쁨받음서 지낼 거고만."

아줌마가 돌아가고, 엄마는 한참 동안 양푼을 바라봤다.

"엄마, 나 엿 하나 먹으믄 안디야?"

"방이 갖고 들으가서 아버지 먼지 디리고 너도 애들허고 같이 먹어라."

엄마가 내 손에 양푼을 들려줬다.

"엄마는? 엄마도 하나 먹어 봐아."

나는 양푼을 엄마 앞으로 다시 내밀었다.

"나는 됐응게."

엄마가 다시 양푼을 손으로 밀어냈다. 나는 방에 들어가 아버지랑 오빠, 동생에게 엿이 든 양푼을 내려놓았다.

"정록이네 아줌마가 가지오셨어요. 드세요."

"나는 엿 안 좋아헌다. 느들이나 먹어라."

아버지가 윗목으로 양푼을 밀어냈다. 언니가 서울로 가고 난 후 아버지는 내내 기분이 안 좋아 보였다. 옆에서 지켜보던 작은오빠랑 동생이 달려들어 엿을 하나씩 집어 들었다. 나는 엿 한 가락을 집어 들고 다시 부엌으로 갔다.

"아버지는 엿 안 좋아허신다는디, 자, 엄마도 쪼매 먹어 보랑게."

나는 엿을 반으로 똑 부러뜨려 한 조각을 엄마에게 내밀었다.

"하이고, 이럴 줄 알었으믄 보내기 전이 깨엿이나 사다 믹일 걸. 그걸 하나 못 믹여서 보냈다. 나 같은 것도 에미라고."

집에 도착할 때부터 부어 있던 엄마 눈에서 기어이 눈물이 툭 떨어졌다.

"언니 말이여?"

"그려. 작년 가실께…… 중산장날, 생일 선물인게 먹고 싶은 거

민주의 방 87

있으믄 하나 골라 봐라. 헌게 은주가 깨엿을 하나 집어 들더니, 아줌마 이거 하나에 얼마래요? 허고 물어. 하나에 300원이라고 헌게, 갸가 그 엿을…… 기양 내리놔. 그서 내가 왜 그냐, 허고 물어본 게, 엄마가 아침부터 종일 찬 시장 바닥에…… 앉어 가꼬 장사혀서 하루에 얼마나 버는지 내가 뻔히 아는디 하나에 300원씩이나 허는 엿을 어뜨케 먹는디야, 허고는 휙 돌아서 학교로 뛰어 가 버렸어."

엄마는 한동안 말을 잇지 않았다. 나는 잠자코 기다렸다.

"생전 뭐 사달라고 헐지도 몰르던 아가 사 달라고 헌 거 보믄 깨엿이 어지간히 먹고 싶었던 모양인디…… 그거 하나를 못 믹이 보냈는디, 내가 이 엿을 어뜨케…… 목구녕으로 닁긴다냐……. 긍게 가지가 너나 먹어."

처음 듣는 이야기였다. 평소에 언니한테 깨엿이 먹고 싶다거나 하는 말을 들어 본 적이 없었다. 아니, 나는 언니도 먹고 싶은 것이 있다는 사실이 신기했다. 소풍이나 수학여행을 가도 엄마가 군것질하라고 준 돈을 자기한테는 십 원도 안 쓰고 부모님 선물이나 동생들 과자 사는 데 몽땅 다 써 버리던 언니였다.

나는 토방에 서서 양손에 엿을 하나씩 들고 이걸 먹어야 하나 말아야 하나 고민했다. 그러다 하나를 입에 넣고 와자작 씹었다. 끈적끈적한 엿이 이에 달라붙어 조금씩 침이 고였다. 혀에 힘을 주고 떼어 보려고 했지만 엿은 쉽게 떨어지지 않았고 눈물만 질질 비어져 나왔다.

언니 없이 5학년이 되었다. 나는 진주를 데리고 학교에 다녔다.

동생은 뭐가 그리도 좋은지 한 살 많은 정진이랑 웃고 떠들면서 짧은 다리로 종종종 잘도 따라왔다. 언니 손을 잡고 처음 학교에 가던 날이 떠올랐다. 진주가 나보다 학교생활을 훨씬 더 잘하는 것 같았다.

집에 돌아오니 마당에 파란색 트럭이 서 있었다. 가게가 없는 능바우에 일 년에 한두 번 나타나는 만물상 아저씨였다. 이장 아저씨의 방송 소리를 듣고 우리 집 마당에 모인 동네 사람들은 라면이나 국수, 설탕, 밀가루 같은 것들을 사서 지게에 지고 돌아갔다. 우리는 어른들 뒤에 서서 부모님이 라면을 얼마나 사는지 눈여겨보았다. 어른들은 약속이라도 한 것처럼 라면과 국수를 꼭 한 상자씩만 샀다. 설탕과 밀가루도 한 부대씩이었다. 어른들은 정말 준비성이 없었다. 아저씨가 또 언제 올지 모르니 라면처럼 맛있는 것은 많이씩 사 두면 참 좋을 텐데. 한 치 앞도 내다보지 못하는 어른들 때문에 애가 탔다.

저녁 메뉴는 라면이었다. 나는 생일날 엄마가 닭을 잡아 삶아 주는 것보다도 라면이 훨씬 더 좋았다. 라면을 옷장 가득가득 넣어 놓고 사는 꿈까지 꾼 적이 있었다. 부엌에 앉아 라면 끓이는 걸 구경했다. 양은솥에 물을 반쯤이나 채운 걸 보니 저녁에는 라면을 배불리 먹을 수 있을 것 같았다. 물이 끓기 시작하자 엄마가 상자에서 라면을 꺼냈다. 두 봉지였다.

"엄마, 물은 이르케 많이 부섰는디 왜 라면은 두 개 뿐이여?"
"국수도 느야지."
"엄마, 오늘 한 번만 국수 안 넣고 라면만 끓이믄 안디야? 어? 나는 국수 안 넣고 끓인 라면이 허빼 맛있단 말이여."

"맛있다고 막 한번이 다 먹으믄 쓰가니. 라면은 비싼 게 애끼 먹으야지."

엄마는 국수와 라면, 스프를 넣고는 간장으로 간을 맞추고 고춧가루를 풀었다. 마지막 남은 희망은 그릇에 옮겨 담을 때 반듯반듯한 면보다 구불거리는 면이 내 그릇에 최대한 많이 담기는 것이었다. 하지만 엄마는 라면을 골라 아버지와 오빠 그릇을 먼저 채웠다. 나는 이다음에 죽어서 저승에 가거든 삼신할머니를 찾아 단단히 따져 물을 생각이었다. 무슨 억하심정으로 나를 여자로 점지했는지 말이다.

"엄마도 여잠서 맨날 왜 남자만 먼지 챙긴댜?"

"그것이사 남자들이 뱃골이 큰게, 더 많이 먹어야 힘을 써서 농사 일을 헐 것 아니다냐. 그리도 스프 국물은 다 똑같이 들으간게 니야도 맛날 것이여. 저녁 먹거들랑 설탕물 그득 타 줄팅게 잔소리 말고 먹기나 혀."

엄마는 내 그릇과 동생 그릇에 남은 면을 다 담고, 엄마 그릇에는 국물만 담아 찬밥을 말았다. 엄마 말대로 라면보다 국수 면발이 더 많은 내 몫의 저녁도 맛은 좋았다. 게다가 저녁상을 물린 엄마가 큰 양푼에 설탕물을 만들어 줘 진주랑 실컷 마셨다.

동네에 전화를 설치하고 냉장고를 들이는 집들이 늘었다. 우리 집도 냉장고와 전화기가 생기고 부엌 한쪽에는 가스레인지까지 설치됐다. 주소처럼 집마다 서로 연락을 취할 수 있는 전화번호가 정해졌다. 우리는 한동안 서로의 전화번호를 외웠다. 다른 집 전화번호를 거의 다 외웠지만 직접 전화를 거는 일은 없었다. 전화를 거는 것도 받는 것도 돈이 들어간다고 했다. 언니 목소리가 너무 듣고 싶었지만 서울로 거는 전화 요금은 엄청나게 비싸다고 해 꿈도 못 꿨다. 아버지는 몰래 전화를 써도 전화국에 다 알아 볼 수가 있다고 했다. 만약 그러다 걸리는 날엔 중학교도 안 보내고 미싱 공장에 취직시킬 거라고 겁을 줬다.

가스레인지는 땔감이 들지 않아 좋았지만 호스로 연결된 가스통은 가끔 바꿔 줘야 했다. 엄마는 가스가 떨어져도 곧바로 가스를 주문하지 않았다. 나무로 불을 때 국을 끓이다가 동네에 가스 떨어진 집이 많아지면 아줌마들과 함께 가스배달을 시켰다. 가스배달 차는 주로 새벽 시간에 동네에 나타났다. 엄마들의 부탁 때문이었다. 가스 아저씨는 집마다 가스통을 바꿔 달아 주고는 우리 집 마당에 차를 세운 다음 경적을 여러 번 울렸다. 그러면 아이들은 밥을 먹다가도 수저를 내팽개치고 부리나케 달려와 가스통이 있는 용달차 짐칸에 올라 가방을 엉덩이 밑에 깔았다. 아저씨보다 우리 집에 먼저 도착해 마루에 앉아 있는 애들이 태반이었다. 아저씨가 바빠서 한없이 기다릴 수는 없었다.

아이들이 얼추 올라타면 아저씨가 차에 시동을 걸었다. 차가 출발하려는 순간 경호 오빠랑 동생 경민이가 전력 질주해 움직이는 차를 붙잡았다. 누가 먼저랄 것도 없이 손을 내밀어 두 사람을 끌어 올렸다. 차 위에서 얼굴에 맞는 바람이 시원했다. 걸으면 한 시간도 더 지나야 나타나던 학교가 차를 타고 가면 금방 모습을 드러냈다. 오래오래 차를 타고 싶었던 우리는 아쉬움을 달래며 차에서 내렸다.

 월요일 운동장 조회 시간에는 교장 선생님의 특별한 발표가 있었다.
 "이제 우리 학교 어린이들도 도시의 아이들처럼 도서관을 이용할 수 있게 되었습니다. 여러분의 대 선배님께서 서울에서 출판사를 운영하고 계시는데, 사랑하는 후배들을 위해서 거금 300만 원에 해당하는 책을 흔쾌히 기증하기로 하셨습니다."
 나는 손바닥이 아플 때까지 계속 박수를 쳤다. 이제 더 이상 아버지의 '화훼작물' 책을 보지 않아도 되었다. 방학 때마다 언니 오빠들 새 교과서를 읽으러 동네를 돌아다니지 않아도 읽을거리가 넘쳐날 것이었다. 작년 말에 급식소가 생겨 밥을 공짜로 먹을 수 있게 된 것보다, 임춘애 선수가 아시안게임에서 금메달을 딴 것보다 기뻤다. 급식소를 도서관 겸용으로 사용하게 되었다. 벽을 따라 책장이 죽 놓였고 그 안에 새 책이 가득 들어찼다. 점심시간에는 밥을 먹고 그 외에는 책을 보는 도서관이 되었다. 쉬는 시간이나 아침 일찍, 또 학교가 끝나고 다섯 시까지 누구라도 와서 책을 꺼내 읽을 수 있었다. 단, 책을 가지고 급식소 밖으로 나가는 것은 금지였다.

 아침부터 진주를 재촉했다. 밥을 빨리 먹고 서둘러 학교에 가야 조금이라도 더 책을 읽을 수 있는데, 세월아 네월아 천천히 밥을 뜨는 진주가 얄미웠다. 그렇다고 동생을 떼어 놓고 혼자 가자니 아버지가 그냥 둘 리가 없어 발만 동동 굴렀다. 진주는 상이 차려진 마루에 궁둥이를 붙이고 앉아 눈치도 없이 고봉밥 한 그릇을 다 먹고 누룽지까지 양껏 챙겨 먹고서야 일어섰다.

"내가 앞으로는 학교에 빨리빨리 댕기얀다고 그르케 일러싸도 너는 왜르케 말귀를 못 알아먹는 거여?"

학교에 가는 내내 나는 진주를 들들 볶았다.

"하이고, 알었어. 내가 언능 뛰어가믄 되잖여. 언니나 후딱후딱 따러 오랑게. 아 늦었담서 왤케 걸음은 느림보 거북이랴?"

아닌 게 아니라 동생이 뜀박질을 시작하면 나는 맥없이 뒤로 쳐졌다. 키도 작은 것이 어찌나 달리기를 잘하는지 당해낼 재간이 없었다.

급식소에는 벌써 학생들이 자리를 잡고 앉아 동화책을 읽고 있었다. 나도 책장에서 '한국 전래 동화'를 가져와 읽었다. 글씨들을 따라 들어간 세계는 눈 깜짝할 사이에 나를 홀렸다. '유머 1번지'에서 코미디언들이 나와 웃기는 것과는 비교도 할 수 없이 재밌었다. 그렇게 키득키득 웃으며 책장을 넘기다 보면 어느새 수업 시작 종이 울렸다. 다 읽지 못한 책의 뒷이야기가 궁금해서 수업 내용은 머리에 하나도 안 들어왔다.

처음엔 다섯 시가 되도록 급식소 가득 아이들이 앉아 책을 읽었지만 얼마 못 가 다들 딴 놀이를 찾아 사라졌다. 수업 후 나 혼자 급식소에 남아 책을 읽게 된 것은 도서관이 생기고 한 달도 채 지나지 않아서였다. 진주는 정진이 따라 먼저 집에 보냈다. 여유롭게 도서관을 독차지하고 나면 동화 속 공주님이 안 부러웠다.

　가을이 깊어지고 해는 점점 빨리 떨어졌다. 도서관 관리를 맡은 영양사 선생님은 걱정스러운 얼굴로 관사와 급식소를 오갔다. 내가 마감 시간인 다섯 시를 넘어 여섯 시가 되도록 집에 가지 않고 책을 읽은 지 여러 날째였다.

　"민주야, 너 진짜 산길 위험해서 어쩌려고 그래? 이제 진짜 그만 집에 가. 집도 젤 먼 애가."

　"아 선생님, 이거 몇 장만 더 읽으믄 된 게 따악 이거만 읽고는 일어날 거고만요."

　선생님이 다시 관사로 건너간 사이 나는 다 읽은 책을 책장에 꽂고는 얼른 새 책을 꺼내 읽기 시작했다.

　"도저히 너 안 되겠다. 그냥 그 책 집에 가지고 가서 읽어라."

　다시 도서관으로 들어온 선생님이 한숨을 내쉬며 말했다.

　"얼레. 참말로 그리도 된대요? 그르케만 해 주시믄 성은이 망극허겠고만요."

　"그래. 그 대신 절대로, 아무한테도 말하면 안 된다. 능암 애들한테도. 알았지? 소문나면 골치 아프니까."

　선생님은 여러 번 다짐을 받은 다음 나를 돌려보냈다. 나는 집에 가는 길에도 어두워서 글씨가 보이지 않을 때까지 책을 펴 들고 읽으면서 걸었다. 집에 늦게 온다고 자주 아버지한테 혼났지만 그런 건 안 무서웠다. 매일 매일 읽어도 아직 읽지 않은 책들이 많다는 사실에 가슴이 터질 것 같았다. 나는 이 기쁜 소식을 언니에게 알려 주고 싶어서 편지를 썼다. 배운 대로 알록달록 예쁘게 변해 가는 능바우의 산과 들에 대해서 자세히 쓴 다음 언니는 잘 지내고 있는지 물었다. 나는 도서관이 생겨서 매우 잘 지낸다고 썼다. 언니도 능바우에 있었으면 내가 매일 새 책을 빌려다 주었을 텐데 안타깝다고. 다음에 오거든 내가 책에서 읽은 이야기들을 많이 들려주겠다고 하고 끝을 맺었다가 다시 '추신'이라고 쓴 다음 두 줄을 덧붙였다.

'언니가 갖고 싶은 거 있으면 말하랬지? 사실은 나 요즘 유행하는 모자 달린 머리핀이 갖고 싶은데 다음에 올 때 사다 줄 수 있어?'

편지는 아직 우체통에 들어가지도 않았는데, 그날 밤 나는 모자가 달린 핀을 머리에 꽂고 동화책 주인공들과 새들이 노래하는 숲 속을 거니는 꿈을 꾸었다.

6학년이 되었다. 아버지가 겨우내 나뭇단을 쌓아 두었던 헛간을 치웠다. 한쪽 헛간에 나뭇단을 다 옮기고 원래 주인집의 외양간이었던 곳을 대빗자루로 쓸어 냈다.

"아버지 여그는 멀라고 이르케 비워 논데요? 88 올림픽이 우리 집에서 열리는 것도 아닌디."

"낼 송아치가 올 것이여."

"누구네 송아지요? 우리 송아지요?"

"잉, 그려, 은주가 송아치 사라고 돈을 보내서 한 마리 샀다. 낼 올 것이여."

"오메. 송아지 그게 을매나 비싼 것인디 언니가 그걸 다 사 준대요?"

"잔소리 고만허고, 인자 너랑 서준이가 부지런히 꼴도 비어 오고 혀서 잘 믹이야 혀. 암송아치로다 샀응게 새끼도 보고 그리야지. 그리고 인자 설거지허고 남은 물 그냥 내삐리믄 안디야, 꾸정물통이다가 잘 모아 뒀다가 송아치 밥 줄 때 같이 주얀게."

트럭 짐칸에 실려 온 온 송아지의 기다란 속눈썹이 눈물에 젖어 있었다. 송아지는 어두운 외양간을 빙빙 돌면서 '으옴마아, 으옴마아아'하고 울었다. 서울에 올라간 언니가 자기 방에서 꼭 그렇게 오래 울었을 것만 같았다. 마당 가에 가서 아무 풀이나 손으로 뜯어다가 송아지 입에 대 주었다. 송아지가 나와 눈을 마주치더니 혀로 풀을 낚아챘다. 송아지는 아래턱을 좌우로 움직이면서 풀을 씹었다. 그 소리가 듣기 좋아 자꾸만 풀을 뜯어다 주었다. 풀은 먹는 족족 물로 변하기라도 하는 것인지 커다란 눈에서는 눈물이 자꾸만 흘러 누런 털을 적셨다. 학교가 끝나고 집에 돌아오면 나는 작은오빠를 따라 들로 돌아다니며 팔에 풀독이 오르도록 부대 가득 꼴을 담아 왔다.

송아지 눈에서는 더 이상 눈물이 흐르지 않았고 갈색 털은 뽀송뽀송하다 못해 번지르르 윤이 났다. 가뭄에도 벼는 더 이상 푸를 수 없게 초록이 짙었고, 시간은 온갖 식물들의 키를 쑥쑥 늘리더니 기어이 매달린 열매들을 탐스럽게 살찌웠다. 올림픽에서 한국이 세계 4위라는 놀라운 성적을 거두었다. 세계 선수들이 제 나라로 다 돌아가고도 올림픽 이야기는 쉽게 사그라지지 않았다. 그 열기를 식히기라도 할 것처럼 날이 이내 서늘해졌다.

싱싱한 풀을 먹던 송아지는 더 이상 먹을 풀이 없었다. 부지런히 길러낸 곡식들을 사람들이 다 거둬가고 텅 빈 논밭에는 겨울을 알리는 바람만 점점 거세졌다. 아버지는 사랑방 뒤쪽 아궁이에 커다란 가마솥을 하나 들였다. 작두로 잘게 썬 지푸라기를 넣고 쇠죽을 끓였다. 구정물을 담던 양동이에 쇠죽을 퍼 여물통으로 날랐다. 모락모락 김이 나는 쇠죽 위에 사료를 흩뿌렸다. 그러면 송아지는 기분이 좋아서 '음매에'하고 소리를 지르고는 고개를 푹 처박고 먹는데 열중했다. 송아지가 풀을 씹는 소리만큼이나 쇠죽을 씹는 소리도 듣기 좋았다. 화가 나는 일이 생기면 일부러 소에게 여물을 주고 그 소리를 들었다. 여름에 끼워 놓은 코뚜레는 어느새 반질반질해졌고 콧구멍 사이 상처도 깨끗이 아물었다.

'송아지는 이제 엄마가 보고 싶지 않은 걸까. 언니는 이제 능바우가 그립지 않으려나.'

"낼 엄마 서울 가믄 사흘은 걸린게 니가 아버지 진지 잘 지어서 디리야 써, 알겄지?"

"하이고, 또 할머니가 겁나게 싫은 소리 한참 허시겄고만."

친할머니와 외할머니의 생신은 하루 차이였다. 그래서 엄마는 늘 외할머니 생신에 못 가다가 올해는 큰오빠랑 언니도 볼 겸 서울에 다녀오기로 했다. 아버지는 해마다 자기 엄마 생일뿐 아니라 평소에도 자주 얼굴을 보고 지내면서도 몇 년 만에 엄마가 외갓집에 가는 일로 며칠째 짜증을 부렸다. 엄마는 농사지은 것들을 바리바리 싸 들고 아버지 눈치를 보면서 첫차를 타고 서울로 갔다. 나는 할머니 생신날 아침 일찍 엄마 대신 큰집으로 가서 큰엄마를 도왔다. 일은 얼마든지 할 수 있었지만 할머니가 부엌을 오가며 계속 엄마 욕을 하는 것은 듣기 힘들었다.

사흘 만에 마을에 들어서는 엄마의 손에는 올라갈 때보다 더 큰 보따리가 들려 있었다. 양손뿐만 아니라 머리에까지 보따리를 이고 걸어왔다. 외숙모가 챙겨 준 옷가지들이 대부분이었다. 새 옷은 아니지만 엄마나 언니가 가끔 서울에서 가져오는 옷은 시골에서는 보기 드문 예쁜 것들이 많았다. 동생이랑 나는 엄마한테서 보따리를 하나씩 뺏어 들고는 풀어헤쳤다. 그런데 보따리 안에 노란 바나나 한 송이가 들어 있는 것이 아닌가. 텔레비전에서만 보았던 그 바나나랑 정말 똑같이 생겨서 나는 숨이 멎을 것만 같았다.

"오메, 이것이 참말로 바나나 아닌게벼, 엄마?"

"그려. 그것이 바나나랴. 느그 외숙모가 기차 타고 감서 먹으라고 하나 사 주드라."

"오메, 외숙모네는 겁나게 부잔가비네. 부자들이나 먹는 바나나를 턱 허니 사 주고."

바나나 송이는 깨끗했다. 어느 거 하나 꺾어 먹은 흔적이 없었다.

"엄마, 근디 엄마 기차서 먹으라고 사 줬담서 왜 하나도 안 먹은 거여?"

"엄마는 으른인디 이런 거 달어서 먹간디. 그거 이리 내 봐라."

엄마는 바나나 송이를 가져가더니 세 등분으로 갈랐다. 세 개씩이었다. 그러고는 내 앞으로 한 덩어리를 쑥 내밀었다.

"아나. 이거 정록이네 갖다 주고 와라. 엄마가 서울 갔다 옴서 사 왔는디 잡숴 보시래요잉 허고."

"하따, 이르케나 많이 갖다 주야겄어? 그냥 암말도 말고 우리 식구끼리 먹으믄 안될랑가. 이 귀헌 것을 어뜨케 준디야, 아까서."

"그리도 그리믄 쓰간디. 옆집 아줌마가 평소에 느그들 먹을 거를 을매나 많이 갖다 주시는디. 이를 때라도 은혜를 갚으야 사람이지."

그럼 저 두 개는 우리가 먹는 거지?"

"아, 하나는 느그 할머니 잡숴보라고 갖다 디리야지. 이거는 내가 낼 사탕이랑 같이 갖고 가서 서울 댕기왔다고 인사 디리야지. 안 그리도 생신에 못 가서 단단히 역정나싰을 틴디."

엄마는 보따리에서 자두맛 사탕 한 봉지를 꺼내 들었다. 할머니가 제일 좋아하는 간식이었다. 할머니는 항상 벽장에 딱딱한 사탕을 넣어 두고는 우리가 심부름을 가거나 하면 인심 쓰듯 사탕 하나를 이로 쪼개서 바스러진 사탕 조각을 내주곤 했다.

"엄마는 배고파서 밥쪼께 먹으야 쓰겄응게 느들이 옷 보따리 좀 거시기 혀라잉."

엄마는 부엌에서 데우지도 않은 찬밥과 김치를 꺼내 오더니 옷도 갈아입지 않고 마루에 앉아 한 그릇을 뚝딱 비웠다.

"하이고, 누가 보믄 매칠은 쫄쫄 굶은지 알겄네잉. 그르케 배가 고프믄 엄마도 바나나라도 하나 먹지 그맀어."

"그게 배고프다고 막 먹어 버리믄 쓰간디. 바나나 그런 거 먹어 봤자 달어서 입맛만 비리지 머."

엄마는 밥을 먹고는 바나나 하나를 집었다. 껍질을 벗기더니 반 토막은 아버지한테 드리고, 나머지 반 토막은 세 등분으로 잘라 오빠랑 나, 동생 입에 넣어 주었다. 남은 두 개는 다락방 올라가는 계단에 놓았다. 바나나는 너무 달아서 입에 넣자마자 사탕처럼 녹아 버렸지만 향긋한 냄새가 한동안 입안에서 가시지 않았다. 바나나가 꿈처럼 달아서 나는 알아 버렸다. 사람이라면 절대로 바나나를 싫어할 수 없다는 사실을. 그게 아무리 엄마라도 말이다.

읍내리 방

중산 버스터미널에서 서문약국을 끼고 쭉 따라가다 태권도장 뒷길로 접어들어 골목 끝까지 걸어가면 굽이굽이 담벼락 깊숙이 숨어 있다가 나타나는 파란 대문. 그 집 뒤로는 층지지 않은 논들이 중산고등학교 너머까지 펼쳐졌다.

녹슬어 군데군데 칠이 벗겨진 파란 대문 위로 둥그런 지지대를 따라 말라비틀어진 장미 넝쿨이 볼썽사납게 휘감겨 있었다. 대문 바로 안쪽으로는 화장실이 남녀 구분해 두 칸으로 나뉘었고, 마당인가 싶어 들어서면 가운데 주인집을 중심으로 길이 갈렸다. 벽을 따라 방문이 다닥다닥 붙어 있어 방의 크기를 가늠할 만했다. 주인집 바로 옆으로 수돗가가 보였고 그 뒤로 보이는 건 목욕탕이었다. 목욕탕 안에는 커다란 갈색 고무통이 바닥에 덩그러니 놓였을 뿐 다른 시설은 보이지 않았다. 목욕탕 수도꼭지를 돌려 보았다. 찬물만 콸콸 쏟아졌다.

좁은 시멘트 길을 따라 돌고 돌아 맨 끝 방이 바로 오빠랑 내가 지낼 방이었다. 방 앞으로는 텅 빈 텃밭이었고, 그 위로 빨랫줄이 가로질렀다. 우리 방의 벽은 슬레이트로 대충 막아 놓았는데 군데군데 깨져 구멍이 나 있었다. 안을 들여다보려고 눈을 가까이 댔다. 어둠만 보였다. 우글거리는 양철 문을 열고 안으로 들어갔다. 부엌은 흙바닥이었다. 연탄 화덕 옆으로 새까만 연탄이 가지런해서 보기 좋았다. 능바우는 배달이 안 되어 써 보지 못했던 연탄이었다.

부엌 한쪽에 전기밥솥과 전기냄비가 어디서 주워 온 것 같은 나무 탁자 위에 놓였고, 연탄 화덕 맞은편 끝에는 작게나마 찬장이

서 있는 꼴이 터줏대감이라도 되어 보였다. 엄마는 이미 우리 남매가 기본적인 생활을 할 수 있도록 모든 준비를 마쳐 놓았다. 기대를 품고 방문을 열어 보았다. 방은 부엌보다 작았다.

"엄마, 방이 너무 코딱지만 헌 거 아니여?"
"그런 말 허덜 말어. 그리도 이 방이 일 년이 쌀 한 가마여. 언니도 오빠도 여태 다 걸어서 버스 타고 핵교 댕겼는디 너는 첨부터 자취 시키 주는 거잉게. 아주 호강이 겨워 오강이다 똥을 쌀 판이여."
1년 방값이 버스비보다 훨씬 저렴하기 때문이란 걸 모르지 않았다.
"아무리 그리도 오빠랑 둘이 둔너 부리믄 방이 꽉 차겄는디?"
"아, 그믄 둘이 둔눌 수 있으믄 되야지. 멋 헌다고 널른 방이 필요허가니? 방에서 강강술래라도 헐라고 근다냐?"

애초에 자취는 꿈도 꾸지 않았다. 아침마다 엄마랑 오빠를 따라 달음박질할 생각에 답답하긴 했다. 능바우 아이들은 하나같이 다 육상 선수였지만 유독 나는 몸이 약해 달리기도 못 했다. 그런데 고맙게도 이렇게 읍내리에 떡하니 방을 얻어 주고 살림살이까지 장만해 주었으니 능바우에서는 그야말로 선택받은 고고한 족속이 되어 버린 셈이었다.
아무리 그래도 그렇지. 오빠랑 같이 쓰기엔 방이 너무 작았다. 어렸을 때부터 항상 형제들이 같이 방을 쓰긴 했지만 둘이서만 방을 쓴 적은 없어서 그랬는지 도통 마음이 내키지 않았다. 작은오빠랑 두 살 터울이 아니라 세 살 터울이었다면 얼마나 좋았을까. 이래저래 삼신할머니는 나를 점지할 때 내 생각은 공중에 떠다니는 먼지만큼도 안 했나 보았다.

삼월 새벽바람은 읍내리도 능바우 못지않게 차가웠다. 함지에 쌀을 담아 수돗가에 가면 사람들이 눈곱도 떼지 않은 얼굴로 쌀을 씻느라 부산을 떨었다. 무, 콩나물, 감자 등 씻는 재료들만 보아도 그 집에서 뭘 먹고 사는지 훤히 알 만했다. 새벽 수돗가에서 나는 애기로 통했다.

"하따 저 애기 아침마다 즈그 오래비 밥혀 바치느라고 욕보는구만. 아직 솔찮이 애긴디."

"느그 오래비는 얼굴도 허여멀건 헌 것이 똑 기생 오래비마냥 생깄드라. 가시내들이 좋다고들 쫓아 댕기겄드만."

아줌마들이 돌아가면서 한마디씩 하는 동안 나는 말없이 쌀을 씻어 방으로 돌아왔다. 반찬은 엄마가 장날 가져다준 김치와 어제 먹다 남은 콩나물국이 전부였다. 도시락 반찬도 이변이 없는 한 김치였다.

아침밥을 먹고 내가 설거지하는 동안 오빠가 먼저 옷을 갈아입고 학교로 갔고 그 뒤에 내가 빈방에서 혼자 옷을 갈아입는 규칙이 생겨났다. 앉은뱅이책상은 하나밖에 없었지만 오빠는 웬만해서는 책을 보는 일이 없었기 때문에 자연스레 내 차지가 되었다.

반 아이들 이름을 익히고 읍내리보다 더 낯선 자취생활에 적응

하느라 삼월은 정신없이 지나갔다. 월말이 되어 처음으로 월례고사를 치르게 되었다. 나는 영희가 줄도 없는 갱지 연습장을 펼치고 교과서에 나와 있는 내용을 새까맣게 써 가며 공부하는 것을 신기한 눈으로 구경했다. 영희뿐만 아니라 많은 아이가 시험을 위해 따로 공부를 했다. 방해되었는지 영희가 나를 째려보았다.

"너는 시험공부 안 해?"

영희는 사투리를 거의 쓰지 않았다. 읍내리에 있는 국민학교를 나온 아이들은 사투리를 거의 쓰지 않았다.

"시험공부?"

"응. 시험공부."

"시험공부를 왜 따로 허는디?"

"그게 무슨 소리야?"

"아니, 수업 시간에 배운 거로 시험을 치는 거 아녀?"

"그럼 너는 수업 시간에 배운 걸 다 기억해? 아무리 그래도 시험이 얼마나 어렵게 나올지 모르니까 따로 공부를 해야지."

시험공부를 따로 해야 한다는 말은 태어나서 처음 들어 봤다. 작년까지만 해도 시험이 있다고 해서 따로 공부하는 애들을 한번도 본 적이 없었다. 수업 듣고, 숙제하고, 다달학습 풀고, 내가 좋아하는 산수 문제집 푸는 게 전부였다. 그래도 시험에 나온 문제는 웬만하면 다 맞출 수 있었다. 도대체 수업을 얼마나 엉터리로 들었기에 그걸 다시 저렇게 공부하는 걸까.

나는 국어 교과서 페이지를 넘기면서 재미날 것 같은 내용을 골라 읽었다. 공부보다는 중간 중간에 나오는 소설이나 수필을 읽는 것이 훨씬 가치 있는 일 같았다. 중학교에는 도서관도 없어 읽을 책이라곤 또다시 교과서뿐이었다. 중학교는 급식도 안 하고 도서관도 없고, 손해가 이만저만이 아니었다.

시험이 끝나고 성적표가 나왔다. 낯선 등수가 내 성적표에 찍혀 있었다. 내 거라고 믿어지지 않았다. 영희가 쌤통이라는 표정으로 나를 보았다. 영희는 반에서 2등을 했다. 집에 가는 길에 큰맘 먹고 용돈을 헐어 연습장을 샀다.

'그까짓 시험공부, 을매든지 혀 줄라느만.'

파란 대문 위 장미 넝쿨이 초록 잎으로 뒤덮였다. 무성한 잎들은 쏟아지는 햇빛을 받아 반짝였다. 그 사이로 보이는 검붉은 꽃봉오리가 야무졌다. 내 방이 저 뒤편 끝에 어두운 방이라는 생각을 잠시 잊기만 하면 꽤 근사한 집에 살고 있다는 우쭐함이 대문을 드나들 때마다 들곤 했다.

1학기 기말고사도 끝나고 좁아터진 자취방이 더위에 흐물흐물 녹아들 것만 같을 때쯤 방학이 돌아왔다. 장려금까지 받아 가며 작년부터 시작한 담배 농사 때문에 오빠와 나는 능바우 농사꾼이 되어야 했다. 읍내리 친구들처럼 방학 동안 보충수업을 듣고 싶었지만 아버지는 신청서를 제대로 읽지도 않고 네 등분으로 잘라 화장실 선반에 올려놓았다.

일찌감치 일어나 아침을 먹고 언덕진 안티밭으로 갔다. 왜 그 밭 이름이 안티가 되었는지는 아무도 몰랐다. 나에게 그 밭은 처음부터 안티였다. 골돔이 골돔이고 능바우가 능바우고 내가 여자인 것처럼. 남쪽 하늘을 보고 경사진 덕에 볕이 잘 들어 어떤 농작물을 심어도 결과가 좋았다.

　집안의 기대를 잔뜩 품은 담배 모종은 안티밭에서 햇빛을 오롯이 받고 내 몸뚱이만 한 잎들을 무섭게 길러 냈다. 비가 오는 날이면 커다란 잎을 우산처럼 머리 위에 쓰고 돌아다니던 개구리 왕눈이가 담뱃잎 아래 어디쯤 숨어 있다가 금방이라도 피리를 불어댈 것만 같았다. 하지만 이런 환상은 밭고랑에 쭈그려 앉아 담뱃잎을 열댓 장만 따고 나면 담배 연기처럼 사라졌다. 잎에서 나온 진액으로 손은 새까맣게 변했고 커다란 잎은 무거웠다. 냄새는 개구리 왕눈이가 아니라 심술궂은 투투가 와도 질식해서 죽을 만큼 고약했다. 그뿐인가. 안티밭에 내리쬐는 한여름 태양은 나를 태워 죽일 작정인 게 틀림없었다.

　누렇게 변한 아래쪽 잎들을 따서 비닐하우스 앞 그늘로 옮겨 줄로 엮었다. 한 줄이 다 엮어지면 비닐하우스에 빨랫줄처럼 걸어 말려야 했다. 담뱃잎을 그늘에 부려 놓고 엮는 작업을 하는데 먹구름이 무겁게 몰려오기 시작했다. 금방이라도 소나기가 쏟아질 기세였다. 굳이 아버지가 말하지 않아도 우리는 모두 정신없이 담뱃잎을 들어 비닐하우스 안으로 옮겼다.

　가을 공판에서 상등급을 받기 위해 담배 농사에 들여야 하는 정성은 이만저만이 아니었다. 일단 딸 때부터 부러지지 않도록 커다란 잎을 아기 다루듯 해야 했고 엮을 때도 마찬가지였다. 일정한 방향으로 비스듬하게 엮어 공기가 잘 통해 썩지 않아야 하며 마르면서 우글거리거나 색이 얼룩지지 않도록 물기가 닿지 않게 단속해야 했다. 비 오는 날 비닐하우스 안에서 담배를 엮는 건 고역이었다. 이미 말라 가고 있는 잎에서는 갈색 진액이 떨어져 바닥에 고여 지독한 내를 풍겼다. 더위에 습기까지 거드는 통에 비닐하우스 안에서 질식사라도 할 것만 같았다.

아버지를 따라 엮인 담뱃잎 꾸러미 한쪽을 들고 일어서다가 하루에도 두세 번씩 고꾸라졌다. 엄마가 빈혈에 좋다고 종종 닭을 고아 줬다. 하지만 죽은 짐승이 불쌍하게 나는 비닐하우스 안으로만 들어가면 나자빠졌다. 그럴 때마다 아버지는 잘 마른 담뱃잎을 손으로 비벼 가루를 낸 다음 종이에 말아 피웠다.

"쟈가 션찮어서 담배 농사는 올히만 짓고는 말으야 쓰겄다. 똑즈그 어매 택여 가꼬……."

가을 공판까지는 까마득하게 멀었지만 그래도 내년에는 이 짓을 다시 하지 않아도 된다고 생각하니 빈혈로 쓰러진 게 헛일은 아닌 듯했다.

담뱃잎은 매일 따내도 부지런히 새순을 내밀었다. 밤사이 마술이라도 부리는지 하루가 다르게 잎을 키워 냈다. 커다란 담뱃잎은 가끔 내 꿈속까지 찾아왔다. 담뱃잎은 길쭉하게 제 몸을 늘리는가 싶더니 잎의 끝이 갈라져 손가락으로 변했다. 그것은 단번에 내 목을 움켜잡고 비틀어 댔다. 숨이 막히는 데도 담배 냄새가 진동했다. 다행인 것은 다음날 죽어 있는 것이 내가 아니라 밤사이 몰래 비닐하우스로 기어들어 온 들짐승이라는 사실이었다. 담뱃진에 질식해 죽어 나가는 동물의 종류는 다양했다. 다람쥐, 살쾡이, 들쥐까지. 아버지가 사체를 집어 숲속으로 던질 때마다 저 멀리 뻣뻣하게 날아가는 것이 내 몸뚱이인 것만 같았다. 온몸이 경직된 채로 어둡고 차가운 숲속에서 내내 썩어갈 것을 생각하자 소름이 돋았다.

담배 냄새로 찌든 방학이 다 끝나서야 오빠와 나는 능바우를 벗어났다.
"오빠도 인자 3학년인디 공부를 쪼매 허야 쓰는 거 아니여? 고입 연합고사도 을매 안 남었는디."
"공부는 너나 실컷 혀라. 나는 공부는 아닝게."
내심 아버지는 벌써부터 농고나 공고를 가라고 여러 번 말했지만 그럴 때마다 오빠는 가타부타 말이 없었다.
"여러 소리 말고, 체육대회 날 도시락 반찬으로 쏘세지나 싸 줘. 그날도 추잡시럽게 김치 싸지 말고."
"나도 그럴라고 혔어. 그려서 지난주부텀 콩나물이고 두부고 하나도 안 사 먹고 애낀 거여. 나도 그만헌 눈치는 있고만."

오빠는 결국 아버지의 매타작을 견뎌 내고 고등학교 진학을 포기했다. 모르긴 몰라도 오빠는 매 맞는 것보다 고등학교 공부하는 것이 더 싫은 눈치였다. 나는 학교에 가지 않겠다는 오빠도, 가지 않겠다는 오빠에게 학교 가라고 윽박지르는 아버지도 도무지 이해할 수 없었다. 그럴 거면 그렇게 공부하고 싶어 하던 언니나 상업고등학교라도 보내 줄 일이지.
다들 두꺼운 고입 시험 기출문제집을 풀고 열을 내며 공부하는 주말에도 오빠는 능바우로 들어가 아버지를 도와 추수를 했다. 해질 녘이면 대나무 낚싯대를 들고 능바우 방죽 수풀에 앉아 살찐 붕어를 낚아 올렸다. 세상은 온통 수수께끼투성이였다. 나는 어서어서 가을이 가고 겨울이 지나기만을 손꼽아 기다렸다. 그럼 혼자 읍내리 자취방을 차지하게 될 테니.

나의 방

전구를 눈에 담았다. 유리알이 다소곳하게 감싸고 있는 필라멘트가 자취방을 오롯이 혼자 다 차지하고 누운 나랑 오랜 친구라도 되는 것 같았다. 웃음이 터졌다. 처음이었다. 내 방을 가져 보는 게. 드러누워 몸을 굴리면 채 두 바퀴도 못 도는, 세상이 나에게 내어 준, 나의 방 한 칸. 환장하게 좋았다. 웃으면서 다시 벽을 짚고 빙그르르 돌아 책상에 부딪히고 또 굴러서 벽에 닿기를 반복했다. 좁은 방이었지만 몸에 닿는 게 오빠가 아니라는 사실만으로도 감개무량이었다. 며칠 남지 않은 개학까지 내 방에서 빈둥거렸다. 밥해라, 청소해라, 빨래해라 보채는 사람이 아무도 없다니. 이제 오롯이 나를 위해서만 살 수 있을 것 같았다.

아랫배가 기분 나쁘게 가라앉아 잠을 설치다가 눈을 떴다. 시계를 보니 학교 갈 시간은 아직 멀었다. 습관처럼 일어나 문을 열고 나섰다. 밝지도 어둡지도 않은 애매한 새벽이었다. 장날이니 어쩌면 아침에 엄마가 자취방에 들를지도 몰랐다. 화장실에 가려고 문을 나섰다. 찬바람을 맞아 그런지 아랫배가 더 아팠다. 배탈이 난 것 같지는 않았다. 낯설지만 당황하지는 않았다. 나는 서둘러 방으로 들어갔다. 예상대로 속옷에 피가 묻어 있었다. 반 친구들은 대부분 다 생리를 시작했는데 나만 소식이 없어서 언제라도 일어날 수 있는 일이라 예상했다. 다만, 가진 돈이 얼마 남아 있지 않아 생리대를 살 수 없다는 게 문제였다.

'혹시 엄마가 오늘 장에 안 오면 어쩌지, 학교에는 어떻게 가지.'
걱정 때문에 아침 먹을 생각은 하지도 못했다. 옆방 유치원 선생님한테 부탁해 볼까. 선생님이 출근하는지 방문 잠그는 소리가 여느 때보다 크게 들렸다. 자물쇠가 옆방이 아니라 내가 속한 세상에 채워지는 것만 같았다. 초조했다.

'옆방 선생님을 붙잡을 걸. 결석해야 하나, 물건 해 온 강아지가 많아 오늘은 엄마가 자취방에 들르지도 않고 곧장 장터로 가 버렸나, 이럴 게 아니라 시장에라도 가 봐야 하나.'

이런 저런 고민에 빠져 있을 때 익숙한 발소리가 다가왔다. 할렐루야!

"엄마!"

"왜 그냐? 뭔 일이여? 가시내가 왜 아침 댓바람부텀 울고 지랄이여?"

반가운 나머지 내가 울고 있는지도 몰랐다. 엄마는 내 얘기를 듣고는 가방에서 엄마 생리대를 하나 꺼내서 사용법을 알려 주었다. 방법이라면 학교에서도 여러 번 들어 이미 알고 있었다.

엄마를 따라 서문약국으로 갔다. 엄마는 생리대를 두 봉지 사서 하나를 내 가방에 넣어 주면서 서너 시간마다 한 번씩 바꿔 줘야 한다고 또 당부했다. 나머지는 자취방 옷장 안에 넣어 둔다고 했다. 학교로 걸어가는 내내 기저귀 찬 아기들처럼 엉덩이에 티가 날까, 신경 쓰느라 자꾸만 걸음이 꼬였다. 걸음마를 배우는 아기가 된 것 같았다. 교실에 앉아 있으니 잊었던 아랫배 통증이 싸하게 다시 올라왔다. 수업 내용이 하나도 귀에 들어오지 않았다. 쉬는 시간에는 누가 가방에 슬그머니 손을 넣기만 해도 쟤도 생리대 꺼내나 하고 손만 쳐다보게 되었다. 한 달에 일주일이나 이런 생활을 해야 한다고 생각하니 억울했다. 도대체 이런 건 어디 가서 따져 물어야 하나. 창밖의 하늘을 내다보았지만 구름 한 점 없이 맑아 부아만 치밀었다.

원래부터 모자란 핀데 한 달에 한 번 쏟아내기까지 해서 그런지 내 빈혈은 나아지지 않았다. 합창 연습, 운동장 조회, 체육 시간, 그 외 앉았다 일어나야 하는 순간들이 공포로 다가왔다. 조회 시간에 몇 번 쓰러진 뒤로 학교에서 내 별명은 '빈혈'이 되었다. 창의성은 고사하고 성의조차 없이 지은 별명이라니.

아침에 화장실에서 쓰러진 채 한참 동안 정신을 못 차렸다. 몸을 추스르고 보니 뒤통수가 욱신거렸다. 손으로 더듬어 보니 볼록한 혹이 잡혔다. 화장실 모퉁이로 쓰러지면서 머리를 찧었나 보다. 변소에서 넘어지면 명이 다한 거라던데……. 만회하려면 떡을 해 동네방네 돌려야 한다고 들었는데 그럴 돈이 있을 리 만무했다. 시름시름 앓다가 스무 살도 안돼 죽을 생각을 하니 설움이 북받쳤다. 실컷 울 수 있도록 혼자 방을 쓴다는 사실만이 위로가 될 뿐. 내게 남은 날이 얼마나 될까를 가늠하다 운동장에서 또 쓰러졌다. 정신이 들자마자 드라마 속 비련의 여주인공 같은 표정을 지으려고 애썼다. 왠지 그래야 할 것 같았다. 내 앞에 서 있던 두 친구가 나를 양호실에 데려갈 사람을 정하느라 가위바위보를 했다. 저런 철부지들 같으니라고.

한순간 어른이 되어 버린 나를 더 우울하게 만든 건 여름방학이 돌아온다는 사실이었다.

'어차피 얼마 살지도 못하고 죽을 텐데, 내가 꼭 밭에 가서 담뱃잎을 따야 하는 걸까. 이대로 어디론가 사라져 죽어 버리면 누군가가 울어 주기는 할까. 왜 사람은 태어나고 무언가를 먹고 돈을 쓰면서 살아야 하는 걸까. 나는 왜 여자로 태어난 걸까. 나는 왜 여름방학에 보충수업도 못 듣고 담뱃잎을 따야 하는 이런 가난한 집구석에 태어난 걸까. 작은오빠마저 돈 벌겠다고 서울로 내빼 버리고, 나도 서울이나 갈까. 어차피 죽을 거면 그냥 오늘 죽는 게 낫지 않을까. 가만있어 보자, 어떻게 죽지? 아, 방죽이 있었지. 능바우 들어가는 길에 그냥 방죽에 빠져 죽을까.'

작년에 방죽에서 보았던 물뱀이 떠올랐다. 너무 징그럽고 무서웠다.

'아, 나는 왜 아직도 죽는 게 무서운 걸까. 어른이 덜돼서 그런가. 내가 진짜 어른이 될 때까지 살 수는 있을까. 진짜 어른이란 뭘까.'

이런 생각을 계속하면서 능바우로 걸어 들어갔다.

얼굴이 못쓰게 됐다고 엄마가 해 준 닭백숙은 맛이 기가 막혔다. 오빠의 상경으로 집안에 남자는 아버지만 남은 덕에 나에게 큼지막한 다리 하나가 배정되는 역사적 사건이 일어났다. 자살을 계획한 나 자신을 배신하는 행위였지만, 내 의지와는 달리 젓가락이 연신 고기를 찢어 입에 욱여넣었다. 밤에는 마당의 멍석에 누워 부른 배를 쓰다듬으며 하늘을 올려다봤다. 죽어 하늘의 별이나 되자고 비장함을 품으려 애썼지만 좀처럼 서러운 마음이 다시 들지가 않았다. 죽음과 맞바꾼 닭 다리라니. 하늘에서 쏟아져 내리는 게 별인지 잠의 요정인지, 나는 빠른 속도로 정신이 몽롱해졌다.

　방학 동안 여러 번 기회를 노렸지만 따야 할 담뱃잎이 너무 많아서 나는 죽지 못했다. 나까지 죽으면 불쌍한 동생은 어쩌란 말인가. 사담 후세인이 쿠웨이트를 침공해 전쟁이 일어났다는 소식이 들려왔다. 서울 간 언니가 피난 보따리같이 커다란 짐을 들고 내려왔다. 역시나 큰오빠는 올해도 휴가를 고향으로 오지는 않았다. 큰오빠가 그러니 당연히 작은오빠도 그래야 하는 줄 아는지 언니는 혼자였다. 언니는 하얀 얼굴에 땀 범벅이 되어 선물 꾸러미를 잔뜩 보듬고 마을로 들어섰다. 역시 죽지 않길 잘했지. 언니는 공장에서 만든 청바지와 청남방을 식구 수대로 잔뜩 들고 왔다. 올해 스무 살이 된 언니는 이제 공장에서 제법 고참 축에 든다고 했다. 밑에 시다가 줄줄이 달렸다고. 언니가 높은 사람이 되어서 이렇게 식구들 선물도 다 가져올 수 있었나 보았다. 한창 유행 중인, 무릎까지 내려오는 청 반바지도 두 개나 들어 있었다. 나는 옷을 입어 보고 선물 꾸러미 안의 머리띠까지 장착하고는 거울 앞에서 이리저리 걸어 보고 짝다리를 하고 허리에 손을 짚었다. 진주가 옆에서 따라 했다. 최신 유행하는 반바지를 입은 모습을 친구들에게 보여 줄 생각에 빨리 방학이 끝났으면 싶었다.

　한껏 들뜬 나와 달리 언니는 사흘 내리 잠만 잤다. 마치 서울에서는 잠 한숨 제대로 못 잔 사람처럼 정말로 자고, 자고, 또 잤다. 잠만 자는 데도 매일 코피를 쏟았다. 자다 일어나 오줌을 싸는 대신 코피를 빼내야 하는 사람 같았다.

"언니, 서울서는 잠이 잘 안 와서 통 못 잔 거여? 어찌 그르케 하루 쟁일 잘 수가 있데잉?"

"잠이 안 오기는, 잘 시간이 없어 못 자는 거지."

"어찌서 잘 시간이 없는디? 서울 시계라고 밤이는 더 후딱후딱 돌아가는 것도 아닐 거 아녀."

"진짜 밤에만 시계가 정신없이 돌아가. 밤에 무리하게 돌다 지쳤는지 일할 때는 축축 늘어지고. 근데 밤에 야근한다고 타이밍 나눠 준 거 먹고 나면 또 시곗바늘이 엄청 천천히 돌아가. 신기하지?"

"타이밍을 나눠 준다고? 마술도 아니고 그런 게 다 있댜?"

"타이밍이라고 졸지 말라고 주는 알약 있어."

"얼레. 참말로 별시런 약이 다 있고만. 그거 나도 있으믄 좋것네. 시험공부헐 때 먹게."

"아서라! 절대 그런 거 알 필요도, 먹을 필요도 없이 살아. 너는 창문도 못 여는 공장 말고 꼭 사무실에서 일해. 예쁜 블라우스에 치마 입고 빼딱 구두 신고."

언니는 하품을 크게 하더니 내 머리를 쓰다듬다 말고 잠이 들었다. 서울에는 맛있는 음식도 많다는데 언니는 엄마 말마따나 꼬챙이처럼 말랐다. 엄마는 사흘 동안 닭 모가지를 두 마리나 비틀었다. 한 마리는 자주 쌍알을 낳는 토실토실한 암탉이었다. 아궁이 앞에서 땀을 뻘뻘 흘리면서 엄마는 '저것이 입이 짧어 큰일이여'라는 말을 한 번씩 내뱉었다. 그 말이 '내 새끼 불쌍히서 어찐다냐'라는 말이랑 같다는 걸 나도 모르지 않았다. 불 때는 엄마 옆에 앉아 있자니 덥고 매워서 자꾸만 눈으로 물이 새어 나왔다. 안에서 닭이 익는지 솥단지에서도 물이 주룩 흘러내렸다.

　언니가 와 있던 시간은 꿈같이 짧게 지나갔다. 여전히 뽀얀 얼굴로 서울로 돌아간 언니와는 달리 개학을 앞둔 내 얼굴은 담배 덕장 안에서 말라 가는 담뱃잎처럼 짙은 갈색이었다. 담뱃잎으로 치자면 공판장에서 넉넉히 최고등급을 받고도 남을 만했다. 살이 타지 않도록 일할 때마다 소매가 긴 엄마 옷과 챙이 넓은 모자를 착용했는데도 거울에 비친 내 모습은 농사꾼 아낙네가 따로 없었다. 아버지는 내년에 담배 농사를 절대 짓지 않겠다는 말과 함께 공판이 끝나면 카세트 플레이어를 사 주겠다고 선언했다. 그러니 주말마다 와서 공판 때까지 일을 잘 도와야 한다는 당부가 따라붙었다. 나는 이번에도 소득 없이 자취방으로 돌아왔다.

　저녁 시간이면 파란 대문 집은 앞방 뒷방 할 것 없이 텔레비전 소리가 끊이지 않았다. 능바우나 읍내나 가난한 아비들은 술이 주식인 양 매일 같이 마셔 댔다. 아마도 술값으로 돈을 다 써 버려 영영 부자가 되지 못하는 거겠지. 술기운이 절정에 달한 그들은 몇 개 없는 집안 살림을 집어 던지다가 더 손에 잡히는 게 없으면 눈앞의 제 각시 머리끄덩이를 잡아 패대기쳤다. 당하는 아낙들도 이때다 싶은지 꼭꼭 눌러 담은 응어리를 목청껏 풀어 재끼는 통에 파란 대문 안은 하루가 멀다고 아수라장이었다.

　찬바람이 들기 전에 장날 엄마가 와서 부엌 가득 연탄을 들였다. 순옥이 엄마의 부탁으로 순옥이의 부엌에도 꼭 그만큼의 연탄이 쌓였다. 순옥이 엄마는 나만 믿는다며 굳이 나와 같은 자췻집에, 그것도 내 방보다 두 배나 비싼 방에 순옥이를 이사시켰다.

　연탄을 들인 이튿날, 큰 방에 새로운 가족이 이사를 왔다. 아줌마는 머리숱이 많았고 하얀 얼굴에 몸집이 컸다. 아저씨보다 키가 한 뼘은 더 높았다. 틀어 올린 곱슬머리에서 머리핀의 보석이 반짝거렸다. 아직 학교에도 안 들어갔을 어린 여자 아이 둘이 짐을 나르는 동안 내 방 앞 텃밭에서 소리를 지르며 뛰놀았다. 아이들의 동그란 눈이 유난히 예뻤다.

　순옥이와 나는 큰 방에 들어오는 그 가족을 부러운 눈으로 바라보았다. 자췻집에서 유일하게 부엌에 개별 수도가 딸린 방이었다. 아이들이 입고 있는 공단 원피스가 겨울 햇살을 받아 우아한 빛을 자아냈다. 며칠 지켜본 결과 아저씨는 새벽같이 출근했고, 아줌마는 뒤늦게 일하러 나가는 것 같았다. 새벽녘 공동 수돗가로 나와 아침을 준비하는 게 아니었기 때문에 우리는 그 집에서 뭘 먹고 사는지 알 수 없었다. 음식 냄새는 열 가구가 넘는 방에서 한꺼번에 풍겨와 내 방 앞 텃밭에서 마구 섞였다. 냄새로도 그 집 메뉴를 짐작하기는 어려웠다. 가장 비싼 방을 세내어 살고 있으니 가장 맛있는 음식을 해 먹을 거라고 예상할 뿐이었다.

　성난 바람이 텃밭을 맴돌았다. 숨을 내쉬면 입김이 허옇게 드러났다. 순옥이랑 나는 같이 번개탄으로 연탄에 불을 붙였다. 양동이에 물을 받아와 연탄 화덕 위에 올려놓았다. 따듯한 물을 써야 할 정도로 날씨가 춥다는 것은 마을 밖 시냇가가 아닌 자췻집 공동 수돗가에서 빨래해도 된다는 신호였다. 물론 찡그린 주인 아줌마 얼굴을 자주 봐야 한다는 말이기도 했다. 겨울이면 수도세를 더 내는

데도 주인 아줌마는 '뭐 벌써 수돗가에서 빨래하냐'고 야단이었다.

학교에 다녀오면 연탄불부터 확인했다. 그런데 부엌 구석에 쌓인 연탄 양이 확 줄어 보였다. 언뜻 봐도 열댓 장이 비었다. 연탄을 셌다. 그리고 순옥이 방에 가서 순옥이의 남은 연탄 수를 셌다. 차이가 컸다. 아침, 저녁으로 연탄을 가는 건 순옥이나 나나 같을 테니 남은 양도 얼추 비슷해야 했다. 내가 돌아왔을 때 내 방의 자물쇠는 분명 잠겼었는데. 깨진 슬레이트 구멍을 통해 연탄이 나갈 리도 없었다.

아침에 한 번 더 연탄 수를 세어 두고 학교에 다녀왔다. 저녁에 보니 정확히 여섯 장이 비었다. 열쇠는 분명 내가 열고 들어왔는데. 나는 밖으로 나가 자물쇠를 살폈다. 고리가 붙은 자리가 지저분했다. 누군가 고리에 박힌 못을 뽑았다 다시 박은 흔적이 분명했다. 연탄은 내 방에서만 없어졌다. 순옥이 방으로 가 확인해 보았지만 어제 이후 순옥이가 쓴 두 장을 제외하고는 그대로였다. 잠금장치를 보았다. 내 방의 것과는 다르게 아주 튼튼해 보였다. 그때 큰 방 사는 현애가 다가왔다.

"언니, 오늘은 빨래 안 혀? 내가 해 주께."

나는 현애네 방의 열린 문틈으로 얼른 부엌을 엿보았다. 연탄이 스무 장 가까이 쌓여 있었다.

"현애야, 니네 연탄 언제 산 거여?"

"몰라. 엄마가 돈 없다고 한 번에 안 사고 하루에 몇 장씩, 이렇게 사 왔어."

"그럼 오늘도 사 왔다냐?"

"응, 어지께도 사 오고."

의심이 확신으로 바뀌었다. 저렇게 큰 방을 얻어 사는 부잣집에서 중학생 연탄을, 그것도 젤 싸구려 방에 사는 학생 연탄을 훔쳐 가다니. 그 뒤로도 내 연탄은 두어 번 더 없어졌고, 큰 방 연탄은 그때마다 장수가 늘었다. 하지만 심증뿐이었다. 현애네 집에 어떻게 복수를 할까 고민하느라 며칠 골머리를 앓았다.

수돗가에서 빨래하는데 다시 큰 방 아이가 쪼르르 달려왔다. 언니가 달려오니 바늘귀에 꿴 실처럼 어린 동생이 따라와 옆에 앉았다. 어린 시절 나와 진주처럼. 현애가 내 대야에서 양말을 한 짝 꺼내더니 옆에 앉아 비누칠하기 시작했다.

"언니, 나 빨래 잘 허지? 이거 봐, 언니가 빤 것보다 더 깨끗허지?"

현애가 양말을 들어 올리며 웃었다. 얼마나 비누칠을 많이 했는지 양말에서 거품이 둠벙둠벙 떨어졌다. 큰 눈이 웃느라 가늘어졌다.

"현애야, 너는 큰 방에 사니까 좋지?"

"근디, 수미네 집에 가 본게 방도 많고, 피아노도 있든디. 나도 방 여러 개 있는 집에서 피아노 치믄서 살믄 좋겄어. 아! 맞다. 그리고 엄마가 맨날 맨날 같이 놀아 주고."

"피아노도 있었어? 친구네는 엄청 더 부잔가 비다."

"언니, 나도 피아노 배우는디, 학원에서 피아노 대회 나간다고 엄마가 공주 드레스 빌려 줬다. 보여 주까?"

현애는 대답도 듣지 않고 내 팔을 끌고 자기네 방으로 갔다. 방 한쪽 옷걸이에 신부의 것 같은 새하얀 드레스가 걸려 있었다. 망사 레이스에 꽃장식과 반짝이까지 붙어 화려했다.

"이거 우리 엄마가 엄청 비싸게 주고 빌렸대, 뭐 묻으면 안 된 게 입어 보고 막 그리믄 안 된대."

현애는 자랑할 때와 달리 풀 죽은 모습이었다. 방을 둘러보았다. 뒤채라 그런지 내 방처럼 전혀 해가 들지 않아 어두웠다. 한쪽 벽면을 차지한 장롱 말고는 특별한 세간도 없었다. 어둠이 눈에 익자 장롱 옆 구석진 벽에 시커멓게 핀 곰팡이가 보였다. 도배도 새로 하지 않고 급하게 이사를 든 것 같았다. 나는 지금 집에 살기 전까지 한 방에 일곱 식구가 빼곡히 모여 살던 우리 식구를 생각했다. 겨우 방 한 칸 세 들어 사는 집을 나는 왜 부잣집이라고 생각했던 걸까.

"언니, 내 드레스 진짜 이쁘지?"

"그려. 진짜 이쁘다. 나는 태어나서 이른 옷 구경도 못혀 봤는디, 우리 현애 이거 입으믄 진짜 공주가 따로 없겠네. 대회 나온 사람 중에서 우리 현애가 질로 이쁘것고만."

현애가 귀여운 치아를 드러내고 활짝 웃었다.

"얼레. 야가 연탄을 벌써 다 썼네, 너 불구멍 너무 확확 열어재끼는 거 아니여? 방도 찌깐헌디. 애껴서 좀 써라. 이게 을매나 비싼디."

"엄마, 그게 아니고, 내가 학교만 댕겨오믄 데꼬 불이 꺼져 가꼬 다 태우도 못혀고 내삐리야 써서 그려. 긍게 엄마 나 인자 연탄 사

주지 말어. 연탄 안 땔 거여."

"연탄을 안 때믄 춰서 으찔라고 그려?"

"연탄 때미 자율학습도 지대로 못허고 신경 쓰여서 안 되겄어. 나 그 돈으로 그냥 전기장판 하나 사줘. 그거믄 되야. 요새는 자취생들 죄다 전기장판 쓴디야. 연탄보다 더 따숩다드만 뭐."

"등이사 따술랑가 몰라도 둔느믄 코가 얼어 버린다는디."

"괜찮여. 어차피 방 따수 봤자 졸려서 공부허는디만 방해된게. 그리고 우리 선배 하나는 얼마 전이 자다가 연탄가스 마시서 새벽에 병원이로 실려 갔다."

엄마는 감기 걸린다고 걱정하면서도 연탄 대신 전기장판을 사줬다. 지붕도 외벽도 모두 슬레이트로 두른 내 쪽방엔 겨울바람이 제집인 양 넘나들었다. 새로 장만한 전기장판은 3단만 해 놓아도 바닥이 따뜻했지만, 이불을 덮고 누우면 얼굴이 떨어져 나갈 것처럼 시렸다. 두 손은 자동으로 엉덩이 밑, 전기장판을 파고들었다. 나는 등이 따뜻해지면 몸을 뒤집어 얼굴을 장판에 댔다가 다시 뒤통수가 시리면 돌려 눕곤 하다가 잠이 들었다.

더 큰 문제는 물이었다. 연탄 화덕을 이용해 데우던 따뜻한 물이 없어 아침마다 수돗가에서 얼음을 깨고 찬물로 머리를 감아야 했다. 머리가 통째로 얼 것 같아 민첩하게 손을 놀려 머리를 감고 내 방으로 달음질쳐도 어느새 머리카락마다 고드름이 주렁주렁 열렸다. 얼굴이며 손도 새빨개져서 터져 버릴 것만 같았다. 나는 전기장판 위에 앉아 이불을 뒤집어쓰고 머리를 흔들면서 소리를 질렀다. 수건으로 머리의 고드름을 털어 내고 선풍기를 강풍에 놓고 머리를 말렸다. 아침마다 군불을 잔뜩 지핀 능바우 아랫목이 간절했다. 하루빨리 능바우로 들어가 아궁이 앞에 쪼그려 앉아 빨갛게 타 들어 가는 장작불을 오래오래 쬐고 싶었다.

　기다리던 겨울 방학이 돌아왔지만, 능바우는 변한 게 없었다. 단조로움에 지겨워질 때쯤 옆집 사는 정록이가 멍석을 빌리러 왔다. 정록이네 마당에는 빛바랜 누런 천막이 빼곡했다. 언 땅 위로 두꺼운 멍석이 여러 개 깔리고, 끝이 갈라지고 새카맣게 그을린 굴뚝은 쉼 없이 뽀얀 연기를 뽑아 냈다. 능바우 사람들은 아침마다 나무하러 등에 지고 다니던 지게마저 헛간 한편에 세워 두고 사흘째 정록이네 마당에서 벌어지는 잔치에 흠뻑 빠져 허우적거렸다. 한 손에 쏘옥 잡히는 조그만 종지에서는 가락엿만 한 윷 조각들이 달가당달가당 흔들리다 멍석 위로 쏟아졌다.
　"윷이여어."
　"모오다아."
　도나 개가 나와도 사람들은 윷가락이 땅바닥에 쏟아질 때마다 똑같은 함박웃음을 날렸다. 동네 조무래기들은 정록이네 집을 중심으로 우리 집과 마을 정자 주변을 얼어 터진 손에 먹거리를 들고 뛰어다녔다. 정작 잔치의 주인공인 정식이 오빠는 어제저녁에 전주 자취방으로 가 버리고 없었다.

　"하따, 인자 성님은 팔자 오지게 펴 브렀네잉."
　"아 말허믄 멋혀. 입만 아프지. 인자 정식이가 은행이 딱 붙어 브

렸응게, 전라도 바닥으 돈이란 돈은 싹 다 긁어 브릴 일만 남았고만. 안 기어?"

부엌에 가득 들어앉아 음식을 만들던 아낙들도 막걸리 사발을 돌려 마시며 사흘째 비슷한 말들을 되풀이했다.

"아, 은행 돈이 어디 다 정식이 돈이간디? 기양 다른 직장이 취직헌 것이나 매 한 가진게."

말과 달리 정록 엄마 입꼬리는 내내 귀에 걸려 내려오지 않았다. 상업고등학교 졸업식도 아직 치르지 않았는데 정식이 오빠는 전국에 지점을 둔 큰 은행에 떡하니 합격했다. 공장이나 차량 정비소같이 몸을 써서 일하는 곳이 아니라, 깨끗한 양복을 입고 출근하는 직장에 취직한 사람은 능바우에서 정식이 오빠가 처음이었다. 동네 사람들은 자기 자식이 대통령이라도 된 것처럼 기뻐했다. 도대체 이 사람들은 뭐가 그리도 좋은 걸까. 자기 자식이 은행에 들어간 것도 아니고, 정식이 오빠가 월급을 받아 한 푼이라도 보태 줄 것도 아닌데. 내 눈에는 실컷 공짜 술 얻어먹을 기회가 생겨 들뜬 것으로밖에 안 보였다.

양복을 새로 맞춰 입고 동네에 인사를 온 정식이 오빠는 텔레비전에 나오는 탤런트보다 더 근사했다. 나는, 이제 은행에 가면 예쁘고 똑똑한 여자들이 정식이 오빠를 가만두지 않을 거라는 생각에 우울해졌다. 내가 전주여상에 들어가 각종 자격증을 따고 정식이 오빠가 들어간 그 은행에 취직한다고 해도, 그때까진 적어도 4년은 기다려야 했다. 그동안 은행의 여직원들이 저렇게 잘생긴 정식이 오빠를 그냥 둘 리 없었다. 오빠도 이제 곱디고운 여직원들 사이에서 생활할 텐데, 촌티 줄줄 흐르는 내가 눈에 들어오기나 할까. 어제만 해도 그랬다. 정식이 오빠는 나랑 마주칠 때마다 내 머리를 여러 번 쓰다듬어 가슴 콩닥거리게 하더니, 어제 전주로 가기 전 우리 집 마당에서 둘이 마주쳤는데도 눈웃음 한번 웃어 준 게 다였다. 나는 소중한 뭔가를 뺏긴 것만 같았다.

잔치의 분위기가 가시고 사람들은 또 아무렇지도 않게 아침이면 지게를 지고 산으로 들어갔다가 집채만 한 나뭇짐을 지고 돌아왔다. 안 그래도 한겨울 어두운 산그늘인데 커다란 나뭇짐까지 응달을 더하는 바람에 능바우 사람들은 매일 조금씩 더 작아지는 듯했다. 헛간이 가득 차자 부지런한 동네 아저씨들은 마당을 빙 둘러 담처럼 나뭇단을 쌓았다.

우리 집은 예외였다. 아버지는 농사꾼이면서도 농사일도, 나무하는 것도 다 지긋지긋하다고 입버릇처럼 말했다. 아버지는 아침을 먹고는 나와 동생을 대동하고 손수레를 끌고 나무를 하러 갔다. 아주 가끔은 남녀평등을 실현하는 아버지였다. 사방에 떨어진 나뭇가지를 주워 손수레에 싣고 와서 부엌 뒤쪽에 부려 놓았다. 그걸로 엄마랑 나는 군불을 때고 밥을 했다. 날이 추워질수록 나뭇단은 빠르게 줄었고, 이러다 눈이라도 심하게 퍼부어 나무를 못 하게 되면 당장 군불은 뭐로 때나, 하는 걱정이 들 때쯤 아버지는 다시 손수레를 끌고 나무를 주우러 나갔다.

아버지가 게으른 것은 아니었다. 아버지는 끊임없이 무언가를 뜯어서 고치고 만들어 내곤 했다. 능바우 고장 난 가전은 아버지 손끝만 닿으면 새 생명을 얻었고, 아버지는 그 대가로 가전 주인이 내놓는 술에 곤드레만드레 취해 추운 줄도 모르고 동네를 돌아다녔다. 술에 취한 날마다 때려 부순 우리 집 살림살이를 고치다가 기술이 부쩍 향상된 게 틀림없었다. 아버지는 망가진 물건만 고칠 줄 알았지, 엄마나 자식들 망가진 속을 고칠 맘은 없어 보였다.

아버지가 이장님 집에 다녀오더니 담배 농사 장려금을 받아왔다고 자랑했다. 이제 오빠도 없고, 나도 중3이라 공부하느라 시간이 없을 텐데 또 담배 농사라니. 올해는 절대로 담배 농사를 짓지 않겠다고 맹세를 술 마시듯 하더니. 하지만, 아직 모종을 받아온 것은 아니었다. 막을 수 있는 마지막 기회는 남았다는 판단이 섰다.
"아버지, 올히는 담배 농사 안 짓는다고 약속을 허싰자녀요. 인자 참말로 저는 담배 농사는 못 지것응게요. 그 장려금 언능 돌려드리고 오시든가 허세요."
"야야, 올히는 안 그리도 쫌만 질라고 그려. 내가 느 엄마랑 살살 질랑게, 너는 공부나 열심히 혀. 진짜로 전주여상에 붙기만 허믄 고딩핵교 보내 줄 팅게."
거짓말에 속아 넘어갈 내가 아니었다. 엄마는 여전히 오일장 중3일은 강아지를 팔러 나갈 텐데, 그렇다면 일할 사람은 아버지와 나밖에 없었다. 올여름엔 하늘이 두 쪽 나도 반드시 여름방학 보충수업을 들을 생각이었다. 동생도 혹시 담배 농사가 오롯이 자기 몫이 될까 긴장하는 기색이었다. 안 그래도 송아지와 어미 소가 번갈아 새끼를 낳는 바람에 네 마리로 불어난 소와 득실거리는 개들, 닭들, 어디서 얻어 온 돼지 새끼까지 집안이 온통 동물농장이 되어 버린 지 오래였다. 진주는 초저녁부터 혼자 발을 동동 구르며 가축들 밥을 챙기느라 애들하고 제대로 놀지도 못하는 눈치였다. 결국 아버지는 일손이 바빠지면 전매특허인 윽박지르기로 나랑 진주를 담뱃잎이 일렁이는 안티밭 일꾼으로 끌어다 놓을 게 분명했다.

"아버지 지금 당장 이장님 집이 가시서 장려금 받은 거 돌리 디리고 오세요."

"야가, 이미 돈을 받아 버렸는디 어트케 그린다냐, 사람이?"

"시방 그 돈 안 돌려 디리믄 저는 당장 짐 싸서 진주 데리고 서울로 가 버릴 거고만요. 언니랑 오빠들이 돈을 버는디 우리 둘 학교는 보내 주겠지요. 그럼 언니, 오빠들이 아버지한티 보낼 돈은 한 푼도 없을랑가 몰르겄네요잉."

나는 보란 듯이 보따리를 찾아 옷을 꺼내 싸기 시작했다. 처음부터 그럴 생각까지는 아니었는데, 어쩌면 진짜 엄마와 헤어져 서울에 가야 할지도 모른다고 생각하니 눈물이 울컥울컥 쏟아졌다. 동생도 이게 무슨 일인가 싶어 훌쩍거렸다.

"당장, 그만 못 두냐? 이녀러 가시내가 너 시방 나한티 맞어 죽어 볼티어?"

아버지가 옷 보따리를 빼앗아 집어던졌다. 더 센 게 필요했다.

"아이고, 그려요! 차라리 죽여요. 이르케 사느니 어찌믄 죽는 게 허빼 낫겄네요."

나는 맨발로 마당으로 나가 지게 바작에 꽂힌 낫을 빼 들고 와 아버지 얼굴 앞에 들이밀었다.

"자, 아버지 좋아허시는 낫 여깄응게 얼른 목을 확 비든가 배창

시를 푹 찔르든가, 후딱 죽이세요. 언능, 자요."

내가 재차 낫을 아버지한테 내밀자 아버지가 놀라서 치켜들었던 팔을 내리고 뒷걸음질 쳤다.

"하이고 저녀르 가시내가 누굴 택여서 이르케 독헌가 모를겄네잉."

처음 보는 아버지의 겁먹은 모습이었다. 내친 김에 몰아붙이자 싶었다. 낫을 목에 들이댔다. 어제저녁, 숫돌에 낫을 갈던 아버지가 떠올랐다. 벼려진 날에서 빛이 번쩍였다. 낫 끝이 살에 닿지 않도록 조심했는데도 덜컥 겁이 났다. 겁먹은 티를 내지 않기 위해 눈을 더 치켜뜨고 목소리를 한껏 깔았다.

"아버지가 못 찔러 죽이믄 내가 찔러 죽으까요?"

놀란 동생이 빽 소리를 질렀다.

"저 썩을녀르 가시내, 애비 앞에서 잘 허는 짓이다. 내가 아주 너 때미 질려 버렸다. 시방 당장 가서 돈 돌려주고 올랑게 진주 디리고 방이 들으가 있어. 하이고, 저 징글징글헌 오살 잡녀르 가시내."

아버지는 알고 있는 욕을 죄다 내뱉으면서도 장려금 봉투를 들고 곧바로 이장님 집으로 갔다. 아버지가 미덥지 않은 나는 마당 입구에 서서 아버지 뒷모습이 사라질 때까지 기다렸다가 낫을 지게에 도로 꽂았다. 찬 기운에 꽁꽁 언 얼굴을 하고 오들오들 떠는 동생을 데리고 안으로 들어갔다. 발이 시리다 못해 쓰라리던 참이었다. 더러워진 발을 걸레로 닦았다. 그제야 나한테는 서울 갈 차비도 없다는 사실이 떠올랐다. 아버지라고 몰랐을까. 걸레 잡은 손이 벌벌 떨렸다.

낫 시위로 담배 농사를 단념시켰다는 소문은 하루 만에 좁은 능바우를 한 바퀴 돌았다.

"야야, 너도 차암 너다잉. 나도 한번 혀 볼라고 그리는디, 믹힐랑가 몰르겄네잉. 어트케 혀야 너만치 한 번에 성공헐 수 있을랑가?"

정록이가 동생 정진이를 데리고 와서 내게 조언을 구했다.

"그게 말이여, 그냥 죽기 살기로 덤비야게. 앵간혀서는 느그 아버지도 눈 하나 깜짝 안 허실 양반이자녀."

"그지? 그리도 밑지야 본전인게, 한번 혀 보기는 히야지. 나도 시상에서 담배 농사가 질로 싫은게."

정록이는 동생 정진이 손을 잡고 담배 장려금을 돌려주지 않으면 집을 나간다고 아저씨한테 대들었다가 매타작을 당했다. 고집은 세지만 평소 조용하기로 소문난 아저씨 목소리가 온 동네에 쩌렁쩌렁 울렸다.

"이 썩을 노무 시끼야, 그려 어디 한번 나가 봐라잉. 아주 뺄기를 빗기서 확 내쫓아 벌랑게. 어디 나가서 동냥아치 짓허고 살어 봐라잉, 이노무시끼야. 비싼 밥 처맥이 놨더만 저런 후랴덜노무 시끼가 동상까지 꼬디기서 못 허는 소리가 없네잉."

진주 말로는 동네 애들이 다 나와서 매타작을 구경했다는데, 나는 정록이가 매질을 당하는 내내 사랑방에서 이불을 뒤집어쓰고 애국가를 4절까지 불렀다. 내가 아는 가장 긴 노래였다. 낫을 들고 대들었던 게 자꾸 생각나 아버지 보기도 민망하던 차에, 정록이까지 그 꼴을 당하는 데 일조했으니……. 하루빨리 읍내로 나가 능바우에는 당분간 들어오지 말아야 할 것 같았다.

　3학년이 되자 읍내에 방을 얻어 자취하는 아이들이 부쩍 늘었다. 우리는 베개만큼 두꺼운 고입 연합고사 기출문제집을 구해서 문제를 풀고 또 풀었다. 아무리 풀어도 세상은 풀리지 않는 것들로 넘쳐났다. 그즈음 세계 곳곳에서 징후를 드러낸 세기말적 현상은 내가 사는 곳에서도 예외 없이 맹위를 떨쳤다. 교통사고로 가족을 잃은 친구네 가족이 갑작스레 전학을 갔고, 화목한 가정의 표본으로 내 부러움을 사던 친구네 아버지는 하루아침에 병으로 유명을 달리했다. 위로하는 방법을 배우지 못한 급우들은 읍 교회 공부방으로 무거운 발걸음을 옮겨 고입 연합고사 기출문제를 풀었다. 우리 앞에 버티고 있는 시험이 좋은 변명거리가 되어 주었다.
　고주망태가 된 아버지가 영농자금 대출로 산 경운기를 몰고 가다가 경운기와 함께 벼랑으로 굴렀다. 아버지는 동네 사람들에게 발견되어 전주에 있는 큰 병원으로 실려 가 수술을 받았다. 대출금을 고스란히 남긴 경운기는 한참 만에 동네 사람들에 의해 집 마당으로 옮겨졌다. 이미 거대한 고물 덩어리가 돼 버려 제 역할을 다시 해낼 것 같진 않았다. 고물 장수와 거래하면 평생 먹고도 남을 엿을 얻을 수 있으려나. 아버지 간호를 위해 엄마가 전주에 있는 병원으로 갔다.

　입시 철을 맞은 교무실은 분주했다.
　"민주야, 나는 너 여상 원서 못 써 주겠다. 부모님께 다시 잘 말씀 드려 봐."

　담임은 한사코 인문계 고교 원서를 쓰라고 나를 설득했다. 여상에 가는 것만도 행운이라 여기던 나도 슬그머니 욕심이 났다. 대학, 대학교. 소리 내 발음만 해도 가슴에서 방망이질이 멈추질 않았다. 과학 선생님은 교실까지 찾아와 과학고등학교를 노려보자며 내 손에 사탕을 쥐여 주고 꼬드겼다. 나는 전주로 엄마를 찾아가 성대모사를 하면서 선생님들 의견을 전달했다. 그리고 태연하게 덧붙였다. 처음부터 애원하듯 말하면 기세에 밀릴 게 뻔했다.

　"엄마, 나는 과학고는 되얐고, 그냥 인문계 고등학교나 갈라고 그려."

　"창시 빠진녀르 가시내가 뭔 놈의 인문계 고등학교여? 시방 여상도 감지덕지헐 판인디. 느그 아부지 지금 다쳐서 드러눠 있는 거 눈구녁 뜨고 봄서도 그런 소리가 나온다냐? 이런 철딱서니 없는녀르 가시내야, 저런녀르 가시내가 어뜨케 내 속에서 나왔는가 몰라. 이르니 내 속이 썩어 문드러지지."

　엄마는 자꾸 보채면 그나마 여상도 안 보내 준다고 반격했다. 단지 으름장이 아니라는 걸 직감했다. 한마디도 더 보태지 않고 자취방에 돌아왔다. 전략 수정이 시급했다.

　담임에게 엄마 뜻을 전했지만, 선생님은 이번엔 엄마를 직접 모셔 오라며 물러서질 않았다. 고민 끝에 서울에 있는 언니한테 전화를 걸어 하소연했다. 언니 오빠가 고등학교 다니는 것만 도와줘도 정말 어떻게든 대학교는 내가 돈 벌어 갈 수 있다고 강조했다. 언니는 걱정하지 말라며, 엄마 대신 자기가 내려온다고 했다. 학교로 찾아올 줄 알았던 언니는 큰오빠까지 대동하고 병원으로 가 아버지를 설득했다. 고등학교, 대학교까지 드는 돈을 모두 언니 오빠가 댈 테니 인문계 고등학교에 보내 주라고 했단다. 아니면 집에 돈을 한 푼도 안 보내겠다고. 잔 다르크 같은 언니의 활약으로 나는 접수 마감 날 인문고교 지원서를 작성할 수 있었다.

한바탕 태풍을 치르는 사이에도 논밭의 농작물은 본분을 잊지 않고 쑥쑥 자랐다. 부모님이 병원에 매여 있어 서울에서 작은오빠가 공장 일을 쉬고 내려왔다. 나도 더 이상 자취방에서 혼자 팔자 좋게 책만 보고 있을 수는 없었다. 수업이 끝나면 능바우로 들어가 동생과 가축들 밥을 주고 수북이 싸질러 놓은 똥을 치웠다. 주말엔 오빠와 함께 들일을 했다. 그래도 할 일은 밀린 공부처럼 쌓였고 틈틈이 큰아버지가 도와 줘야만 엉성하게나마 갈무리가 되었다. 모자란 시간은 잠을 줄여 메웠다. 잠이라곤 학교 가는 버스 안에서 꾸뻑 조는 게 전부였다. 어지럼증은 어느 때보다 심술궂었다. 대학교랑 맞교환하는 건데 이 정도 고생쯤은 당연히 버텨 낼 수 있다고 자신했다. 너무 힘들 때는 오빠나 동생이 잠들기를 기다렸다가 아주 잠깐씩만 울었다. 내 사정은 아랑곳하지 않고 들판의 벼는 묵직한 나락을 달고 휘어졌다. 여기저기 밤송이가 벙긋벙긋 벌어져도 알밤 하나 주우러 갈 시간이 없었다. 잠이 부족한 탓인지 현기증이 다가오는 빈도가 잦았다.

흔들리는 시간 속에 가을이 저물었다. 유명 록밴드 퀸의 프레디 머큐리가 에이즈로 사망했다고 아이들이 수군댔지만 나는 그런 먼

나라 사람 이야기 따위는 관심 밖이었다. 무엇보다 아버지가 채 회복되지도 않은 몸으로 퇴원해 집안에 먹구름이 가득했다. 고입 시험을 며칠 앞두고 가족들이 능바우를 떠났다. 나는 주인집으로 걸려 온 전화 한 통을 받은 게 다였다.

"서울로 이사 가기로 혔다."

'커다란 눈에 파란 하늘을 품은 소들은 어디로 팔려 갔을까. 새벽이면 따뜻한 알을 낳던 닭들은 또 어디로 떠났을까. 고철 덩어리 경운기는 엿이라도 바꿔 먹었나. 서울에서 우리 가족들이 살게 된 집은 방이 몇 칸이나 될까.'

아무리 많은 질문을 해도 메아리조차 돌아오지 않았다. 바로 등 뒤에서 폭탄이 '펑' 터져 버려 뒤돌아보니 이미 아무것도 남지 않은 폐허 속에 혼자 버려진 것만 같았다.

소녀들의 방

고입 연합고사가 끝났다. 시험이 쉬웠는지 가채점 결과 나뿐만 아니라 학생 대부분이 모의고사 때보다 점수가 높았다. 들뜬 교실 분위기와 달리 나는 전혀 기쁘지 않았다. 방학이 되어서야 엄마는 나를 데리러 중산에 내려왔다.

서울은 처음이었다. 버스는 온통 빼곡히 자리 잡은 집들 사이를 계속 달렸다. 아무리 달려도 우리 가족이 살고 있다는 그 집은 나타날 것 같지 않았다. 저렇게나 집들이 많고 다 비슷비슷한데 서울 사는 아저씨들은 술에 취하면 자기 집을 어떻게 찾아갈까. 능바우처럼 집 앞에 감나무나 자두나무, 탱자나무가 있는 것도 아니고.

엄마는 벌써 서울 길이 눈에 익었는지 버스에서 내려 한번도 두리번거리지 않고 여장부처럼 앞장서 걸었다. 엄마가 걸음을 멈춘 곳은 막다른 골목 끝이었다. 파란색 페인트가 칠해진 대문 밖으로 공중화장실이 먼저 고약한 냄새로 자기소개를 했다. 오랜 시간 습기를 먹고 이끼를 키운 문짝이 겨우겨우 속내를 감췄다. 대문으로 들어서기도 전에 얼굴을 찌푸린 나는 대문 안에 들어서자마자 우리 가족들만 따로 쓰는 화장실이 보여 일단 안심했다. 심지어 화장실 옆으로 샤워를 할 수 있는 공간까지 따로 마련되어 있었다. 드디어 우리도 부자가 된 것일까. 화장실과 샤워실 옥상에는 고향에서 가져온 항아리들이 서리를 맞아 하앴다. 장독대 위로 잎을 다 떨군 장미 덩굴엔 말라비틀어진 가시가 날카로웠다.

자췻집과 서울은 형제라도 되는 양 닮아 보였다. 둘 다 골목 끝에 파란 대문을 통해 들어가야 해서 그런가. 서울집은 내 자취방과 부엌을 합친 것만 한 시멘트 마당을 지나 현관문을 열면 넓은 방처럼 생긴 거실을 중심으로 입식 부엌과 안방, 작은방, 문간방이 ㄷ자 형태로 에워쌌다. 아궁이는 없었고 순간온수기의 전원을 켜면 따로 물을 데우지 않아도 더운물이 줄줄 나왔다.

일곱 식구가 한 데 앉아 밥을 먹었다. 오랜만에 먹는 집밥에도 불구하고 나는 뭔가 붕 뜬 것 같은 기분이 가라앉지 않았다. 명절도 아닌데 온 식구가, 그것도 처음 보는 장소에 앉아 너무나 편안하게들 밥을 먹는 모습이 생경했다. 저녁을 먹고 작은방에 누워 언니한테서 그간의 집안 사정을 전해 들었다. 사고로 더는 농사를 못 짓겠다는 아버지가 고집을 부려 가축들을 다 팔고 언니 오빠들의 돈까지 긁어모아 언니네 공장 근처로 전셋집을 얻었다고.
 부모님은 농사를 지을 수도, 점포가 없으니 장사를 할 수도 없었다. 설상가상으로 우리 집은 영세민 자격까지 박탈당했다. 돈을 벌 수 있는 자식들이 많다는 이유였다. 갑자기 영세민 자격이 취소되는 바람에 앞으로는 돈을 내고 병원에 다녀야 해서 아버지 병원비가 걱정이라고 했다. 엄마는 동사무소에 가서 항의하다가 파출부라도 하라며 공무원이 소리 지르는 통에 망신만 당했다. 사정도 알아보지 않고 무턱대고 이삿짐부터 꾸린 부모님이 원망스러웠다. 여전히 일상이 불가능한 아버지가 서울에 와 가장 익숙해진 것이라곤 모노륨 장판이 전부인 듯 보였다. 더 늦기 전에 전주로 자취방 옮기는 문제를 상의해야 하는데, 그럴 돈이 남았으려나. 뜬눈으로 서울에서의 첫날밤이 지나갔다.

"민주는, 아침 먹고는 엄마랑 외삼촌 회사 구경허러 갈 팅게 채비혀라잉."

"아이고, 엄마! 인자 서울 왔는디 먼 놈의 외삼촌 회사를 다 구경을 헌대. 아직 동네도 구경 못혔구만. 진주가 그리는디 드림랜드라는 디가 있담서? 나 드림랜드가 젤로 가 보고 싶은디."

"아, 외삼촌 회사가 얼마나 크고 멋진 줄 알기나 허고 그런 소리 헌다냐? 드림랜드는 암것도 아닌 게 낭중에 가고. 너 서울 왔당게 언능 델꼬 와서 구경시켜 주라고, 맛난 거 사 준다고 그리드만. 아무튼, 그러기로 혀서 외삼촌 기달린게 언능 싸게싸게 먹고 나갈 채비나 혀."

"근디 왜 나만 구경시켜 준댜? 진주도 같이 가믄 안 될랑가?"

"아, 진주는 벌씨 댕기왔지. 진주가 암말도 안 허데?"

엄마가 진주를 건너다보았다.

"진주는 저저번준가 댕기왔지?"

아버지가 진주를 보며 말했다.

"응. 나는 쩌번에 댕기왔지. 오늘은 방학 숙제히야 혀서."

진주가 밥을 먹다 말고 숟가락을 놓고 일어섰다.

"아, 그맀어? 그려. 그럼 외삼촌 회사가 얼마나 존가 한번 가보지 뭐."

갑작스러운 방문이 썩 내키지는 않았지만, 내심 중학교 졸업 기념으로 멋진 선물이라도 주지 않을까 기대하며 엄마를 따라나섰다. 버스를 타고 청량리에서 내려 가리봉까지는 지하철을 이용했다. 지하철 안에 서서 시커먼 창밖을 보느라 나는 정신이 없었다.

민주의 방 143

전철이 지하 구간을 벗어났다. 차창 밖은 온통 건물뿐이었다. 저 많은 건물마다 주인이 다 있는 것인지 궁금했다. 사람은 또 왜 이리 많은지, 나는 엄마라도 잃어버릴까 두려워져 창밖을 구경하다가도 앉아서 졸고 있는 엄마 자리를 자꾸 확인했다.

'삼촌 회사를 구경하고 돌아가는 길에는 꼭 자취방 옮기는 문제를 의논해야 하는데. 전주는 읍내처럼 싼 방이 없을 텐데……'

가리봉동은 거대한 공장 건물로 빼곡했다. 역에서 내려 긴 계단을 내려간 엄마는 '구로3공단'이라고 찍힌 이정표를 따라 걸었다. 눈이 내리는 것도 아닌데 하늘까지 온통 회색빛이었다. 만화에나 나옴 직한 굵은 굴뚝들이 산불이라도 난 것처럼 연기를 쉼 없이 뿜어냈다. 엄마를 따라 외삼촌이 다닌다는 회사까지 걷는 동안 계속 주변을 둘러보았지만 흙바닥을 찾기 힘들었다. 건물 안으로 모두 꼭꼭 숨은 것인지 사람도 보이지 않았다.

외삼촌이 다니는 회사 대문도 자췻집처럼 파란색이었다. 대문들은 다 파란색으로 칠해야 한다는 법이라도 생긴 듯했다. 거대한 대문은 견고하게 닫혔고 한쪽 구석에 쪽문만 살짝 열려 있었다. 엄마가 쪽문 안쪽에 붙은 경비실 창문에 얼굴을 들이대고 외삼촌 이름을 댔다. 경비 아저씨가 어디론가 전화했고 잠시 후, 위아래 회색 제복을 갖춰 입은 외삼촌이 건물에서 뛰어나왔다. 외삼촌은 못 본 사이 키가 더 큰 것 같았다.

"와, 우리 민주, 아가씨 같아서 이제 길에서 보면 정말 몰라보겠는데."

삼촌이 완벽한 서울말을 구사하면서 내 머리를 쓰다듬었다. 삼촌은 나를 데리고 회사, 아니 공장을 구경시켜 줬다. 삼촌은 남자 양복을 만드는 큰 공장의 컴퓨터실 주임이랬다. 공장은 자동화가 되어 있었다. 천장에서 로봇 팔이 옷감을 꿰고 이리저리 옮겼다. 삼촌이 일하는 컴퓨터실과 재단 반 직원들을 제외하고는 거의 다 여직원이었다. 여자들은 서울 사람답게 달덩이처럼 뽀얀 얼굴에 새빨간 루주를 바르고 앉거나 서서 현장에 울려 퍼지는 유행가를 따라 부르며 일했다. 여직원들은 삼촌이 지나갈 때마다 활짝 웃으며 고개를 숙였다. 현장 소개를 마친 삼촌은 나를 데리고 사무실로 갔다. 우리가 들어오는 걸 보고 양복을 깨끗하게 갖춰 입은 아저씨 두 명이 사무실 중앙에 있는 소파를 향해 걸어왔다.

"아이고, 오시느라 고생이 많으셨습니다. 나 주임한테 얘기는 들었습니다. 여기 좀 앉으세요."

아저씨 중 한 명이 엄마를 보고 맞은편 자리를 권했다. 아저씨와 엄마가 인사를 더 나누는 사이 나는 다른 아저씨가 테이블에 내려놓은 서류를 눈으로 얼른 훑었다. 서류 앞장에는 고등학교 입시원서 접수용으로 찍었던 내 증명사진이 반듯하게 붙어 있었다. 서류 맨 위의 굵은 글씨가 그제야 눈에 들어왔다.

'입사지원서'.

눈을 깜빡이고 다시 읽어도 글자는 달라지지 않았다.

꿈이었다. 꿈을 꾸고 있었다. 일어나 흘린 침을 닦고, 기지개를 켜고, 지독히 재수 없는 개꿈 한번 꾸었다 툴툴거리다 얼음장 같은 찬물로 낯을 씻고 나면 잊힐 그렇고 그런 개꿈. 대부분 꿈이 그렇듯 지금껏 선명하게 보이던 주변 사물들이 하나씩 경계를 잃고 흔들리다 빙빙 돌았고 마지막으로 무너져 버린 내가 빨려 들어갔다. 눈앞이 캄캄하고 아무 소리도 들리지 않았다. 그래. 꿈이니까. 어차피 깨어나기만 하면 되니까. 꿈에서 깨어나기 위해 몸부림쳤다. 꿈은 좀처럼 끝나지 않았다. 가위에 눌린 것도 아닌데 인어공주라도 된 것처럼 목소리가 나오지 않았다.

  사흘. 입사까지 남은 시간 내내 나는 간절함이라는 말로는 다 표현할 수 없을 만큼 온 마음을 담아 기도했다. 안간힘을 쓰며 빌었다. 꼭 하느님이 아니어도 상관없었다. 예수든 석가모니든 누구라도 들어주기만 하면 정성을 다해 한평생 섬기리라 각오했다. 오래전 어렵게 잡은 새끼 꿩을 살려 준 것까지 들먹이면서 협박인지 기도인지 모를 것들을 끼니도 거르면서 간청했지만 헛수고였다. 낯선 방의 벽에 더 낯선 내 등을 기댔다. 아침부터 밤까지 그리고 다시 아침이 될 때까지. 언니와 동생이 잠든 밤에는 벽에 기대앉아 무릎 사이에 고개를 처박고, '스스슥, 스스슥' 바퀴벌레 움직임을 귀로 들었다. 단식투쟁을 해온 탓에 울 힘도 없었고 눈물도 더 안 나왔다. 들려오는 소리로 바퀴벌레의 위치를 가늠하는 데 온 신경을 집중하다, 나는 여전히 꿈을 꾸고 있다고 생각하기로 했다. '사각사각, 샤샤각 샤샤각'. 꿈이 너무 생생해서 소름이 돋았다.

  사회인이 될 마음이 터럭만큼도 일지 않는데 엄마는 세숫대야를, 양말을, 속옷을 사 왔다. 머리빗을, 샴푸를, 비누를 늘어놓았다. 모두 읍내 자취방에 가면 있는 물건들이었다. 언니는 연한 분홍색 바탕에 빨간색 하트 무늬가 점점이 찍힌 잠옷을 사 왔다. 잠옷이라니, 하트라니……. 이제 그만 긴 꿈에서 깨어나야겠다고 생각했다. 아니, 이건 처음부터 꿈이 아니었다는 것을 인정했다. 열여섯의 크리스마스에 비로소 나는 신과 신이 만들었다는 모든 것을 저주할 수 있게 되었다.

기숙사는 3층짜리 건물로 공장 맨 안쪽에 있었다. 넓고 환한 현관에 들어서자 화장기 진한 중년 여자가 몸에 밴 듯한 친절함으로 나를 맞았다.

"사감님이랑 선배님들 말씸 잘 듣고 착실허게 지내니라잉."

엄마는 기숙사 현관에서 신발을 신은 채 사감과 인사를 나누고 돌아섰다. 이제 막 어둠이 들어차는 공장 마당을 엄마는 휘적휘적 걸었다. 엄마가 한번도 돌아보지 않아서 나는 다행이라고 생각했다. 멍하니 어둠과 엄마가 하나가 되는 걸 지켜보던 나는 사감을 따라 사감실로 들어갔다. 조금 전까지 미소가 만연했던 사감의 얼굴은 온데간데없었다. 시공간을 뛰어넘어 다른 차원에라도 들어선 것 같은 기분이었다. 쌍꺼풀 선에 진하게 아이라인을 그린 눈을 치켜뜬 사감은 하면 안 되는 것들을 설명하기 시작했다. 내가 다 머리에 그 항목들을 집어넣기도 전에 사감은 해야만 하는 것들을 읊었다. 사감 목소리는 언제가 텔레비전에서 보았던 염라대왕의 목소리처럼 쩌렁쩌렁했다. 염라국에 끌려온 나는 가져온 짐 가방과 이불 보따리를 옆에 내려놓고 무릎을 꿇고 앉아 말없이 고개를 끄덕였다. 이제 해도 되는 것과 안 해도 되는 것 차례겠구나 하고 기다렸지만, 그런 건 없었다.

　마침내 나는 염라대왕의 판결에 따라 지옥의 119호실을 배정받았다. 사감실을 나와 긴 복도를 걷는 동안 잠옷 차림의 여자들이 종종 내 옆을 스쳐 지나갔다. 그들은 멀리서 보면 아가씨 같았고 가까이서 보면 소녀 같았다. 내가 그들을 흘끔거리는 것과 달리 그들은 나를 대놓고 빤히 쳐다보다가 다시 가던 길을 재촉했다. 나는 미리 잠옷을 마련해 준 언니의 선견지명에 감탄하며 미끄러질 듯 윤이 난 복도를 걸어 119호실 방문 앞에 섰다. 문을 열면 유황불이 훨훨 타오르고 있을 것만 같았다. 침을 한번 꿀꺽 삼키고 문고리를 잡아 열었다.

　방문 맞은편 벽에 커다란 창문이 하나, 옷장이 왼쪽 벽에 네 개, 오른쪽 벽에 두 개가 붙어 있었다. 방문 옆의 걸레통과 휴지통, 문 옆의 벽에 벽시계까지가 방안 집기의 전부였다. 양쪽으로 열린 옷장 문 사이마다 얼굴이 하나씩 삐져나와 나를 주시했다. 맨 안쪽 옷장에서 키가 큰 사람이 쑥 일어서 다가오더니 내 보따리를 받았다. 역시 잠옷 차림이었다.

　"네가 김민주구나. 컴퓨터실 나 주임님 조카라는. 어서 와. 나는 119호실 실장 이영주야."

　그녀가 보따리를 들지 않은 손을 쑥 내밀었다. 나는 얼떨결에 짐을 내려놓고 두 손으로 그의 손을 덥석 잡았다.

　"안녕허세요. 저는 김민주고만요."

　영주 언니가 실원들을 소개했다. 실장인 영주 언니를 제외한 나머지 세 명은 모두 내 입사 동기라고 했다. 나는 혼자 입사를 했는데 웬 동기란 말인가 의아했지만 실장 언니의 말에 토를 달 용기는 없었다.

"애들은 다 학교장 추천으로 같은 학교에서 서너 명씩 입사한 거야. 아, 은희는 다른 회사에서 우리 회사로 옮겨 온 거고. 입사 날짜는 조금씩 달라도 다 같은 동기로 보면 돼."

나와 동갑인 이진실, 차화연, 나보다 한 살 많은 이은희 언니까지 다들 요 며칠 사이에 입실했고, 영주 언니만 입사 4년 차에 나이는 스물한 살, 고3이라고 했다.

"남은 옷장은 이거 하나야. 민주 네가 입실이 젤 늦어서 너한테는 선택권이 없다."

방 사람들과 통성명을 마친 나는 방문에서 가장 가까운 옷장을 배정받았다. 읍내 자취방에 있는 내 옷장보다 크고 튼튼해 보였다. 나도 그 방의 다른 사람들처럼 수직으로 반듯하게 옷장 문을 열었다. 내 옷장 문과 바로 옆 사람의 옷장 문이 사이좋게 등을 맞대자 자연스럽게 벽이 생겨 꼭 옷장 너비만큼의 칸이 하나 생겼다.

"소지품은 모두 옷장 안에 넣으면 되고, 이불은 저쪽 공동 옷장에 넣으면 돼. 아, 그리고 계절 지난 옷은 복도 반대편 끝에 옷 방이 있어. 행거마다 호실이 적혀 있으니까 거기에 걸어 두면 되는데…… 음, 너는 가져온 옷이 많지 않으니까 일단 옷장에 다 들어가겠다."

나는 보따리에서 세숫대야를 꺼내 옷장 맨 위 선반에 넣으려고 까치발을 했다.

"아, 민주야 세면용품들은 공동 목욕탕 선반에 두면 돼. 진실아,

민주 옷 갈아입거든 네가 목욕탕 좀 같이 가서 알려 줘."

"예에."

바로 옆 옷장에서 목소리가 들렸다. 나는 옆의 옷장을 훔쳐보면서 가져온 짐을 정리하고 이불장에 내 이불과 베개를 넣었다. 실장님을 제외하고는 잠옷을 입고 있지 않아, 잠옷을 입어야 할지 말아야 할지 고민됐다. 달리 갈아입을 옷이 마땅치 않아 잠옷을 입기로 했다. 따로 옷을 갈아입을 만한 공간은 보이지 않았다. 방안에 탈의실이 있을 리 만무했지만 그렇다고 초면인 사람들 앞에서 잠시나마 속옷 차림이 되는 것도 꺼림칙했다. 눈치를 보다 할 수 없이 엉거주춤 일어나 청바지를 벗고 다른 사람이 볼세라 얼른 잠옷 바지에 다리 한쪽을 집어넣었다. 그때 옆에서 진실이가 고개를 쑥 내밀고 쳐다보는 바람에 나는 다리 한쪽만 잠옷 바지에 끼운 채 엉덩방아를 찧었다.

"오메, 아프겄다아. 궁딩이에 멍드는 거 아닌가 몰르겄네이. 근데 니네 집은 어엄청 부잔가 비다아. 잠옷도 다 사 주고오."

진실이는 충청도 출신이 분명했다.

"아니, 나는 여기 오는디, 다들 잠옷을 입고 댕기걸래……."

진실이 말에 다른 사람들도 옷장에서 나와 모두 내 잠옷을 구경했다. 나는 접힌 자국이 선명한 진솔옷이 마냥 쑥스러웠다. 팬티 바람이 창피해 앉은 채로 나머지 맨다리를 서둘러 잠옷 바지 안에 쑤셔 넣었다. 그제야 엉덩이에 얼얼한 통증이 느껴졌다.

공동 목욕탕과 세면실, 화장실을 안내해 주면서 진실이가 기숙사에 관해 자세히 설명했다. 기숙사에는 300여 명의 여공이 살고 있으며 1층은 산업체 야간 고등학교에 다니는 학생들의 방과, 사감실, 공동 목욕탕, 공동 화장실, 독서실, 옷방이 있고, 2, 3층은 일반인들의 숙소와 휴게실, 화장실과 세면장이 있다고. 고등학교 3학년이 되는 선배들이 보통 1층의 실장을 맡고, 2학년이 될 학생은 없었다. 대상자가 적어 시험을 한해 건너뛴 탓에 올해 우리와 함께 입학하게 될 거라고 했다.

"그럼 너도 니네 학교서 친구들이랑 같이 온 거여?"

"그려어. 우리 학교서는 세 명이서 같이 왔어. 그러엄 너는 혼자 왔겄다아. 기분이 소올찮히 그르겄네에. 그려도 우리 동기가 다아 친구니까아 너어무 걱정은 말어."

진실이네 학교에서는 가을부터 회사 관계자가 나와 공장 홍보도 하고 지원자를 받았다. 일찌감치 입사 대상자가 결정되어 이미 산업체 야간 고등학교 입학 절차까지 마무리가 되었다고 했다.

나는 뒤늦게 입사 결정이 나는 바람에 고등학교 입학에 차질이 생겼는데 외삼촌이 무던히 애를 쓴 덕에 다행히 아이들과 함께 금옥여자고등학교에 입학을 할 수 있게 되었다고 자랑스럽게 설명하던 엄마 말이 떠올랐다. 입학이 한 해 미뤄지더라도 내 입사는 이미 결정 난 상태였다는 말만 덧붙이지 않았으면 나도 외삼촌과 그런 잘난 동생을 둔 엄마에게 얼마만큼은 고마운 마음이 들었을 것이다.

능바우 대나무밭에서 길을 잃고 헤매는 꿈을 꾸고 나서 잠을 설쳤다. 능바우 집 뒤편의 대나무밭은 겨우 마당 넓이만 한데, 그 좁은 곳에서 빠져나오지 못했다는 걸 받아들일 수 없어서 다시 잠들지 못했다.

월요일 아침 여섯 시 오십 분에 우리 동기들은 회사 대강당에 모였다.

"여러분은 정말 천운을 타고난 사람들입니다. 불과 2년 전까지만 해도 입사 2년차부터 선발 시험을 치르고 10등까지만 학교에 보내 줬는데 올해부터는 그냥 입사와 동시에 전원 금옥여자고등학교에 진학시키기로 결정이 되었습니다."

공장장이 자랑스러운 표정으로 말을 끝내자 진행을 맡은 사무실 대리가 손뼉 치라는 신호를 보냈다. 천운을 타고난 우리는 다 같이 손뼉을 쳤다. 일주일 동안 회사에 대해서 배우고, 각 현장을 둘러보면서 공장에서 하는 일들에 대해 듣고 또 듣고, 사가(社歌)도 배웠다. 나는 매일 반복해서 부른 사가 말고는 교육 내용을 하나도 기억하지 못했다. 꿈이 아니란 걸 인정했지만 여전히 꿈속에서 헤매는 기분이었다.

둘째 주 월요일부터는 통근버스를 타고 안양공장에 있는 직업훈련소로 출근했다. 그곳에서 우리는 안양공장으로 입사한 또 다른 동기들과 함께 직접 원단을 재단하고 손바느질과 산업용 재봉틀로 남자 양복바지를 만드는 훈련을 받았다. 재봉틀뿐만 아니라 손바느질조차도 두툼한 겨울 원단이라 그런지 다루기가 쉽지 않았다. 우리가 만든 옷은 선이 곧지 못했고, 바늘땀이 여기저기 튀었다. 원단이 이어지는 곳에는 여지없이 무늬가 어긋났고, 바지 양 끝단의 길이는 서로 달랐다. 장날 우스꽝스러운 분장을 하고 울릉도 호박엿을 팔기에는 손색없어 보였다. 지도교사는 인내심이 대단했다. 같은 기술을 가르치고, 또 가르치고, 또 가르치는 동안 미소를 잃지 않았다. 어쩌다 깔끔한 결과물을 만들어 내면 머지않아 패션 디자이너라도 될 것처럼 칭찬이 과했다. 버스를 타고 구로공단과 안양공단을 오가는 사이 우리는 여러 지역의 언어를 배우며 빠르게 친해졌고 조금씩 서로의 특징을 흡수한 사투리 또한 경계가 사라졌다.

나는 입사 동기를 세 부류로 나누었다. 미치도록 공부하고 싶었지만 찢어지게 가난한 집의 여자 아이, 공부는 별 관심 없었지만 찢어지게 가난한 집의 여자 아이, 공부는 죽어도 하기 싫은데 찢어지게 가난한 집의 여자 아이. 결국 우리는 찢어지게 가난한 집의 여자아이라는 대분류 안에서 하나가 되었다.

1990년대를 맞아 대한민국은 역사상 가장 풍요로운 시대를 지나고 있다고 하지 않았던가. 길을 걷다 '사장님'을 부르면 열에 아홉이 뒤를 돌아본다던 그 대한민국. 그럼 여기는 대한민국이 아니란 말인가. 세 번째 소그룹에 나를 억지로 넣으며 위안 삼으려 했지만 같은 대분류 안에 머문다는 사실이 너무도 선명해 기분은 조금도 나아지지 않았다.

직업훈련을 받기 시작한 지 3주가 지나자 우리가 만드는 옷들도 제법 태가 났다. 원단 색상에 꼭 맞는 실을 찾는 데 걸리는 시간도 줄었다.

"직업훈련소 수료를 앞두고, 여러분들의 수기를 공모합니다. 여기서 배우면서 감동적이었던 일들, 앞으로 포부 같은 것을 써서 내 주시면 됩니다. 뽑힌 글은 사보에도 실리게 되니까 많이 응모해 주세요."

발표를 마친 지도교사가 해맑게 웃었다.

"에이 씨팔, 그딴 거 어떤 쓸개 빠진 년이 쓰나. 사보에 글이 실리면 돈이 나오나 떡이 나오나. 아니 그르나?"

평소에 대화의 반은 욕이 섞여야 진정한 소통이 가능하다고 여기는 유라였다. 선생님 앞이라고 최대한 고운 말을 쓰려고 노력하는 게 내 눈에도 보였다. '씨발'이 아니라 '씨팔'이 그 증거였다. 내 생각도 유라와 다르지 않았다. 교육 끝나고 기숙사 돌아가 밥 먹고 빨래하고 씻고, 뻗어 자도 다음 날 새벽 기상 시간인 다섯 시에 맞춰 일어나기 바쁜데 그런 걸 미쳤다고 쓴단 말인가. 그리고 자기들이 불량 줄이려고 이리 오래 교육하는 건데 뭐가 그리 고맙다고 감동까지 받나. 돈이나 주면 모를까.

"상금도 있습니다. 글이 뽑혀 사보에 실리면 원고료를 받을 수 있어요. 그러니까 관심 있는 분들 많이 참여해 주세요. 두고두고 의미 있는 일이 될 거예요."

나에게 돈만큼 큰 의미가 있는 게 또 있을까. 당연히 써야지. 이왕 쓰는 거 최선을 다해서, 감동한 게 없지만 넘치게 받은 것처럼 쓰고, 이 회사에서 나의 미래는 끝나지 않을 장마 같더라도 장밋빛 미래가 펼쳐질 것처럼 써야지. 거짓말? 세상이 나를 상대로 한 거짓말은 괜찮고 나는 안된다고? 양심 따윈 개나 주라지. 최대한 진심을 제거하고 내가 알고 있는 미사여구를 다 동원해 정성껏 글을 지어 냈다. 이래서 글 '짓기'라는 말이 생겨난 거구나 싶었다.

열 명이 넘는 지원자의 글 중에 내가 쓴 수기가 사진과 함께 사보에 실리기로 결정되었다. 지도교사가 사보에 실을 증명사진을 내라고 했다. 고등학교 입시원서에 붙이려고 찍어 두었던 사진을 제출했다. 가진 사진이라고는 그것밖에 없었다. 이러라고 읍내리 평화사진관에서 사진을 한번에 여러 장 인화해 준 것일까. 고등학교 입시원서에 붙일 사진 장수만 인화했더라면 내 삶이 달라졌을까. 설마, 그럴 리가. 원고료 3만 원과 함께 수료생 대표로 표창장까지 덤으로 받았다. 마침 집에서 나올 때 받았던 마지막 용돈이 떨어져 가던 참이었다. 지도교사의 말처럼 나에게는 무척 의미 있는 일이 되었다.

직업훈련소 수료를 마치고 돌아온 우리는 다시 강당으로 불려 갔다. 담당자는 금옥여자고등학교가 입학 정원 미달로 올해부터 입학생을 더 받지 않고 2, 3학년이 졸업하는 대로 산업체 특별학급을 폐지한다고 발표했다.

"하지만 너무 걱정하지 마세요. 지금 서둘러 목동에 있는 영등포여자상업고등학교 산업체 특별학급에 추가 입학시키기 위해 회사가 밤낮을 가리지 않고 애쓰고 있습니다. 만에 하나 올해 입학이 힘들다고 해도 내년에는 어김없이 전원 입학이 가능하게 하겠으니 회사를 믿고 기다려 주시면 됩니다."

'3차 세계대전이라도 일어나서 이 세상이 깡그리 파괴돼 버려라. 그럼, 모두에게 공평한 불행이 주어지려나. 오늘 밤, 잠들면 제발 내일이 없기를······.'

바람과 달리 아침은 날마다 눈앞에 나타났다. 중학교 졸업식에 맞춰 사흘간의 휴가가 주어졌다. 다른 아이들은 졸업식 전날 오후에나 고향에 내려갔지만 나는 정식 절차를 뒤늦게 밟았다는 이유로 그나마 긴 휴가가 주어졌다.

읍내리 자취방에 돌아왔다. 얼어 죽지 않기 위해 전기장판을 켜고 누워 천장을 보고 있자니, 공장에서 지낸 한 달 남짓한 시간이 거짓말처럼 느껴졌다.

아침, 학교로 가는 길과 그 길을 걷는 학생들, 그리고 눈에 보이는 학교 건물이 모두 환영 같았다. 숨을 크게 내쉬었다. 입김이 하얗게 모습을 드러내는가 싶다가 이내 사라졌다. 사라지는 게 단지 입김뿐인데도 나는 안타까운 마음에 숨을 모아 길게 다시 입김을 뱉어 봤지만 내 안에서 나온 수증기는 순식간에 자취를 감췄다. 학교에 도착한 나는 교실로 선뜻 들어서지 못하고 문 앞에서 서성였다. 문을 열어도 될지 알 수 없었다. 나는 이미 세상이 교실 밖으로 쫓아낸 이방인이었다. 교실 문을 열면 다시 구로공단이라도 나타날 것처럼 두려웠다. 아니, 어쩌면 구로공단이 아니라 너무 평범한 중학교 교실이라는 사실이 더 두려운지도 몰랐다. 어렵게 문을 열고 들어간 교실 안에는 아이들의 목소리로 떠들썩했다.

내 존재를 확인한 반 아이들이 내 눈치를 보았다. 교실에 앉아 있는 것이 염라대왕 같은 사감 앞에 앉아 있는 것보다 곱절로 힘들었다. 그냥 졸업식에만 조용히 참석할 걸 괜히 일찍 내려왔다는 후회가 뒤늦게 밀려왔다. 내가 신을 원망하며 보낸 시간 동안 이곳에는 아무 일도 일어나지 않았다. 친구들은 그 아무 일 없음을 미안해하는 눈빛으로 나를 보았다. 그 시선이 나를 짓눌렀다. 반 친구들은 나만 빼고 모두 도내 고등학교에 진학한다고 했다.

졸업식이 시작되었다. 교감 선생님이 식순에 맞춰 명사들이 보낸 축전을 읊었다. 군수님, 면장님, 경찰서장님, 농협 조합장님, 그리고 유정물산 구로공장 공장장님. 아이들이 다 나만 쳐다보는 것 같았다. 다른 반 남학생이 '공순이'라며 나를 손가락으로 가리켰다. 도대체 그런 단어는 어디서 배우는 걸까. 땅으로라도 꺼져 버렸으면 하고 바랐지만 내게 그런 행운이 있을 리가. 졸업식이 끝나고 각자 교실로 돌아와 선생님과 마지막 시간을 가졌다. 선생님은 나를 끌어안고 어깨를 토닥이며 눈물을 보였다. 고등학교 입학금이 든 장학금 봉투와 증서를 건네며 선생님이 나를 위로했다.

"민주야, 여기가 끝이 아니야, 절대 포기하면 안 돼, 알았지?"

'여기가 끝이 아니라면 내 인생의 지독함은 어디까지일까. 포기? 내가 포기하고 안 하고가 중요한 적이 있었던가. 그냥 내 의지와 상관없이 신은 나를 갈고리에 꿰어 질질 끌고 오지 않았나. 내가 피를 흘리며 만신창이가 되어도 언제, 누가 한번 돌아보기라도 한 적 있었나.'

자리로 돌아오다 뒤돌아보니 담임 선생님이 여전히 내게서 눈을 떼지 않고 있었다. 한동안 못 본 선생님과 반 친구들을 만나면 위로가 될 줄 알았는데 아니었다. 중학교 졸업장이 이제 나는 완전한 여공이 되었다는 확인 도장이라도 되는 것 같았다. 아이들이 꽃다발을 들고 교정 곳곳에서 사진을 찍었고 중국집 앞은 사람들로 붐볐다.

 어디에도 내가 끼어들 틈은 없었다. 자취방으로 무거운 발걸음을 돌렸다. 엄마가 부른 트럭이 자취방 골목 입구에 서 있었다. 내가 공장에 간 사실을 까맣게 모르는 주인 아주머니는 기분이 좋아 보였다.

 "하이고, 야가 공부를 엄청시리 열심히 허더만 고등학교부텀 서울로 유학을 가 버리는구만. 기특허다, 기특해. 아, 그런 게 우리 집이 머시냐, 그 터, 그려 터가 겁나게 좋은 집이랑게. 성공혀서 낭중에 꼭 놀러 오니라잉. 설 가서도 공부 열심히 허고."

 주인 아주머니 뒤로 파란 대문이 처음 보았던 그날처럼 가시덩굴을 머리에 이고 엄마처럼 시치미를 뗐다. 바짝 말라 돌돌 말린 이파리 두어 개가 찬바람에 파르르 몸을 떨었다. 트럭 조수석에 엄마와 나란히 앉았다. 시동이 걸린 차는 이내 골목을 빠져나가 곧게 뻗은 도로를 달렸다. 빈 들녘에 눈송이가 어지럽게 팔랑였다. 점점이 날리는 눈꽃 사이로 고향 산천이 줄행랑을 쳤다.

 사이렌이 울렸다. 새벽 다섯 시. 먼저 벌떡 몸을 일으킨 영주 언니가 이불을 개면서 우리를 깨웠다. 진실이가 일어나 이불을 반쯤 접은 채 다시 졸았다. 내 이불을 다 정리해서 이불장에 넣고 슬그머니 진실이 이불을 빼앗아 마저 접었다. 진실이가 아기처럼 칭얼댔다. 잠이 많은 진실이는 아침마다 치열한 전쟁을 치렀다. 그 덕에 119호 사람들은 유쾌하게 아침을 시작하는 편이었다. 119호는 이번 주 화장실 청소 담당이었다. 십 분 내로 잠자리를 정리하고 나와 삼십 분 동안 공동 화장실 청소를 끝내고 다섯 시 사십 분에 목욕탕으로 가야 온수를 쓸 수 있다. 정확히 여섯 시가 되면 온수는 끊겼다. 우리는 영주 언니를 따라 화장실로 가 저마다 청소용품을 손에 쥐었다.

"오늘은 처음이니까 내가 하는 거 잘 봐."

영주 언니는 대야에 물을 받아 세제를 풀고 거품을 냈다. 세제 물을 변기에 조금 따라 붓고 고무장갑을 낀 손에 수세미를 쥐더니 변기통에 쑥 집어넣고 안쪽 구석구석을 닦기 시작했다.

"여기, 깊숙이 물 내려가는 구멍 속까지 손을 넣어서 꼼꼼하게 닦아야 해."

"우엑, 손을 그 안에까지 쑥 느얀다고요오, 아이고오, 똥 싸고 오줌 싸는 디다가아? 드러서 죽겠네유."

진실이가 그렇게 빠른 속도로 말하는 걸 나는 처음 들었다.

"뭐가 드럽니? 이렇게 매일매일 닦는데. 진짜 드러운 건 이런 게 아니지."

영주 언니가 별소리를 다 듣겠다는 표정으로 바라보았다. 변기 하나를 다 닦은 영주 언니는 수세미를 진실이에게 넘겼다. 진실이와 차화연, 나, 은희 언니는 영주 언니가 배정해 주는 숫자만큼의 변기를 닦았다. 고무장갑이 내 손을 지켜 줄 거라는 단단한 믿음이 필요했다. 두 번째 변기부터는 손을 넣을 때 망설임이 덜했다. 우리가 변기를 닦는 동안 영주 언니는 화장실 바닥과 벽, 문짝까지 혼자서 다 닦아냈다. 영주 언니 덕에 우리는 십 분이나 일찍 청소를 마쳤다.

"하이고, 화장실 청소가 최고로 힘들겄고만."

은희 언니가 방으로 돌아가면서 투덜댔다.

"화장실 청소는 목욕탕 청소에 비하면 아무것도 아니야. 목욕탕은 그 넓은 데를 천정만 빼고 비눗물로 다 닦아야 해. 게다가 늦게 청소하면 다른 사람들이 씻지를 못하니까 사감님 난리 나지. 목욕탕 청소 걸린 주는 다섯 시부터 바로 청소 시작해야 한다니까."

영주 언니가 여전히 청소 소리가 요란하게 들려오는 목욕탕 쪽을 흘끔대며 말했다.

"그믄 어디 청소 걸리는 게 젤 좋을란가아?"

"그야 당연히 복도지. 빗자루로 쓸고 대걸레로 한번 닦으면 끝나니까. 복도 청소 때는 십분 더 자고 일어나도 충분해. 그래도 금요일에는 왁스 칠을 해야 돼."

나는 반짝이는 복도를 보았다. 우리가 화장실로 갈 때 복도 청소하는 걸 못 봤으니 더 늦게 청소를 시작했을 텐데 벌써 청소를 마쳤는지 아무도 보이지 않았다. 방에 들어가 잠시 앉아 쉬다가 시간 맞춰 목욕탕에 가서 씻고 주말에 다림질해 놓은 작업복으로 갈아입고 기숙사를 나섰다. 식사를 마치고 조회가 시작되는 여섯 시 오십 분까지 현장 자리를 정리하고 작업 준비를 끝내야 했다.

나는 하의반 부속조에 배치되었다. 남자 양복바지 지퍼 부분을 받치는 부속 안감을 다리는 일이었다. 천장부터 연결된 굵은 선으로 다리미에 물이 자동 공급되었다. 손잡이 앞에 단추를 누르면 열판에서 뜨거운 스팀이 분사됐다. 내 사수를 맡은 수연 언니는 내가 해야 할 일을 차분하게 설명했다.

- 물고기 모양의 겉감과 안감을 재봉틀로 박아 나에게 넘긴다.
- 내가 겉감과 안감 사이에 양쪽 손가락을 깊숙이 넣어 뒤집는다.
- 뒤집었으면 얼른 왼손을 빼내 위에서 누르면서 모양을 반듯하게 잡는다.
- 모양을 잡으면서 오른손으로 다리미를 잡고 스팀 버튼을 누른다.
- 다림질하면서 데이지 않도록 왼손을 뗀다.
- 완성된 작업물을 방향 맞춰 쌓는다.

 수연 언니는 그 모든 과정을 내가 눈 한번 깜빡이는 사이 끝냈다. 얼마나 빠른지 손은 잘 보이지도 않았다. 나도 수연 언니처럼 겉감과 안감 사이에 손가락을 넣어 박음질한 부분이 안으로 들어가도록 뒤집었다. 연결 부분이 안으로 돌돌 말려드는 통에 모양이 안 잡혔다. 겨우겨우 양손을 다 써가며 다시 모양을 잡고 고정하기 위해 왼손으로 누르면서 오른손을 빼내 다리미를 잡았다. 그 순간 형태는 다시 엉망이 되기 일쑤였다. 재차 꼴을 갖추느라 뜨거운 스팀에 손가락을 데어 왼손이 성한 곳 없이 여기저기 벌겋게 부어올랐다. 손이 벌게질수록 오기가 생겼다.

 "처음엔 다 그래. 근데 일주일만 지나면 네가 딴생각하고 있어도 손이 저절로 움직이니까 걱정 안 해도 돼. 당분간은 내가 박음질하면서 아이롱 같이할 거고 조장 언니도 가끔 도와줄 거야."

 수연 언니 작업량의 반의반도 못 미치는 일을 하고도 정오가 다 되어 오자 나는 어깨가 뻐근해서 다리미를 잡기도 힘들어졌다. 아침까지만 해도 번쩍번쩍 잘 들리던 다리미가 점심시간이 다가올수록 바윗덩어리처럼 무거워졌다. 십여 분마다 진행실 벽에 걸린 벽시계로 시간을 확인하느라 내 작업은 더뎠다.

그래도 오후 네 시 사십 분이 오긴 왔다. 가슴이 두근거리기까지 해 당황스러웠다. 이제야 진정한 하루가 시작되는 기분이었다. 지금까지의 나는 로봇이고, 이제부터의 내가 진짜 나라는 생각을 종종 했다. 나는 하던 작업을 마무리하고 에어건으로 작업복에 붙은 원단 먼지를 털어 냈다. 비로소 기운이 솟았다.

"수연 언니, 학교 다녀오께요."

수연 언니는 온종일 미숙한 나 때문에 아주 힘들었을 텐데도 활짝 웃으면서 고생했다고 말해 주었다. 수연 언니의 뽀얀 얼굴에 볼우물이 깊었다.

하의반, 상의반, 재단반 등에서 몰려나온 학생들이 푸른 작업복을 입은 채 우르르 기숙사를 향해 달렸다. 나도 함께 뛰었다. 기숙사에 들어가 간단히 손발을 닦고 옷을 갈아입었다. 교복은 아직 맞추지 않아 다들 사복을 입었다. 어른들이 출근할 때 타고 왔던 커다란 버스에 올라 자리를 잡으니 3학년 언니들이 빵과 우유를 하나씩 나눠 줬다. 빵을 다 먹을 때쯤 금옥여고 앞에 도착해 선배들이 먼저 내렸고, 조금 더 가 목동 아파트 단지 내에 있는 봉영여중 앞에서 우리 동기들이 내렸다.

영등포여상은 영등포에 있지만 산업체 특별학급은 같은 재단인 목동의 봉영여중 건물을 '빌려서' 사용했다. 학교 앞은 여러 회사에서 온 통근버스로 장사진을 이루었다. 2, 3학년은 교복을 입었다. 대부분 학교가 입학 전에 교복을 미리 맞춰 입는데 이 학교는 두어 달 다니다 교복을 맞춘다고 했다.

　나는 현관에 붙은 반 배정표를 보고 교실을 찾아 지하로 내려갔다. 지하 음악실 옆이 1학년 7반 교실이었다. 같은 회사에서 온 사람들끼리 시끌벅적하게 수다를 떨었다. 한참 후에 훤칠한 남자 선생님이 교실로 들어왔다. 칠판에 자기 이름을 쓴 담임은 교실을 한번 휙 둘러보고 출석을 부르고는 키순으로 자리를 배정했다.

　"오늘은 첫날이니까 서로 인사하고, 교과서 받고 청소하고 돌아간다. 알다시피 우리는 봉영여중 교실을 빌려 쓴다. 즉, 이곳의 주인은 너희들이 아니다. 너희들은 이곳에 존재한 적도 없었던 것처럼 먼지 하나 남기지 않는다. 흔적도 없이 깨끗이 청소해야 한다는 말이다. 학교생활에 있어서 그게 가장 중요한 일이다. 물론 교과서뿐만 아니라 그 어떤 것도 교실에 두고 다닐 수 없다."

　그 말을 전달하는 담임의 표정도 우리만큼 좋지 않았다. 선생님은 그 말을 반드시 해야 하므로 하는 사람의 표정이었다. 미안한 표정을 감추려는 듯 담임은 칠판에 수업 시간표를 적었다.

　"자, 앞줄부터 차례대로 앞으로 나와 자기소개한다. 이름, 나이, 고향, 그리고 앞으로 각오 한마디씩 하고 그밖에 하고 싶은 말 있으면 하도록!"

　머리가 길어 양 갈래로 땋아 내린 학생이 앞으로 나갔다. 자기 이름을 말한 뒤에 스물셋이라고 나이를 밝혔다.

　"저는 오늘이 살면서 가장 행복한 날이에요, 태어나서 학교가 처음이라. 초등학교, 중학교 다 검정고시를 봤거든요. 동생들이 여섯이나 있어 돈을 벌어 고향 집에 보내느라 저는 학교를 못 다녔어요. 정말 미치도록 학교에 다니고 싶었어요. 그런데 오늘 드디어 저는 꿈을 이뤘어요. 나이는 많지만 친구처럼 잘 지내요, 우리."

말하는 내내 눈에 눈물이 글썽글썽했다. 반 친구들의 자기소개를 듣다 보니 여기서만큼은 내가 특별히 더 불행한 것 같지 않았다. 나는 중3 때 담임 선생님이 생각났다. 포기하지 말라던, 끝이 아니라던 그 말이 뒤늦게 내 마음을 다독였다. 다시 힘을 내 보고 싶어졌다. 선생님이 중학교 교실에서 아직 나를 돌아보고 있을 것 같았다.

"반장 하고 싶은 사람?"

자기소개가 끝나자 담임은 대뜸 반장 희망자를 물색했다. 잠시 후 선생님이 정확히 나를 손가락으로 가리키는 걸 보고서야 나 말고는 아무도 손을 들지 않았다는 걸 알았다.

"너, 일어나서 자기소개 다시 헌다. 자, 우리 반 반장이다. 박수!"

나는 이미 제정신이 아니었다. 내가 왜 손을 든 건지도 모르겠고 이제 뭘 해야 하는지도 알 수 없었다. 나는 다만 중학교 때 담임 선생님 생각을 했을 뿐이었다. 겨우겨우 이름을 말하고 자리에 앉았다. 선생님이 이번에는 부반장 희망자를 물었다. 교실 맨 뒤쪽에서 곱게 머리를 땋은 키 큰 학생이 혼자 슬며시 손을 들었다. 그 아이가 부반장이 되었다. 선생님은 그런 식으로 학생부장과 오락부장, 체육부장을 선발했다. 뒤로 갈수록 손을 드는 사람 숫자가 늘어 가위바위보를 해야 했다. 즉석에서 선발된 임원들의 첫 임무가 주어졌다.

"4층에 있는 교무실에 가면 그 앞에 학년별로 교과서가 있다. 가서 1학년 7반 교과서 다 가져오도록!"

우리는 공장에서 일하느라 퉁퉁 부은 다리를 이끌고 헉헉대며 계단을 올라 원단만큼 무거운 교과서를 들고 내려왔다. 처음에 들고 내려간 양이 맘에 안 들었는지 선생님은 두 번째 올라갈 때는 뒷자리에 앉은 학생들을 우르르 딸려 보냈다.

"은희 언니, 근데 우리 학교는 왜 교복을 바로 안 맞출까? 학교 입고 갈 옷도 없어 죽겄는디."

기숙사에 돌아온 나는 은희 언니를 쳐다보며 물었다.

"그걸 진짜로 몰라서 근다냐, 두 달 지나믄 자동으로 알게 될 거야. 한 달만 지나도 학생 수가 푹 줄어든다."

"졸업도 안 헌 1학년 학생 수가 왜 주는디?"

"아, 그것이사 힘든 게 그지. 하루 종일 일허고 와서 밤에 가서 공부허고, 돌아와서 숙제까지 허는 것이 어디 쉽겄냐? 인자 중간고사 지나 봐라. 자퇴고, 퇴학이고 출석부에 빨간 줄이 죽죽 그어질 걸?"

"언니는 그걸 어찌 그리 잘 아는디? 언니도 1학년임서."

"전에 댕기던 공장에 있던 내 친구가 우리 학교 2학년이야. 나는 입사가 늦어서 작년에 못 들어갔는데 올해부터는 학교 안 보내 준다고 해서 유정으로 옮긴 거야."

은희 언니는 갑자기 예전 생각이 났는지 옷장을 향해 돌아앉았다. 사람들은 가끔 혼자만의 시간이 필요하면 열린 옷장 문 사이로 쏙 들어가 움직이지 않았다. 그곳에 들어간 사람은 건들지 말아야 했다. 그런 건 누가 가르쳐 줘야 알게 되는 게 아니었다. 옷장 문 사이는 우리가 기숙사에서 유일하게 누릴 수 있는 사적인 공간이다. 등 뒤가 뻥 뚫려 있어 기댈 데라곤 설움이 불러내는 상상력과 집중력뿐인 구멍 난 칸. 세상이 선심 쓰듯 내준 우리의 칸.

  소등시간이 되어 이불을 깔고 누우니 피곤한데도 허기가 밀려와 쉬이 잠이 오지 않았다. 학교 갈 때 먹은 빵과 우유는 아무래도 교과서를 나르고 청소하는 사이 다 소화됐나 보았다. 잠이 오지 않으니 잡생각이 꼬리를 물고 이어졌고, 능바우 집이 눈앞에 선명하게 그려졌다. 뒤꼍의 댓바람 소리가 바로 옆에서 들리는 것만 같아 눈을 떴다. 창으로 들어온 달빛 때문인지 잠든 사람들의 모습이 흐릿하게나마 보였다. 영주 언니의 코 고는 소리가 댓바람 소리를 덮었다. 그 소리가 나를 편안하게 만들어 주었다.

  불량이 잔뜩 쌓였다. 조장 언니한테 혼나는 바람에 기숙사에 늦게 들어왔다. 서둘러 옷을 갈아입고 학교 갈 가방을 챙겨야 하는데 옷장 문 안쪽에 붙여 놓은 수업 시간표가 보이지 않았다. 다른 사람에게 물어 보려고 했지만 방에는 아무도 없었다. 황급히 밖으로 뛰어나갔다. 통학버스가 나를 태우지도 않고 회사 문을 막 빠져나가는 중이었다. 나는 방으로 돌아와 가방 안에 모든 교과서와 노트를 쓸어 담았다. 무거운 가방을 들고 일어서는데 가방 밑이 찢어져 내용물이 쏟아졌다. 불량 났다고 혼날 때부터 참았던 울음이 기어이 터졌다. 기숙사 들어올 때 가져온 보따리를 꺼냈다. 책을 쓸어 담은 보따리를 머리에 이고 회사를 나왔지만 학교까지 어떻게 가야 할지 알 수가 없었다. 지나가는 사람이라도 있으면 길을 물어볼 텐데 아무도 보이지 않았다. 버스를 알아 볼 요량으로 구로3공단을 빠져나가다가 건물 대리석 벽에 비친 내 모습을 보았다. 분명히 옷을 갈아입었는데 여전히 새파란 작업복 차림이었다. 어찌 된 영문인지 몰라 길에 서서 또 울었다. 한참을 목 놓아 울다가 잠이 깼다. 흥건히 흐른 땀에 몸이 식었다.

 아침 청소를 마치고 씻고 들어와서는 일찌감치 수업 시간표를 두 번씩 확인하면서 책가방을 싸 놓았다. 출근하면서도 혹시나 가방이 사라져 버릴 것만 같아 닫힌 옷장 문을 재차 열어 확인했다. 식당에서 밥을 먹고 운동장을 가로질러 현장으로 가는데 회사 문밖으로 교복을 단정하게 차려입은 여학생 세 명이 책가방을 메고 손에 도시락 주머니를 흔들면서 걸어갔다. 교복을 보니 공단 끝에 있는 정희여상 학생들이었다. 남색 세일러복에 퍼지는 주름치마가 밝게 웃는 그들의 얼굴과 참 잘 어울렸다. 내 작업복을 보았다. 언젠가 텔레비전에서 본, 교도소 죄수들이 입었던 옷과 어쩌면 이리도 비슷한지. 아무런 무늬 없이 그냥 위, 아래 새파란 작업복. 그나마도 원단 미세 먼지가 잔뜩 끼어 햇빛 아래 서면 더 추레해 보이는, 오물이 묻어도 월요일부터 토요일까지 해가 뜬 동안은 벗겨 낼 수 없는, 살 껍데기 같은 내 옷.
 아까와 같은 교복을 입은 여학생들이 까르르 웃으면서 또 한 차례 지나갔다. 무언가가 아래로 왈칵 쏟아질 것 같아서 서둘러 고개를 쳐들었다. 아침 햇살이 사방으로 부서져 내렸다. 나는 햇살을 피해 현장으로 숨어들었다. 모두가 나와 같은 파란 작업복 차림이어서 안심이 되었다.

통학버스 안에서 빵과 우유를 먹었지만 열일곱 살 내 위는 소화력이 왕성했다. 통학버스에서 내린 아이들은 매점으로 달려가 쫄면이나 김밥, 컵라면을 사 잽싸게 먹어 치웠다. 나는 아이들을 따라 매점으로 달려갈 수 없었다. 현장 적금 모집공고를 보고 급여에서 삼만 원을 제외한 나머지를 몽땅 적금에 들겠다고 신청서를 작성해 버렸다. 중학교 때 쏨쏨이만을 고려한 탓이었다. 저축액을 제외한 삼만 원만 내 통장에 찍혔기 때문에 어찌해 볼 도리가 없었다. 삼만 원도 한 달 용돈으로 적은 금액은 아니었지만, 각종 회비가 있다는 사실을 몰랐다. 수습 기간에는 어떤 회비도 내지 않았기 때문에 모르는 게 당연했다. 기숙사 회비, 방 회비, 학생회비까지 이런저런 회비를 내고 나니 내 손에는 달랑 오천 원이 남았다. 그 돈으로 한 달 치 아침 식비 삼천 원을 치르고 나면 생리대 살 돈도 남지 않을 판이었다. 대책 마련이 시급했다. 이러다 집에서 나올 때 가져온 생필품들마저 떨어지면 기숙사 거지가 되는 건 시간문제였다.

여전히 해결책을 마련하지 못한 채 주말을 맞았다. 아침부터 얄궂게 가는 비가 날렸다. 일요일에는 구내식당도 운영하지 않아 식사는 개인이 알아서 해결해야 했다. 밥 먹으러 가자는 은희 언니 말에 나는 속이 안 좋다고 둘러대고 방에 남았다. 영주 언니는 외박을 나가고 없었다. 진실이는 낮부터 이불을 펴고 누웠다. 진실이도 나만큼이나 무리해서 적금을 넣는 눈치였다. 눈만 감았다 떠도 먹을 게 아른거렸다. 길바닥에 굴러다니는 빵이라도 주워 먹을 수 있을 것 같았다. 돈이 든 외투 주머니를 뚫어지게 바라봤다. 굳이 확인하지 않아도 또렷이 기억나는 내 전 재산, 사백 원. 최선을 다해서 아낀 결과였다. 배고픈 게 서러워 질질 짜다가 배고픈 거 하나 못 참아 운다는 사실에 화가 나 다시 눈물이 고였다. 실컷 소리 내 울기라도 했으면…….

외투를 걸치고 방을 나와 혼자 울 만한 장소를 찾았다. 복도 끝에 있는 옷 방이 떠올랐다. 옷방 앞에 도착해 방문을 조용히 열었다. 어두운 방, 옷이 채 차지하지 못한 틈새를 누군가의 울음소리가 메우고 있었다. 옷방도 내 몫은 아니었다. 가만히 문을 닫았다. 현관으로 가 밖을 보았다. 빗줄기가 힘없이 팔랑거렸다. 진실이가 잠든 방에 다시 들어가기가 미안해 우산 없이 밖으로 나섰다. 나는 최대한 우리 회사가 안 보이는 쪽 골목으로 방향을 잡았다. 상가도 없어 텅 빈 공단 골목이 울기엔 차라리 더 좋았다. 가녀린 빗줄기에 시나브로 옷이 젖었고, 급기야 나는 몸을 덜덜 떨었다. 윗니와 아랫니가 제멋대로 따다다닥 부딪혔다. 빗줄기가 조금씩 굵어졌다. 얼굴로 빗물이 계속 흘러내렸다. 다행이었다. 나는 맘 놓고 울었다. 같은 골목을 돌고 또 돌면서 계속 울었다. 몇 바퀴를 돌아도 사람 하나 마주치지 않았다. 아예 소리까지 엉엉 질러가면서 실컷 울었.

조금 후련해진 것도 같아 기숙사로 발걸음을 돌렸다. 하나밖에 없는 외투가 홀딱 젖었으니 내일 학교는 뭘 입고 가나……. 배는 고프다 못해 신물이 올라올 지경이었다. 시린 다리까지 눈치 없이 후들거렸다.

　회사 앞 가게로 들어가 이백 원을 주고 삶은 달걀 하나를 샀다. 난로 위에 올려놓은 어묵 냄비에서 모락모락 김이 올랐지만, 어김없이 다가올 다음 주를 위해 이백 원은 주머니에 남겨 두어야 했다. 껍질 벗긴 달걀을 허겁지겁 입에 넣었다. 퍽퍽한 노른자에 목이 메었다.

　　난 알아요, 치이익, 치익, 들들들⋯⋯
　　버려야 한다는 그 사실을, 딸깍, 딸깍, 쉬익 척⋯⋯
　　말을 못 했어. 치익, 치이익, 덜컥덜컥⋯⋯
　　너무 늦어버렸어. 뚜두둑, 뚜두둑, 쉬익 척⋯⋯
　　슬픔 안겨 주는 그대여, 짤깍 짤깍, 드르륵드르륵, 이잉 이잉⋯⋯
　　정말 떠나가나요오. 철컥철컥, 쉬익 척⋯⋯
　　뚝, 뚜둑, 뚝, 지금 울잖아요.[7]

　현장에는 쉴 새 없이 유행가가 흘러나왔다. 재봉틀, 스팀다리미, 프레스, 컨베이어 벨트 소리가 음정 박자를 무시하고 아무 때나 정신없이 섞여 들었다. 서태지와 아이들이 자기는 알고 있다는 가사로 시작하는 노래를 부르며 전국을 휘어잡고 있었다. 내가 지금 왜 여기서 이러고 있는지도 그들이 알까? 자주 그런 게 궁금했다. 나는 도무지 모르겠는데.

---

7) 서태지와 아이들의 노래 <난 알아요>의 가사를 일부 인용하였습니다.

스케줄 파일을 든 진행 종희 언니가 쏜살같이 내 앞을 지나갔다. 종희 언니의 찰랑거리는 까만 머리카락을 쳐다보면서 손으로는 옷감을 잡고 스팀 다림질을 했다. 종희 언니가 사라진 재단 반쪽에서 기다란 형체가 성큼성큼 다가왔다. 나는 얼른 다림판에 고개를 처박고 내가 낼 수 있는 최고 속도로 다림질했다. 스팀다리미를 든 손목을 평소보다 더 일사불란하게 움직였다.

"민주야."

나는 더 길게 '치익, 칙, 치익, 칙' 스팀을 쏘았다.

"민주야, 나 주임님."

수연 언니가 눈치 없이 내 어깨를 두들겼다. 나는 다리미를 세워두고 고개를 들었다. 만화에서 주인공을 괴롭히는 악당처럼 내 앞에 외삼촌이 우뚝 서 있었다. 부모님과 비밀작전을 펴고 나를 이 미싱 지옥에 가둔 장본인. 나를 감시하면서 천년만년 옷을 짓게 하며 괴롭힐 악마. 외삼촌에 대한 증오는 날마다 내 다리미판 위에서 뜨겁게 달궈지고 날카로워지는 중이었다. 하지만 악당을 무찌를 묘수는 떠오르지 않았다. 나는 외삼촌을 향해 눈을 깜빡하는 것으로 인사를 대신했다.

"민주야, 잠깐 얘기 좀 하자."

외삼촌이 먼저 진행실로 들어갔다. 사람들이 작업을 멈추지 않은 채 흘끔흘끔 나와 외삼촌을 쳐다봤다. 외삼촌은 얼마 전 기숙사에서 있었던 비공식 인기투표에서 1등을 차지했다. 악당은 꽤 많은 것을 갖췄다. 하지만 모든 악당은 반드시 치명적인 약점이 있기 마련이었다. 그걸 찾아야 했다. 나는 손으로 툭툭 작업복에 묻은 먼지를 털고 진행실로 들어갔다.

"후딱 말씀허세요, 저 작업 밀리믄 안된 게."

나는 왼쪽 다리에 힘을 빼면서 자연스레 오른쪽 다리로 힘을 몰아 싣고는 팔짱을 꼈다.

"그래, 이제 일은 좀 할 만하니? 많이 힘들지? 학교 다니면서 일하기가? 자, 이거 주려고."

외삼촌이 만 원짜리 석 장을 내밀었다.

"이게 먼 돈이래요? 누구 덕분에 저도 인자 돈 버는디요."

"아니, 나한테 소개비가 나왔어. 삼만 원씩, 석 달간 나올 거야. 이거 네가 써. 기숙사에 있으려면 이것저것 필요한 것들 많을 텐데. 그리고 주말에 집에 안 가면 우리 집에 와서 밥도 먹고."

3만 원? 역시 악당은 내 약점을 정확하게 꿰뚫고 있었다.

'이딴 돈 필요 없어요. 그려요, 나 돈 없어서 지난 주말도 쫄쫄 굶었어요. 삼촌이 그렇게 만들었어요. 근디 이제 와서 돈을 내밀어요? 내가 이딴 돈 받을 거 같아요? 배가 고파 흙을 파먹는 한이 있어도 삼촌이 주는 돈은 십 원도 안 받어요. 삼촌이나 배 터지게 잘 먹고 잘사세요.'

이렇게 소리칠 자존심보다 당장 이번 주말에 대한 걱정이 훨씬 컸던 나는 얼른 삼만 원을 받아 작업복 주머니에 쑤셔 넣었다.

"그럼 저 인자 일허러 가께요."

고맙지 않아서 고맙다는 말은 하지 않았다. 자리에 돌아와 다리미를 집어 들었다. 돈이 들어 있는 오른쪽 주머니가 축축 처지는 느낌은 무시했다.

'그래, 어차피 나 때문에 나오는 돈이라잖아. 당연히 내가 써야지.'

악당을 용서할 이유는 아직 찾지 못했다.

"7반 판순이?"

수업에 들어온 체육 선생님이 다짜고짜 판순이를 찾았다. 처음 듣는 이름이었다. 아무도 반응하지 않자 선생님은 다시 질문을 이어갔다.

"너희 반은 아직이구나? 하여간 다들 이런 건 서로 미룬다니까. 반장, 오늘 수업 무슨 과목 있었니?"

"체육이랑 국어, 국사, 그리고 상업부기요."

"그래, 자 다들 책상 위에 국어 공책 펼친다."

선생님은 분명히 체육이 아니라 국어 공책을 펼치라고 했다. 영문을 알 수 없던 우리는 서로 얼굴을 바라보면서 국어 공책을 책상 위로 꺼내 놓았다. 선생님은 숙제 검사라도 할 것처럼 우리 반 학생들 공책을 죽 훑었다. 그러더니 내 앞에 서서 공책을 집어 들고 맨 앞장까지 넘겨보았다.

"아, 이 반은 반장이 하면 되겠네. 반장, 여기는 네가 판순이다. 알았지?"

"예?"

"선배들한테 판순이 얘기 못 들었어?"

"못 들었는디요? 그게 뭐래요?"

"앞으로 내가 수업 들어와서 필기할 것 주면 네가 칠판에 옮겨 적

민주의 방 173

으라고. 내가 악필이라 애들이 내 글씨를 못 알아 봐."
　선생님은 교탁 앞으로 가서 메모 공책을 들고 와 내게 내밀었다.
　"자, 오늘 필기할 거, 여기부터 여기까지."
　메모 노트의 글씨가 명필은 아니었지만, 충분히 내가 알아볼 정도는 되었다. 나는 이게 무슨 일인가 싶었지만, 학생부 지도교사인 체육 선생님이 무서워 메모 공책을 들고 분필로 칠판에 옮겨 적었다. 그동안 선생님은 뒷짐을 지고 교실 여기저기를 돌아다니다가 조는 아이들이 있으면 머리에 꿀밤을 먹였다. 머리카락 길이가 귀밑 1cm를 넘거나 세 번 이상 땋아지지 않는데도 머리 기를 욕심에 머리카락이 다 삐져나오게 억지로 꼬아 묶은 학생들에게 경고를 날리고, 머리 자른 후 교무실로 와 검사받으라고 으름장을 놓았다. 나는 칠판 가득 글씨를 채우고 자리로 돌아와서는 부랴부랴 내 공책에 같은 내용을 반복해 적어야 했다. 체육 시간이 일주일에 한번밖에 없는 게 정말 다행이라는 생각이 들었다. 아주 잠깐.
　"반장아, 너희 반 판순이 누구니?"
　다음 시간에 들어온 선생님도 판순이부터 찾았다. 판순이는 전 과목 공용이었다. 나는 다시 분필로 칠판 가득 글씨를 채우고 선생님이 수업하는 동안 정신없이 내 몫의 노트 필기를 했다.

　수업 마치는 종이 울리면 다음 수업까지 오 분의 쉬는 시간이 주어졌다. 나는 담임에게 출결 사항 보고나 과목 선생님들 심부름을 위해 쉬는 시간마다 지하 1층부터 교무실이 있는 4층까지 서둘러 계단을 오르내렸다.

낮 동안 다른 일을 하다 온 특별학급 선생님들은 늘 피곤해했다. 쉬는 시간에 교무실에 가면 책상에 엎드려 조각 잠을 자는 선생님들이 종종 보였다. 성적 통계부터 시험 채점, 출석부 정리, 종례까지 다양한 일이 자연스레 각 반의 반장 몫으로 돌아갔다. 가벼이 팔을 놀려 반장을 지원한 스스로를 탓했다.

3, 4층에 교실이 있는 다른 반 반장들이 미치도록 부러웠다. 내 몫의 쉬는 시간은커녕 선생님이 시키는 일을 하다가 다음 수업에 들어가지 못하는 일도 허다했다. 선생님들은 반장 자리가 비어 있어도 으레 그러려니 했다. 노트 필기는 자꾸만 밀렸다. 기숙사에 돌아가 진실이 노트를 빌려야 하는 날이 잦았다. 진실이 노트는 공백이나 연필 자국만 비 오는 날 길가에 널브러진 지렁이처럼 남은 부분이 많았다.

"진실아, 오늘 필기가 왜 이 모냥인디? 여그 내용은 어따 갔다 홀라당 팔어먹어 버렸다냐?"

"어디이? 아아, 거기이. 또 졸아 버렸는가아? 그믄 거기 빼고 허믄 되지이."

진실이는 노트 필기야 아무러면 어떠냐는 표정이었다. 나는 할 수 없이 칠판에 적던 내용을 떠올려 가면서 요점 정리를 하는 식으로 필기를 대신했다. 어차피 수업 내용도 제대로 못 들어 혼자 공부도 해야 하니 일거양득이었다.

밤늦게 기숙사에 돌아온 학생들을 위해 10분간 온수가 공급되었다. 학생들을 위한 특별 배려였지만 외출했다 늦게 들어와 온 수 시간을 놓친 2, 3층 언니들도 이때를 노렸다가 씻곤 했다.

　방으로 들어가 가방을 내려놓고 엉덩이를 방바닥에 붙이면 피로와 허기가 어깨동무하고 몰려와 나를 깔아뭉갰다. 이 녀석들과 전투 아닌 전투를 치르다 겨우 일어나 옷을 갈아입고 목욕탕에 가면 발 빠른 아이들이 벌써 목에 수건을 두르고 벌게진 얼굴로 나와 제 방으로 돌아가며 혀를 찼다.

　"야야, 온수 끊깄다. 왜사 이제 나오나?"

　온수가 끊겼다고 샤워를 건너뛰어 사감한테 걸리는 날엔 방 전체가 벌 청소를 해야 했다. 아니, 그보다 먼저 실장 언니가 용납하지 않을 것이다. 온종일 뒤집어쓴 현장 먼지를 고스란히 안고 잘 생각은 나도 없었다.

　무거운 마음으로 목욕탕에 들어갔다. 샤워를 마치고 목욕탕에서 빨래하는 사람들이 몇 명, 나처럼 늑장을 부리다 뒤늦게 씻으러 와 탈의실에서 엉거주춤 서 있는 아이가 두엇 더 있었다. 나는 물만 끼얹자는 생각으로 서둘러 옷을 벗고 안에 들어가 샤워기를 틀었다. 찬물이 회초리인 양 온몸을 후려쳤다.

　"민주야, 안 추워? 이거 아까 내가 따뜻한 물 받아 놓은 건데. 이거라도 한 바가지 끼얹어."

　"상희 너 빨래헐라고 받은 거 아니여? 너 쓰야지. 내가 써버리믄 너는 손 시라서 어찔라고. 나는 어차피 공부도 히야는디 찬물로 씻은게 잠이 확 깨 버리고 겁나게 좋은디 뭐."

　"아냐. 나 빨래 다 했어. 이거 너 안 보이길래 또 넋 놓다 늦나 보다 하고 받아 놓은 거야. 너 지금 입술이 시퍼래. 그러니까 아무 생각하지 말고 기숙사 들어오면 가방 내팽개치고 씻기부터 하라니까."

상희는 바가지로 대야에 받은 따뜻한 물을 가득 떠 내 어깨에 부었다.

"오메, 겁나게 따순 거."

"야, 멍때리기 챔피언 진실이도 총알같이 달려와 온수로 씻는데 천하에 김민주가 밤만 되면 느림보가 되냐?"

"근게 말이다. 걍 잠깐 앉아서 숨만 돌릴라고 헌 건디 근당게. 아무래도 근게, 뭐시냐, 우리 방에 시간 잡어먹는 귀신 있는 게 틀림없어야. 안 그리믄 그르케 눈 깜짝질 몇 번 혔다고 온수가 끊기겄냐?"

"야, 그 귀신은 뭐 좋다고 네 시간만 훔쳐 간다냐?"

"그것이사, 내가 질로 만만한 게 안 그리겄냐? 귀신도 나 같은 촌년은 만만허겄지."

"야! 여기 촌년 아닌 사람이 어딨냐?"

"아, 그런가. 하이고 나도 황진이 시조마냥, 지겨운 현장 작업 시간의 한 허리를 뭉텡이로다가 도려내 가꼬 원단 밑이다 서리서리 느놨다는 딱 요맘때 굽이굽이 폈으믄 쓰겄당게."

상희가 한참을 웃다가 방으로 돌아갔다. 나도 서둘러 방으로 돌아가 숙제할 것을 챙겨 도서실로 갔다. 숙제는 나뿐만 아니라 학생들 모두에게 내줬을 텐데 밤마다 도서실에 오는 학생은 거의 없었다. 나중에 보니 먼저 한 아이들 과제를 주말에 그대로 베껴 내거나 그나마도 아예 안 하는 학생이 태반이었다. 선생님들은 숙제 검사를 거의 하지 않았다. 가끔 기습적으로 숙제 검사를 하기도 했지만, 안 해 와도 머리에 꿀밤 한번 먹이는 게 다였다. 나를 뺀 아이들은 대부분 현명했다.

도서실에는 방송통신대학교에 다니는 언니 두 명이 라디오에 이어폰을 꽂고 수업을 듣는지 교재에 부지런히 무언가를 받아 적었다. 구석에선 예진이가 이젤에 스케치북을 올려놓고 그림을 그리는 중이었다.

"와, 벌써 스케치 다 끝났네? 진짜 잘 그렸다."

빽빽한 기왓장까지 섬세하게 그려 넣은 낡은 건물 지붕을 나는 오래도록 쳐다봤다. 그림 속 저 멀리 우뚝 선 빌딩 숲 사이로 지친 해가 모습을 감추는 중이었다.

"공모전 마감에 맞추려면 색도 빨리 칠해야 하는데, 여전히 맘에 안 들어."

예진이는 또 지우개로 지붕을 헐었다. 그림 그리기를 좋아해서 예고에 진학하고 싶었다던 예진이는 늘 고향에 혼자 남은 할머니를 걱정했다. 예진이는 그림을 그리다가도 멍하니 도서실 창밖을 응시하곤 했다. 밖은 이미 때지 않은 연탄처럼 어둠이 짙어 볼 수 있는 거라곤 유리창에 비친 자기 얼굴뿐 별 하나 반짝이지 않았다.

빼곡히 시멘트를 발라 놓은 공장 마당 한구석엔 갈라진 틈새 먼지 속에서 푸른 싹이 올라오더니 며칠 새 작고 여린 꽃을 피워 냈다. 풀은 바닥에 바짝 엎드려 얄궂은 봄비가 분탕질해도 꿋꿋이 견뎠다. 살아남은 풀잎은 더 이상 연약하지 않았다. 비를 맞아 피었던 꽃송이가 지고 잎이 갈라졌지만 찢기면 찢긴 채로 단단해진 잎에 초록이 깊었다.

허리 부위에 심지를 붙이는 프레스 공정으로 작업 재배치를 받았다. 원래 그 일을 하던 예진이는 조 재편성으로 인해 다른 조로 옮겨 갔다. 온종일 서서, 컨베이어 벨트에 부착된 심지가 이동하는 속도에 맞춰 기다란 원단을 반듯하게 붙여야 하는 일이었다. 조금이라도 늦으면 심지 낭비가 심해져 안되고, 원단과 심지가 어긋나면 불량이 나 안된다. 비뚤게 놓인 옷감을 뒤늦게 수정하려고 손을 자칫 잘못 놀렸다가는 고열의 프레스에 손이 깔려 화상을 입을 수 있는 까다로운 작업이었다.

워낙에 평소에도 행동이 빠른 예진이는 처음부터 그 일을 무난하게 잘해 냈지만, 손이 느리고 빈혈까지 심한 나는 종일 서서 하는 작업이라는 사실만으로도 시작도 하기 전에 겁이 났다. 조장 언니를 따라 벨트용 원단을 하나 붙이고, 기계를 다시 끄고 비뚤어진 결과물을 심지에서 떼어 내기를 반복하면서 요령을 익혔다. 밝은 4월의 따뜻한 햇볕이 아롱아롱 맴돌았지만 아직 외투 없이 돌아다니기엔 쌀쌀한 날씨였다. 그런데도 프레스 열기 탓에 나는 한여름처럼 땀을 뻘뻘 흘렸다.

가장 느린 단계로 기계를 맞추고도 속도를 따라가질 못해 원단을 붙인 간격보다 붙이지 못하고 맥없이 지나가는 심지 부분이 더 많았다. 내 작업이 늦어져 물량이 달리면 그 뒤 공정 담당자들이 줄줄이 손을 놓고 기다려야 했다. 그럼 반장 언니가 출동했다. 그것만은 막아야 했다. 마음이 조급해진 나는 단계를 올렸다. 하지만 프레스가 뱉어 놓은 작업물은 심지와 원단이 다 어긋나 기계를 끄고 다시 떼어 붙이기를 반복하느라 작업만 더 늦어질 뿐이었다. 결국 조장 언니가 달려왔다.

"민주야, 아직 속도 올리지 마, 물량 달리면 내가 와서 채워 줄 테니까 비뚤어지지 않을 때까지는 절대 욕심 부리지 마. 불량을 빨리, 많이 만들어 놓는 건 아무 의미가 없어. 알았지? 공장에서 배워야 할 가장 중요한 기술은 지겨움을 견디는 거야. 그러고 나면 여유도 생겨."

작업이 여유로워지는 데까지는 일주일이 채 걸리지 않았다. 심하던 빈혈도 구내식당에서 균형 잡힌 식사를 한 탓인지 버틸 만해졌다. 매번 두세 장씩 떼어지던 원단도 딱 한 장씩만 집어 들 수 있게 되었고, 수정 없이 한 번에 심지 위에 원단을 반듯이 올려놓는 동작이 몸에 뱄다.

"김예진, 잠깐 사감실로 들어와라."

사감이 학교 다녀오는 예진이를 불러 세웠다. 나는 걱정이 되어 바로 방으로 돌아가지 못하고 사감실 앞에 서서 기다렸다. 어차피 이제 찬물 샤워도 견딜 만한 계절이었다. 사감은 한번도 좋은 일로 우리를 사감실에 부른 적이 없었다. 한참을 기다려도 예진이가 나오지 않아 방에 가방을 두고 옷을 갈아입고는 104호로 갔다. 언제 왔는지 예진이가 울면서 짐을 싸고 있었다.

"왜 그려? 먼 일인디?"

예진이는 계속 울기만 했다. 예진이네 방 사람들도 영문을 몰라

가만히 예진이 눈치만 보았다.

"회사 관둘라 그냐? 왜, 사감님이 너 나가랴?"

"할머니가, 우리 할머니, 돌아가셨대."

예진이 사정을 다 알고 있던 방 사람들도, 나도 뭐라고 위로해야 할지 알 수 없었다. 유일한 가족을 떠나 보내야 하는 친구를 위로하는 것보다 세상에 어려운 일은 없을 것만 같았다. 예진이는 새벽에 제 고향으로 떠났다. 우리는 회사 허락이 없어 아무도 동행하지 못했다. 이미 혼자가 된 예진이의 뒷모습이 푸른 새벽 어둠 속으로 사라졌다.

며칠 전, 채색해 공모전에 보낸 예진이의 그림은 쓸쓸함이 짙었다. 아름다운 노을이 져 있을 거라 짐작했던 내 생각과 달리 저 멀리 빌딩 숲 사이에 걸려 있던 건 달이었다. 태양은 흔적도 없고 달도 뜨기 전의 어두운 서울 하늘은 침울함, 그 자체였다. 공모전 주제가 서울을 그리는 거라는데 예진이에게 서울이 어떤 곳인지 그 그림 한 장이 다 말해 주는 듯했다.

어둠 속으로 사라진 예진이 흔적을 쫓다가 어쩌면 예진이 그림 속의 달은 아직도 떠오르지 못했을 거라는 생각이 들었다. 아니면 너무 멀어 이미 오래전에 예진이와 상관없는 빛이 되어 버렸거나.

일주일 후 예진이는 돌아왔다. 돌아올 곳이 기숙사밖에 없었다고 말하면서 예진이는 뭔가가 빠져나간 듯한 미소를 지었다. 가끔 멍하니 창밖을 바라보는 습관도 그대로였다. 공모전 상장이 우편으로 도착했다. 상장도, 그걸 펼쳐서 오랫동안 바라보는 예진이도 그림만큼이나 어두워 보였다. 예진이는 상장을 한참 들여다보다가 돌돌 말아 화구통에 넣어 옷장 구석에 처박았다. 예진이의 수상을 두고 나는 축하를 해야 할지 위로해야 할지 헷갈렸다.

5월 중순이 되어 기숙사에 교복이 도착했다. 하교 후 밤늦은 시간 기숙사로 들어서던 우리는 현관에 쌓인 교복 꾸러미를 보고 일제히 환호성을 내질렀다. 사감이 조용히 하라고 더 큰 소리로 나무랐지만 아랑곳하지 않았다. 교복을 들고 울먹이는 아이도 있었다. 각자 이름이 붙은 교복을 찾아 들고 복도를 내달렸다. 얼마나 빨리 달렸는지 가슴이 터질 것만 같았다.

동복, 하복 각각 한 벌씩이었다. 정희여상의 세일러복만큼 예쁜 디자인은 아니었지만, 작업복이 아닌 체크무늬 주름치마에 흰 블라우스, 고무줄이 달린 넥타이, 조끼와 재킷까지 모두 갖춰 입으니 이제야 진짜 고등학생이 된 것 같았다. 파란 작업복과는 비교할 수 없는 아름다움이었다.

교복이 없는 금옥여고 언니들이 부러운 눈으로 지켜보다가 우리 동기들 교복을 빼앗아 입고 복도를 거닐기 시작했다. 영주 언니는 워낙 체격이 커 119호에는 맞는 교복이 없었다. 진실이와 은희 언니는 교복 치마의 허리를 돌돌 말아 미니스커트로 만들었다. 패션쇼를 하듯 방을 오가며 자세를 취했다. 차화연이 진실이 넥타이 고무줄을 앞으로 죽 당겼다가 놓았다. 영주 언니는 안쪽 벽에 기대어 앉아 우리를 지켜보았다. 화연이 넥타이를 잡아당기려고 다가서다가 나는 영주 언니와 눈이 마주쳤다. 늘 장군 같던 영주 언니의 눈빛이 흔들렸다. 나는 조용히 내 자리로 돌아와 교복을 벗어 옷걸이에 걸었다. 옷장 칸에 들어앉아 걸린 교복을 계속 쳐다보았다. 아쉬운 마음에 손을 뻗어 오래오래 쓰다듬었다. 하지만 영주 언니 앞에서 다시 입어 볼 엄두는 나지 않았다.

 4시 40분이 되었지만 내 프레스 기계는 계속 돌아갔다. 방학이었다. 우리는 학교에 갈 수 없었다. 구내식당에서 저녁을 먹고 다시 현장에 돌아와 잔업까지 마쳐야 기숙사로 들어갈 수 있었다. 학생들 몇 십 명이 아니라 수백 명이 작업복을 입고 기숙사 입구로 우르르 몰려드는 장면은 괴기스러웠다.
 "영주 언니, 아니, 우리 회사는 뭐, 일찍 시작허고 일찍 끝내 자유 시간을 만끽허라고 아침 일곱 시부터 작업 시작허잖아요. 근디 뭔 허고헌 날 잔업이래요. 결국은 아홉 시에 일 시작허는 회사랑 끝나는 시간은 매 한가지 아니래요?"
 "그래도 우리 회사는 철야는 안 하잖아. 이만하면 양반이지."
 "하이고 그리믄 밤새 일 시키는 회사도 다 있대요?"
 말해 놓고 나니 언니가 생각났다. 언니네 회사는 하청 공장이라 물량 밀리면 수시로 철야 근무를 했다. 그나마 우리 회사는 규모가 커 잔업을 하거나 특근을 하면 수당이라도 꼬박꼬박 챙겨 주지만 언니네 공장은 그런 것도 없었다. 근무 시간은 그야말로 사장 맘이었다. 요즘도 언니는 타이밍을 먹을까. 가끔 장위동 집에 가면 언니는 어린것이 일하면서 학교까지 다니느라 고생한다며 내 걱정만 했다.
 "민주야, 우덜 학원 가자니까. 뭔 생각허니라고 야가 멍을 때리고 있다냐?"

언제 왔는지 은희 언니가 내 옆에 서 있었다.

"먼 학원?"

"먼 학원은, 주산도 있고 부기나 타자도 있고. 저그 가리봉 오거리 있는, 왜 학교 끝나믄 맨날 학원 차가 와서 애들 실어 가는 데 있잖아."

"그믄 그리까. 안 그리도 자격증 딸까 혔는디."

나랑 은희 언니가 학원 갈 준비하고 일어서는데 어느새 외출 준비를 마친 화연이가 따라붙었다. 진실이는 무슨 방학까지 공부한다고 난리냐며 일찍감치 자리를 깔고 누웠다. 은희 언니와 화연이는 타자를 나는 부기를 등록했다. 부기 선생님은 스물네 살 청년이었다. 키가 크고 부리부리한 눈에 두꺼운 뿔테 안경을 쓰고 얼굴이 각져 다소 사나워 보였다. 굳이 비교하자면 우리 담임이 스물네 배 정도는 더 잘생겼달까. 그런데도 부기 선생님은 학원에서 인기가 많았다. 유행에 뒤지기 싫은 내 눈에도 날마다 조금씩 선생님이 더 잘생겨 보였다.

여름휴가를 맞아 회사에서는 남자 직원들에게는 카메라를, 여자 직원들에게는 그릇 세트를 선물로 나눠줬다. 유리 접시에는 각종 과일 문양이 양각되어 있었다. 그릇이 내뿜는 무지갯빛은 조명 각도에 따라 요리조리 자리를 옮겼다. 사람 홀리기에 딱 좋은 화려함이었다. 손을 뻗어 빛을 움켜쥐려 할수록 오색찬란함은 나를 조롱하듯 바로 옆으로 비켜나 더 아름답게 빛났다.

나는 그릇보다 카메라가 더 갖고 싶었다. 재단반 아저씨들한테 나랑 선물 바꾸자고 졸라 봤지만 씨알도 안 먹혔다. 선물에는 찌개나 계란찜을 하면 적당할 고급스러운 뚝배기 두 개가 같이 나왔다. 모양을 조금씩 달리한 유리 접시는 크고 두꺼워 한 손으로 들기에는 너무 무거웠다. 얼마만큼의 시간이 지나면 나도 이 그릇들을 식탁 위에 올려놓고 사용할 수 있을까. 아니, 어쩌면 아주 오랜 시간이 지나도 그럴 일은 없을 것만 같았다. 나는 무거운 선물 보따리를 들고 지하철과 버스를 갈아타고 휴가를 보내기 위해 장위동 집으로 갔다.

"하이고야, 먼노무 접시들이 이르케 이쁘다냐잉, 잘 됐다 민주 시집갈 때나 주야 쓰겄고만."

"뭔 시집은 시집여, 나는 돈을 줘도 시집은 안 갈랑게. 뒀다 언니 시집갈 때나 주든가."

"누구는 시집간대?"

언니도 결혼은 사양이라고 했다. 엄마는 두었다 내 혼수로 쓰겠다면서도 접시를 집어넣지 않고 자꾸 만지작거렸다.

"그르나 저르나 느그 외삼촌이 빌린 돈 빨리 갚으라는디 큰일이다잉. 야들아 느그들 돈 좀 없다냐?"

"외삼촌한테 돈 빌렸간디?"

"아, 왜 이사 올 즉이 집 얻니라고 돈 모질래서, 느 외삼촌이 외숙모 몰래 빌리 줬는디 들킨 모냥이여."

언니랑 오빠들은 서로 눈치만 봤다. 아버지는 못 들은 척하고 마당으로 나갔다. 생활할 수 있을 정도로 몸이 회복된 아버지는 집

안 구석구석을 어슬렁거리는 게 새로운 일상이 되었다. 아무리 뜸을 들여도 비좁은 집안을 다 돌아보는 데는 그리 많은 시간이 필요하지 않았을 것이고, 아버지는 다시 입에 술을 대는 것으로 일과를 마무리하곤 했다.

엄마가 언니, 오빠 얼굴을 지나 나를 쳐다봤다.

"민주야, 너는 월급 받은 거 다 어쨌냐?"

"내가 지난번이 다 적금 넣고 있다고 말했잖어. 먹고 죽을래도 내 손이는 한 푼도 없응게 꿈도 꾸들 말어."

"헐 수 없이 그거 좀 깨야 쓰겄는디."

"하아! 엄마, 이건 그냥 쫌 궁금혀서 근디. 나 중학교 졸업식 날 받은 장학금은 어따 썼다?"

"아, 그것이사 쩌어그."

엄마가 턱으로 텔레비전을 가리켰다. 그러고 보니 시골에서 올라올 때 가져온 TV가 아니었다.

"그 돈으로다가 시방 테레비 바꿨다는 거여?"

"아, 그믄 어찌냐, 느 아버지 누웠는디 능바우서 갖고 온 거는 찌간혀서 잘 안 뵌대잖여."

"아무리 그리도 그리지. 내 고등학교 입학금이라고 준 돈인디, 딸램이는 고등학교도 못 보내 줌서 테레비를 바꾸는 부모가 세상천지에 어디가 있데? 인자 나도 몰라, 때려죽여도 나는 적금 못 깨겄응 게 알어서들 혀."

엄마는 나에게서 희망을 거뒀는지 다시 언니를 쳐다봤다. 언니는 한숨을 길게 쉬면서 자리에서 일어났다. 능바우 최고 효녀, 우리 언니가 또 돈을 내놓을 게 뻔했다. 언니가 방을 나가자 엄마도 몸을 일으켰다. 엄마 입에서는 반사적으로 '에고고고' 소리가 새어 나왔다.

보리차를 마시려고 부엌으로 가 보니 부엌 뒤쪽에 붙어 있는 수돗가에서 엄마가 쪼그려 앉아 빨래를 하고 있었다. 엄마 옆에는 일곱 식구가 벗어 놓은 옷가지들이 엄마의 앉은키만큼 높게 산을 이루었다.

"히야, 먼 놈의 빨래가 이르케 많디야? 도대체 얼마나 오래 빨래를 안 허고 미룬 거여? 집에서 허는 일도 없음서."

나를 올려다보는 엄마의 눈이 벌겠다.

"맨날 빨어 대는 디도 날마다 이르케 나온당게. 지긋지긋헌 노무 빨래. 세탁기도 없는디."

괜히 내 장학금 엉뚱한 데 쓰고 민망하니까 둘러대는 소리 같았다. 설사 매일 그 정도의 빨래가 나온다고 해도 어차피 고향에서처럼 시장에 나가 장사를 하는 것도 아니고 집에서 먹고 노는데 그 정도는 당연히 해야 하는 일이라고 생각했다.

다음 날 아침 언니가 먼저 일어나 밥을 찾았다. 새벽에 일어나는 게 이미 습관이 되어 버린 나도 언니와 함께 아침을 먹었다. 우리가 먹은 상을 치우자마자 아버지가 방에서 나와 아침을 달라고 했다. 엄마는 설거지하다 말고 다시 상을 차렸다.

"민주야, 너 가서 오빠들 좀 깨워라."

나는 오빠들 방문을 열고 들어가 깨웠지만 오빠들은 이불을 머리끝까지 뒤집어쓰더니 나가라고 야단이었다.

"안 인나는디. 출근할라믄 아직 시간도 더 있는디 쫌 더 자게 냅 둬."

엄마는 한숨을 쉬더니 우리 방을 향해 소리 질렀다.

"진주 언능 나와 밥 안 처먹냐? 이 노무 가시내가 나이도 어린 것이 먼 노무 늦잠여."

"왜 아침부터 여편네가 밥상머리다 대고 소락빼기를 질르고 지랄이여?"

아버지가 엄마를 째려보았다.

"하이고 내가 하루에 밥상을 및 번이나 채리는지 알기나 허고 그런 소리여 시방?"

"아, 여자가 집이서 밥 채리고 빨래허는 것이사 당연헌 건디. 어디서 유세여, 유세가?"

"누가 안 채리 준다가니? 이왕지사 밥 먹는 거 한번에 나와서 먹을 때 같이 먹으믄 오죽이나 좋냔 말여?"

분위기가 험악해지는 것 같아 얼른 방으로 들어가 진주를 깨워 데리고 나왔다.

"이녀르 가시내가 방학했다고 허고헌 날 늦잠이나 쳐자빠져자고. 후딱후딱 인나서 밥 안 먹으믄 낼부터 밥 없는 중이나 알어. 썩을녀르 가시내."

엄마가 눈곱을 떼며 나오는 진주 등짝을 '짝' 소리 나게 내려쳤다. 아버지가 밥상을 엎기 전에 큰오빠가 나와 자리에 앉으며 밥을 달라고 했다. 다행이었다.

저녁에 돌아온 언니가 돈 봉투를 내밀었다. 엄마는 외삼촌에게 전화를 걸었다.

"일요일에 돈 받으러 온다느만."

엄마가 수화기를 내려놓으면서 말했다. 나는 신고 있던 양말을 벗어 뒤집힌 채로 문 쪽으로 휙 집어 던졌다.

"저 노무 손모가지를 그냥, 지대로 벗어서 다라이다 못 느놓냐? 지 손으로 빨지는 못헐망정 지대로 벗어나 노얄 거 아녀?"

그걸 시작으로 엄마의 잔소리가 이어졌다. 내가 뭘 그렇게 잘못했나, 억울했다. 오기로 자리에 앉아 꿈쩍 안 했다. 고생고생하다 처음 휴가라고 집에 온 건데 양말 하나 맘대로 못 벗어 두나 싶어 서러웠다. 내 장학금을 텔레비전 사는 데 써 버렸으면서……. 내가 움직이지 않자 엄마 잔소리가 점점 커졌다. 아버지가 베개를 집어 던졌다. 그래도 엄마 푸념이 멈추지 않자 아버지는 자리에서 일어나서 엄마 머리채를 잡고 발길질을 시작했다.

한동안 잊고 지냈다. 아버지는 단순히 몸이 회복된 정도가 아니라 능바우에서 한창 농사를 짓던 때만큼 힘이 넘쳤다. 머리채를 잡은 아버지가 거실로 엄마를 끌고 나갔다. 언니, 오빠가 말리자 아버지는 그걸 응원으로 알아들었는지 휘두르는 팔과 다리에 힘줄이 도드라졌다. 엄마를 잡고 흔들다 그대로 밀쳤다. 엄마가 거실 현관문에 부딪혀 넘어졌다. 문에 끼워진 유리창이 와장창 깨졌고, 엄마는 마당으로 떨어진 문과 함께 시멘트 바닥에 뒹굴었다. 아버지는 맨발로 마당에 내려가서 아직 일어나지도 않은 엄마를 발로 찼다. 오빠들이 뛰어나와 말려 봤지만 소란만 더 커질 뿐이었다. 모든 상황이 내가 뒤집어 벗어 놓은 양말에서 시작되었다는 사실이

믿기지 않았다.

어디선가 시끄럽게 개가 짖었고 이웃의 신고로 경찰이 찾아왔다. 경찰을 본 아버지는 순식간에 순한 양이 되었다. 직접 겨뤄 보지 않아도 아버지는 강자와 약자를 빠르게 판단하는 천부적 재능을 타고났다. 큰오빠가 경찰을 돌려보내고 집은 쥐 죽은 듯 조용해졌다. 아버지는 나가서 밤늦도록 돌아오지 않았다. 안방에 들어간 엄마도 기척이 없었다. 우리 남매들도 각자 제 방으로 들어갔다. 자주 있는 일이라 그런지 언니랑 진주도 금세 고른 숨을 내뱉었다. 눈만 감으면 뒤집어 벗어 던진 양말이 떠올라 나는 잠이 오지 않았다.

"야들아! 얼른 일어나 봐라, 언능!"

언제 돌아왔는지 아버지가 벼락같은 소리를 내질렀다. 고주망태가 되어 있을 줄 알았던 아버지는 의외로 너무나 말짱해 보였다.

"이것들아, 느들은 느 어매 다 죽어 가도락 멋들 허고 자빠진 거여?"

우리는 놀라서 안방으로 들어갔다. 엄마 머리맡에는 수면제 빈 껍데기가 물그릇 옆에 놓여 있었다. 껍데기로 헤아려 보니 정확히 열 알이었다. 언니가 엄마를 흔들어 깨웠다. 눈을 뜨지 않았다. 아버지가 바가지에 찬물을 받아와 엄마 얼굴에 끼얹었다. 엄마가 게슴츠레 눈을 떴다. 하지만 언니가 흔들어 깨워도 정신을 차리지 못했다. 아버지가 물을 한 바가지 더 뿌렸다. 그제야 엄마는 정신이 드는지 천천히 일어나 앉았다.

"되얏고만. 인자 살겄고만."

아버지는 뒷일은 우리보고 알아서 하라는 듯 담배를 들고 마당으로 나갔다. 언니가 젖은 이부자리를 치우고 엄마 옷을 갈아입히는 동안 엄마는 입술이 새파래져서 덜덜 떨었다. 우리 방에서 이불을 가져다가 다시 덮어 줘도 엄마는 '왜 이르케 춥냐'면서 계속 떨었다. 언니가 옷장에서 두꺼운 겨울 외투를 꺼내 입혀 줘도 엄마 입술은 저승사자의 것처럼 점점 더 까매졌다. 큰오빠가 혹시 모르니까 물을 마시게 해서 약 기운을 빼내야겠다고 했다. 싫다고 뿌리치는 엄마에게 계속 찬물을 마시게 했다. 물을 마신 엄마가 갑자기 자리에서 벌떡 일어나더니 수돗가에 가서 세숫대야를 들고 안방으로 돌아왔다. 그리고 그게 요강이라도 되는 양 엉덩이를 까고 앉아 오줌을 눴다. 언니가 오빠들을 방에서 내보냈다.

나는 언니랑 엄마 옆에 앉아 이제나저제나 엄마의 배설이 끝나기만을 기다렸다. 엄마는 몸을 벌벌 떨면서도 오줌이 계속 나온다며 대야에서 일어나지 않았다. 아까부터 오줌이 더 이상 나오지 않는데도 엄마는 막무가내로 '이상하게 오줌이 계속 나온다'고 중얼거렸다. 언니가 강제로 엄마를 일으켜 옷을 입혔다. 자리에 눕자마자 엄마는 눈을 감았다. 놀란 언니가 엄마를 마구 흔들어 깨웠다.

"엄마, 잠들믄 안돼. 이대로 또 잠들믄 엄마 죽는다고."

언니가 울면서 엄마를 깨웠다. 삶과 죽음이 눈꺼풀 하나로 갈릴 것만 같았다.

"졸려 죽겄는디, 야가 왜 그런다냐."

엄마는 무슨 일이 일어나고 있는지 전혀 모르는 눈치였다. 언니는 나랑 진주를 방으로 돌려보냈다. 자기가 엄마를 밤새워 지키겠다고 했다.

아침에 일어나 보니 엄마는 다른 날과 마찬가지로 부엌에서 밥을 하고 있었다. 가스레인지 위의 국이 끓어 후덥지근한 공기가 부엌을 가득 메웠다. 모처럼 일곱 식구가 다 함께 앉아 아침을 먹었다. 밥은 고두밥이었고 국은 밍밍했다. 아버지를 포함한 모두가 불평 없이 음식을 삼켰다. 아침을 먹고 아버지는 일자리를 알아본다며 집을 나갔다가 저녁 무렵 소득 없이 돌아왔다.

엄마는 삼복더위에도 긴 팔 티셔츠를 입어 팔뚝의 멍을 가렸다. 보는 것만으로 더워서 숨이 막혔다. 엄마는 그것도 모자라 분을 찍어 바르고 새빨간 립스틱을 아주 천천히 정성 들여 발랐다. 입술이 너무 빨개서 나는 엄마가 미웠다.

엄마는 호들갑을 떨면서 외삼촌 부부를 맞았다. 외삼촌은 바쁜 일이 있다면서 점심을 먹고 가라고 붙잡는 엄마 손을 뿌리치고 돈 봉투를 받기 바쁘게 대문을 나섰다. 그렇게 남동생을 보낸 엄마는 아버지에게 짜증을 내면서 화장을 닦아냈다. 이게 다 아버지가 직장을 못 구해서 생긴 일이라고 했다. 부서진 현관문은 아직 고치지도 못했는데 저러다 무슨 일이 나지 싶어 불안했다. 그래도 어제 수면제 사건도 있었는데 벌써 또 시끄럽게 굴진 않겠지. 엄마도 그걸 믿고 그러는지 점심을 먹으면서도 신세타령을 이어갔다.

밥상이 엎어진 게 먼저였다. 뒤이어 거실 한쪽에 세워둔 유리 접시 상자가 묵직한 포물선을 그리며 날아가 와장창 소리와 함께 시멘트 마당에 착지했다. 깨진 유리 조각들이 햇빛을 받아 속없이 빛났다. 이제 정말 이 집과 인연을 끊어야겠다고 다짐하며 서둘러 기숙사로 돌아갈 가방을 챙겼다. 어차피 휴가 마지막 날이었다.
 가리봉역 계단을 내려오다가 외삼촌 부부를 보았다. 여러 개의 백화점 쇼핑백을 양손에 나눠 들고 내 앞에서 계단을 내려갔다. 돈을 받고 서둘러 나가 여태 쇼핑을 다닌 눈치였다. 쫓아가서 쇼핑백을 갈기갈기 찢어 놓고 싶었다. 나는 외삼촌 눈에 띄지 않기 위해 뒤돌아 내려오던 계단을 다시 올랐다. 역사에서 사람들이 거의 다 빠져나갈 때까지 난간에 기대어 빈 철도를 내려다보았다. 나도 모르지 않았다. 외삼촌은 빌려 준 돈을 돌려받은 것뿐이라는 것을. 그럼 내 이 억울함은 어디서 기인한 것일까. 길게 내뻗은 철로가 나를 부르는 것 같았다.
 '여기서 떨어지면 몸이 산산조각이 날까. 유리 조각처럼 예쁘진 않겠지. 한번 시험이나 해 볼까. 두 발이 바닥에 접착제라도 발라 놓은 것처럼 떨어지지 않았다. 나도 엄마처럼 수면제를 사서 모아야 하나. 엄마를 보니 열 알은 너무 적은 것 같던데. 한 스무 알이면 될까.'

 개학과 동시에 학생들의 잔업도 끝났다. 학원 수강도 함께 끝이었다. 학교에 다녀오는 것만으로도 기숙사 통금시간은 빠듯했다. 심야 학원 수업을 듣기 위해서는 한 시간 반에서 두 시간 정도가 더 필요했다. 그건 내가 잠을 줄이고 밥 먹는 시간을 도려내도 해결할 수 없는 문제였다.
 학교에 도착했지만 답답한 마음에 바로 교실로 들어가지 못하고 운동장 구석에 혼자 앉아 세상이 돌아가는 소리를 들었다. 그때 누군가 터벅터벅 걸어와 옆에 앉았다. 같은 반 장미 언니였다. 언니는 긴 한숨을 내쉬었다. 장미 언니와 나는 근무하는 회사는 달랐지만 둘 다 수학을 좋아해서 문제 풀이하면서 조금 친해졌다. 그렇다고 운동장 구석에 함께 앉아 한숨을 나눌 정도까지는 아니었다. 나는 내 상황에 장미 언니의 답답함까지 더해진 것 같아 바로 교실로 들어가지 않은 걸 후회했다.

"민주야, 너도 무슨 일 있어?"

무슨 일이 있는 건 장미 언니였다.

"아니, 그냥. 답답혀서. 근디 언니는 애인이랑 얘기는 해 봤어?"

"아니. 못했어."

"진짜로? 어찔라고."

언니는 말이 없었다. 언니 사정을 처음 알게 된 건 개학 날이었다. 그날, 답답한 마음에 혼자 있을 장소를 찾아 이 구석진 곳으로 왔었다. 장미 언니가 바닥에 쪼그리고 앉아 고개를 숙이고 울고 있었다. 그냥 가려다가 왠지 말을 걸어야 할 것 같아서 다가섰다.

"언니, 왜 그린데?"

장미 언니가 고개를 들었다. 내 얼굴을 한참 바라보다가 입을 열었다.

"아기 울음소리가 자꾸 들려."

"그게 먼 소리래? 먼 울음소리가 들리는디? 귀신 들렸가니?"

"무서워, 내 배 속에서 빛도 못 보고 죽어간 아기가. 오늘은 그 아이 떠나보낸 지 일 년 되는 날인데 종일 귀에서 아기 울음소리가 들려. 나 너무 무서워."

당황스러웠다. 아까 아는 척하지 말고 뒤돌아 갔어야 했는데.
"근데, 나 또 임신했어. 어떡하면 좋아."
이건 내가 감당할 수 있는 이야기가 아니었다. 나는 걱정을 해야 하나, 아니면 도대체 어쩌다가 일을 이 지경까지 만들었냐고 화를 내야 하나 고민했다.
"애 아빠는 알고 있는 거여?"
"아직. 며칠 있으면 만나는데, 말하면 또 지우라고 할 것 같아."
"그럼 언니는 어찌고 싶은디? 학교랑 회사는 또 어찔라고, 회사에서 알믄 쫓겨나는 거 아녀? 아이고."
나도 모르게 앓는 소리가 나왔다. 그 후 며칠 동안 아무 말이 없어 나도 굳이 아는 척을 하지 않았었다. 그런데 또 같은 공간에서 마주친 것이었다.
"나, 낳고 싶어. 진짜, 이제 더는 못 죽이겠어. 나 정말 안 그러고 싶어, 민주야."
나는 언니 나이도 어리고 앞날이 창창한데 왜 그리 쉽게 남자랑 잤냐고 물어 보려다 '쉽게'가 목에 걸려 꾹 참았다. 장미 언니에게 일어난 어떤 일도 쉬워 보이지는 않았다.
"나는 해 줄 게 없었어. 아무것도. 세상에 태어나 처음으로 나를 좋아해 주고 잘해 주는 사람이 생겼는데 내가 해 줄 수 있는 게 없잖아. 그래서 그랬어. 같이 자 주는 거 말고 내가 해 줄 수 있는 게 아무리 생각해도 없어서. ……, 그래도 내가 잘못한 거지?"
장미 언니한테 속마음을 들킨 것만 같아 뜨끔했다. 한동안 둘 다 침묵했다.

"민주야, 내가 왜 수학을 좋아하는지, 알아?"

"그야 뭐 나도 수학은 좋아허니까. 풀면 똑 떨어지게 답 나온 게 좋은 거 아녀?"

"맞아. 풀면 답이 나오니까. 근데 사는 건 왜 이렇게 답이 없냐? 아무리 생각해도 나는 답을 모르겠어."

언니가 여러 개의 보기 중에 무슨 답을 선택할지 궁금했다. 어떤 답을 선택해도 정답은 아닐 것 같았다.

기숙사로 돌아와 옷도 갈아입지 않고 사감실로 갔다. 내 답은 이미 정해 놓았다. 하지만 내가 찾는 답이 보기에 없다는 게 문제였다. 항목을 추가해 달라고 요구할 수밖에.

"도대체 몇 번을 말해야 알아듣니? 제발 적당히 좀 하고 살아. 당장 방으로 돌아가! 119호실 벌 청소 주기 전에."

예상대로 출제자는 호락호락하지 않았다.

점심시간이 다 되어 진행 언니한테서 사감이 나를 찾는다는 말을 전해 들었다. 갑자기 생각이 바뀌어 심야 학원에 보내 주려고 그러나. 점심도 먹지 않고 달려갔다.

"김민주, 너 지금 뭐 하는 짓이야?"

"뭐가요?"

"내가 심야 학원은 안 된다고 했지? 근데 학원 선생님까지 회사로 찾아오게 만들어? 이런 거 사 들고 오면 내가 너 학원 보내 줄 지 알았어?"

사감 손가락 끝에 놓여 있는 건 박카스 상자였다. 학원 부기 선생님이 사감을 찾아왔단다. 정말 공부를 하고 싶어 하는 아이라고 심야 학원에 다닐 수 있게 해 달라고 부탁했다고.

"내가 이거 보여 줬더니 그 선생도 아무 말 못하더라."

사감이 집어던진 건 얼마 전 단체로 받은 직장 건강검진 결과서였다. 나도 처음 보는 것이었다.

"너도 봐라. 자, 자 여기. 요단백에 빈혈에 신장 기능 저하에. 뭐 하나 제대로인 게 없잖아. 이런 애 심야 학원 보냈다가 안전사고 나면 선생님이 책임질 거냐고 따져 물었더니 아무 말도 못 하더라. 너도 입이 있으면 말해 봐라. 엉?"

사감실을 나왔지만 밥 생각은 나지 않았다. 현장에 올라가니 진행실에 하의반 반장님이 앉아 있었다. 점심 식사를 마치고 돌아온 언니들이 삼삼오오 모여 수다를 떨었다. 곧바로 진행실로 갔다. 출제 권한이 사감에게만 있을 것 같지는 않았다.

"제발, 저 좀 학원 좀 다닐 수 있게 해 주세요, 네?"

"그건 내가 결정할 수 있는 문제가 아닌데."

"그럼 누가 결정헐 수 있는디요?"

"그야 뭐 사감님한테 말해 봐야 하지 않을까?"

"사감님이 안 된다니까 그잖아요."

"그거야 뭐 너 피곤할까 봐 그런 거 아니겠어. 현장 사고 위험도 있고."

"제가 사고 안 나게 잘허겄다고요!"

나도 모르게 소리가 점점 커졌다. 진행실 앞으로 사람들이 모여들었다.

"하여간, 나는 모르는 일이니까 어서 나가봐. 점심시간 다 끝나가는데."

내 자리로 돌아가는데 여기저기서 수군거리는 소리가 들려왔다. 다들 나만 바라보는 것 같았다. 나는 곧장 사무실로 갔다. 학생 담당자 앞에 가 두서없이 내 의견을 늘어놓았다. 하의반 반장님보다 훨씬 냉정한 표정으로 통금시간에 예외는 없으니 당장 현장으로 돌아가 작업을 시작하라고 했다.

자리에 돌아와 프레스 기계를 켜고 원단을 집어 심지 위에 올려놓는데 부아가 치밀었다. 그까짓 학원이 뭐라고. 나는 학원 문제에 온 신경을 집중했다. 마치 내 인생에서 가장 중요한 문제라도 되는 듯 굴었다. 내 뜻대로 계속 학원에 나가지 못하면 나의 미래가 온통 틀어져 버릴 것만 같았다.

'이제 누굴 찾아가야 하나. 공장장님을 찾아가 한 번 더 부탁해 볼까. 건강관리를 좀 더 신경 써서 해 둘 걸 그랬나. 아니지, 내가 그럴 짬이 어딨다고.'

조장 언니가 다가와 말없이 내 머리를 쓰다듬다가 돌아서나 싶더니 몇 걸음 옮기지 않고 다시 돌아와 내 어깨를 두어 번 토닥이고 갔다. 진행실에 조장 언니들이 여럿 모여들었다. 전광판을 보니 오늘도 목표량 채우기가 힘들어 보였다. 실적 때문에 조장들이 또 소집된 듯싶었다.

작업 도중 현장의 음악 소리가 잠시 끊겼다.

"하의반, 상의반, 재단반 반장님, 하의반 진행님, 하의반 부속조 조장님 지금 바로 사무실로 와 주세요. 다시 한번 말씀드립니다.

하의반……."

　조장 언니가 내 작업대 앞에 있는 에어건으로 작업복에 달라붙은 먼지를 털어 내더니 사무실을 향해 달려갔다. 조장 언니는 한참이 지나서야 현장으로 돌아왔다.

　"민주야, 사감실로 가봐."

　조장 언니는 나를 밀어내고 내 기계 앞에 서서 작업을 대신했다. 사감이 나를 좋은 일로 부른 적은 없는 터라 기숙사로 가는 발걸음이 원단 뭉치라도 달고 있는 듯 무거웠다. 예상대로 사감은 잔뜩 화가 난 상태였다.

　"김민주, 넌 집안일을 도대체 밖에다 얼마나 떠벌리고 다니는 거니?"

　웬 집안일? 조장 언니도 사감도 도무지 모를 말만 해댔다.

　"학원 다니란다. 내가 정말 너 때문에 회사에서 얼굴 들고 다닐 수가 없다. 너 하나 때문에 반장들 조장, 진행에 나까지 다 공장장님한테 불려 가고, 살다 살다 내가 너 같은 애는 처음 본다. 하의반 조장들이 얼마나 들들 볶아 댔으면 하의반 반장님이 공장장님한테 부탁을 다 했겠니? 하여간 입사 일 년도 안 된 애가 공장장 회의나 소집시키고 잘하는 짓이다."

　몇 가지 조건이 붙긴 했지만 학원에 갈 수 있게 되었다. 한 달간 나 혼자만 학원을 보내 줄 것이고 돌아오면 독서실 소등시간에 맞춰 반드시 취침해야 했다. 그 한 달간 안전사고가 나지 않아야 할 뿐만 아니라 작업량에 지장을 주지 않아야 한단다. 그러면 다시 두 명을 더 보내 준다고. 이미 두 후보도 정해졌다. 그리고 다시 셋이 현장 사고 없이 한 달을 버티면 다른 학생들도 제한 없이 학원에 보내 주기로 했단다. 그런 조건이라면 얼마든지 해낼 자신이 있었다. 나는 감사를 연발하고 현장으로 돌아왔다. 조장 언니가 환하게 웃으면서 축하해 줬다. 다른 언니들도 내가 친동생이라도 되는 듯 좋아했다. 나는 학원에 갈 수 있다는 것도 실감 나지 않았지만, 내 일로 다른 조의 조장 언니들까지 나섰다는 게 믿기지 않았다. 프레스 열기에 몸이 점점 더 뜨거워졌다.

기숙사로 돌아와 손을 닦기 위해 세면장으로 갔다. 유라가 코를 팽 풀더니 나를 향해 손을 털었다.

"하 씨발, 어떤 년은 학원 보내 주고 어떤 년은 안 보내 주고, 씨발 기분 엿 같네."

유라가 여름방학 동안에도 학원은커녕 가리봉 시장을 돌아다니며 사감 몰래 술 마시고 다녔다는 걸 기숙사에 모르는 사람이 없었다. 그런 유라가 학원에 갈 수 있는 나를 부러워하는 이유는 뻔했다. 나는 죄인처럼 아무 말 없이 세면도구를 챙겼다. 소란을 피워 다된 일을 망치고 싶지 않았다. 내가 아무 말이 없자 유라가 대야의 물을 나한테 확 끼얹었다.

"야 이년아, 인제 사람 말이 말 같지도 않냐? 씨발년이 대놓고 무시하네?"

"누가 무시혔다고 그려. 그리고 내가 잘 버티믄 느들도 다 보내 준다잖여."

"아, 그니까 왜 너부터 보내 주냐고 씨발, 니가 뭔데에?"

"그걸 왜 나한테 그래. 그럼 너도 사감님한테 가서 말해 보든가."

"어쭈, 이게 어디서 대들어, 대들기를. 씨발, 그냥 아가리를 확 찢어 버릴까 부다."

"임유라, 너 지금 이게 무슨 짓이야?"

영주 언니였다.

"여기 기숙사에 너 혼자 살아? 네 눈엔 선배들도 없어? 어디 선배들 드나드는 데서 험한 말을 입에 담아? 그리고 그렇게 네가 학원 가고 싶었으면 민주가 여기저기 쫓아다니면서 부탁하고 다닐 때 너 뭐 했는데? 왜 이제 와 난리야? 네가 이렇게 난리 치다가 회사에서 싹 다 없던 일로 해 버리면 학원 다니고 싶어서 목 빠지게 기다리는 다른 애들 다 어떡할 거야?"

영주 언니가 내가 하고 싶었던 말을 다 해 주었다. 유라도 영주 언니는 무서운 모양인지 아무 말도 못했다.

"임유라, 앞으로 지켜볼 거야. 너희 실장한테도 말해 놓을 거니까, 똑바로 해."

유라 얼굴이 붉으락푸르락했다. 입이 근질근질한지 뭐라고 내뱉으려고 하는 유라를 뒤늦게 들어온 명희가 끌고 나갔다. 복도에서 '씨발씨발' 소리가 계속 들려왔다. 나도 속으로 따라 해 봤다.

'씨발씨발씨발. 임유라 미친년. 할 줄 아는 거라고는 씨발밖에 없는 년이. 지 입이나 찢을 것이지······.'

기분이 전혀 나아지지 않았다. 그래도 나는 회사가 정한 조건을 무조건 견뎌낼 생각이었다.

학교 수업이 끝나고 운동장으로 달려 나오니, 학원 부기 선생님이 이미 들어 알고 있다고 축하해 줬다. 평소 교문 앞에 장사진을 이루던 대형 버스들은 보이지 않았다. 얼마 전 목동 아파트 주민들의 민원으로 단지 안까지 공장 버스가 들어오는 것이 금지된 탓이었다. 집값 떨어진다나. 학원 차량만은 예외였다. 나는 학원 버스에 올라 새까맣게 줄지어 걸어가는 동기들과 선배들의 행렬을 바라보았다. 내 눈엔 그 장면이 더 흉해 보였다. 학교 앞에서 잠깐 시끄럽고 끝날 일이 아파트 단지를 다 벗어나도록 이어졌다. 나는 학원 버스에 올라와 있는데도 그 긴 줄 어딘가에 내가 걷고 있는 느낌이었다.

  여름내 달궈진 열매들이 땅에 떨어졌다. 교정에는 짧아진 해만큼 초록을 덜어낸 나뭇잎이 층층이 고왔다. 학교 축제일에 맞춰 특별학급 학생들은 본교로 갔다. 교정에는 시화나 서예 작품, 미술 작품들이 전시되었다. 하지만 정말 인기를 끈 전시는 따로 있었다. 본교 학생들은 사복 차림으로 자유롭게 체육관의 2층 관중석에 앉았고 특별학급 학생들은 1층 바닥 한가운데에 교복을 입고 줄 맞춰 앉은 탓에 그 경계가 너무도 선명했다. 2층의 본교 학생들은 무대에서 이루어지는 그 어떤 공연보다 우리를 쳐다보는 게 더 신기한 듯했다. 2층에서 '공순이'라는 단어를 독인 양 화살촉에 발라 이리저리 쏘아 댔다. 그 정도 공격에는 반응할 필요도 없을 만한 투명 갑옷이 우리에게 있다는 걸 그들은 몰랐다.
  '그래, 실컷 쏘아라. 거기에 너희들의 모든 에너지를 다 쏟아부어라. 영혼의 근육마저 너덜너덜해질 때까지. 갑옷 속 푸른 멍은 우리가 감당할 테니.'

하지만 결국 참지 못한 특별학급 선배와 본교 학생 간에 시비가 붙었다. 결과는 본교생들이 지켜보는 가운데 우리 선배가 선생님에게 뺨을 맞는 것으로 끝났다. 맞은 선배는 울지 않았지만 특별학급 학생들 여럿이 훌쩍거렸다. 나는 울고 싶지 않았다. 동물원 원숭이 노릇 따위 잠깐 참으면 그만이었다.

가을이라고 나쁜 일만 있는 건 아니었다. 애초 계획보다 빠른, 한 달 만에 학생 전원에게 학원 수강이 허용되었다. 우르르 몰려든 유정물산 학생들 때문에 학원 버스는 만원이었다. 버스가 가리봉 오거리 학원 앞에 도착하면 차에서 내린 아이들이 인근 포장마차로 몰려갔다. 몇몇은 불나방처럼 가리봉 밤거리의 화려한 네온사인 속을 누볐다. 포장마차 파가 김밥이나 어묵, 떡볶이를 허겁지겁 먹고 학원으로 들어갈 때까지 빛을 따라 사라진 아이들은 나타나지 않았다. 우리가 수업을 마치고 다시 학원 버스에 오르면 그들은 언제 돌아왔는지 버스 안에서 수다가 한창이었다.

기숙사로 들어서는 우리를 불러 세운 건 사감이었다.

"얘들아, 잠깐만. 회사에서 너희들한테 야간에 무료로 구내식당을 열어 주기로 했다. 다들 저녁도 못 먹어 배고플 텐데 나 따라와라."

사감은 우리를 구내식당으로 데려갔다. 저녁 식사가 끝나고 아주머니들이 학생들 먹을 음식을 해서 한쪽 냉장고에 넣어 두었단다. 알아서 자유롭게 꺼내 먹고 설거지해 놓으라는 조건이 붙었다. 우리는 남은 반찬들을 냉면 그릇에 덜어 밥과 함께 비벼 먹었다.

식당은 금세 아수라장이 되었다. 나한테 물까지 끼얹으면서 심술부리던 유라가 제일 신나 보였다. 유라는 나와 눈이 마주치자 치아를 잔뜩 드러내며 웃었다.

"김민주, 씨발 네년 때문에 내가 다 호강한다. 진짜로 고맙다, 이 씨발년아."

옆에 있던 몇몇이 임유라 말을 따라 했다. 유라는 기분이 나빠도 씨발이고 좋아도 씨발이었다. 그게 어떤 종류의 씨발인지 구분하는 일은 어렵지 않았다. 다들 밥을 먹다가 기분 좋게 씨발을 읊어댔다.

날이 추워지고 3당 합당으로 여당 대선 후보가 된 김영삼이 대한민국 14대 대통령에 당선되었다. 기나긴 군부독재가 끝났으니 세상이 금방이라도 달라질 것만 같았지만 구로공단에는 어제와 같은 오늘이 반복될 뿐이었다.

변화가 전혀 없지는 않았다. 졸업을 앞둔 3학년 선배들이 2층 일반실로 올라갔다. 학생 방 실장은 우리 동기들 몫이 되었다. 나는 쓰던 방 그대로 119호실 실장이 되었고 은희 언니와 화연이는 다른 방 실장이 되어 방을 옮겼다. 진실이는 그대로 우리 방에 남았고 고집불통으로 유명한 순정이와 얼마 전 입사한 경진이가 룸메이트로 배정되었다. 겨울이면 들어올 후배를 위해 한 자리는 비워두었다. 순정이는 배정표를 보자마자 방으로 달려와 영주 언니가 쓰던 옷장을 찜하고 나서야 짐을 옮겼다. 경진이는 지방에서 일반 상업고등학교에 다니다가 집안 형편이 어려워져 산업체로 전학을

왔다고 기어들어 가는 목소리로 자기소개를 했다.
"누가 잡아 처먹나? 하나도 안 들리네. 말을 하지 말든가!"
순정이가 빽 소리를 질렀다. 순정이 옷장에서 가장 멀리 떨어진 내 옷장을 쓰고 싶어 하는 경진이에게 옷장을 물려주고 나는 옆자리로 옮겼다. 마침 진실이는 화연이가 쓰던 건너편 옷장으로 옮긴 상태였다. 경진이는 꼭 필요한 경우가 아니면 말을 거의 하지 않았다. 얼굴엔 늘 표정이 없었고 걸음마저 무게가 느껴지지 않을 정도로 조용조용 걸었다. 주말엔 내가 밥을 먹자고 하지 않으면 밥 먹으러 나갈 생각도 하지 않았다. 나는 경진이를 챙기기 시작했다. 실장으로서의 책임감 같은 것이었다. 경진이는 무언가 할 일이 생기기만 하면 말없이 내 얼굴을 빤히 쳐다보았다. 내가 공동 목욕탕으로 씻으러 가면 따라와 옆에서 씻었고 내가 빨래하면 빨래를 가져와 옆에서 빨았다. 나를 따라 학원 부기반을 수강했고, 내가 화장실에 가도 따라왔다. 사감님 몰래 양초를 켜고 늦게까지 공부하면 경진이도 잠을 자지 않고 공부했다. 아이들 사이에서 경진이는 민주 그림자라는 소문이 돌기 시작했다. 나는 경진이를 이해했다. 나도 같은 학교 친구 없이 혼자 기숙사에 들어왔으니까. 그나마 나는 며칠 차이 입사로 동기들과 쉽게 어울렸지만 경진이는 지금 자신을 둘러싼 세상이 온통 공포 그 자체일 것이었다.

복도에 서서 은희 언니와 한참 수다를 떨었다. 서로 자격증 시험 합격을 축하했다. 문밖으로 고개를 빠끔히 내밀고 지켜보던 경진이가 '꽝' 소리가 나도록 거칠게 문을 닫았다. 경진이로 인해 발생한 소음 중에 가장 데시벨이 높았다. 놀란 내가 방으로 따라 들어갔다. 경진이가 내 옆자리가 아니라 공동 옷장 옆으로 이부자리를 펴더니 등을 보이고 누웠다. 이유를 따져 묻고 싶었지만 이내 포기했다. 경진이를 어찌할지 몰라 고민이던 참이었다. 나는 좌식 미니 밥상을 펴고 공부를 시작했다. 누워 있던 경진이가 갑자기 이불을 거칠게 젖히고 일어나 앉았다.

"나는 너하고만 얘기하는데 너는 왜 다른 사람들하고도 얘기해?"

차라리 잘되었다는 생각이 들었다. 나도 얘기할 기회를 노리던 참이었다.

"경진아, 나는 네가 오기 전부터 다른 사람들하고도 친했어. 근데 네가 왔다고 너하고만 친하게 지낼 수는 없잖아."

일부러 사투리를 쓰지 않고 말했다. 표준어를 구사하는 일쯤이야 마음만 먹으면 어렵지 않았다. 경진이가 다시 이불을 뒤집어쓰고 누웠다. 우는 소리가 들렸다. 소등시간이 지나고 나는 자는 척 누워 순정이 코 고는 소리를 듣다가 일어나 촛불을 켜고 다시 책을 보았다. 촛불 쓰는 걸 순정이한테 들키는 날엔 사감한테 쪼르르 달려가 고자질할 게 뻔했다. 경진이와 나에 대한 소문도 순정이가 냈다는 걸 모르지 않았다. 한참 책을 보고 있는데 자는 줄 알았던 경진이가 부스스 일어나 앉았다.

"미안해. 그냥 나는 서울 와서 의지할 사람이 너밖에 없는데 네가 다른 사람들한테도 다 친절하니까 괜히 심술이 났어."

"알아, 힘든 거. 친구들하고 떨어져 갑자기 낯선 곳에 왔으니까 힘들지? 여기 있는 우리도 다 그랬으니까. 근데 경진아, 나는 앞으로도 계속 다른 사람들하고도 친하게 지낼 거고 너도 그랬으면 좋겠어. 그래야 너도 나도 지금을, 여기를 견딜 수 있어."

경진이는 말없이 고개를 끄덕이고는 다시 이불을 덮고 누웠다. 나는 경진이의 흐느낌을 모른 척했다. 아무렇지 않은 건 아니었지만 그런 척했다. 경진이가 무너지는 지금 이 순간을 나도 겪어 봤기에 쉽지 않은 일이었다. 하지만 이 시간이 지나면 경진이도 단단해 지리라는 걸 모르지 않았다. 굳은살 안에 자리 잡은 흉터가 오래오래 사라지지 않으리라는 것도.

월급이 인상되었다. 적금 들고 학원비 내고도 여유 있는 생활이 가능할 정도의 돈이었다.

"야, 근디 이거 회사가 나쁜 거 맞지?"

"뭐가? 나는 월급 올리 준 게 좋기만 허다."

"아, 그동안 최소한 줘야 되는 돈을 덜 주다가 들켜서 올린 거라잖아."

"야, 들켜도 배 째라고 안 주믄 땡인디. 그리도 반성허겄다고 허고 확 올리 줬잖어. 그것이 어디 쉰 일이겄냐? 한두 사람도 아니고."

"아니, 그건 그런데, 그럼 여태 안 준 거도 다 줘야 하는 거 아닌가 해서."

"야, 뭐 언제부터 우덜이 당연히 받을 거 또박또박 받어 감서 살 수 있었던 세상였냐, 이 세상이? 안 뺏어 가믄 다행이지. 괜히 시끄럽게 굴어서 올려 준 거 도로 **뺏기지나 말어**."

"하긴 니 말이 맞다. 피를 나눈 식구들도 뭐 더 뺏어갈 거 없나 하고 덤비는데, 피 한 방울 안 섞인 남이야 말할 것도 없지."

"다른 회사들은 노동조합이 있어서 이런 것도 잘 따지고 한다는데, 우리 회사는 왜 노조가 없을까?"

"야, 노조에 노자도 꺼내지 마. 이 회사는 노조라는 말만 꺼내도 짤린댜. 기껏 월급도 올랐는디 회사 짤리고 낙동강 오리알 신세 된 다음에 땅 치고 후회허지나 말고."

"야야, 전체 조회 늦겠다. 밥 다 먹었으면 얼른얼른 식판 갖다 두고 대강당이나 가자."

대강당에는 이미 많은 사원이 반별로 줄을 맞춰 서 있었다. 곧이어 익숙한 전주가 흘러나왔다. 직원들은 한목소리로 사가를 불렀다. '우리는 한 가족'이라는 후렴구에서 나는 어느 때보다 힘차게 소리를 내질렀다. 월급도 올랐으니 두툼한 겨울 외투나 장만해야겠다고 생각하면서.

전국에서 중학생 후배들이 올라왔다. 우리 실원이 된 성례는 늘 무표정에 말이 없다가 가끔 엉뚱한 말을 한마디씩 내뱉어 우리를 당황하게 했다. 하지만 방 사람들 누구도 성례를 탓하지 않았다. 성례에게도 이곳이 익숙해지기까지 시간이 필요할 테니. 주어진 시간이 같아도 견디는 방법은 제각각이었다.

혼자서 자취생활을 하면서 끼니를 잘 챙겨 먹지 않은 학원 부기 선생님이 폐결핵 진단을 받아 입원했다. 선생님 아버지는 선생님이 입원한 사이 달동네 자취방을 내놓고 짐도 다 빼 버렸다. 학원도 그만두게 했다. 선생님 아버지는 아들이 처음부터 가리봉에서 학원 강사하는 걸 반대했단다. 선생님이 밤늦게까지 산업체 학생들 수업해 줄 강사를 구하기 힘든 형편을 알고 건강이 좋지 않은데도 고집을 피우다 병까지 얻은 거라는 말은 소문을 통해 들었다. 부기 2급 시험을 봐야 해서 공업부기도 시작해야 하는데, 가리봉에 심야반 부기 수업하는 다른 학원은 없는데. 작업 중에도, 밥을 먹다가도 수시로 선생님 얼굴이 아른거리는데……. 선생님은 연락조차 되지 않았다. 우리 얼굴을 보면 선생님 마음만 약해진다며 선생님 아버지는 선생님이 입원한 병원조차 알려 주지 않았다. 잠을 자려고 누우면 손가락 끝이 저리고 몸이 땅속으로 꺼져 드는 것 같았다. 나는 일부러 공부에 더 열을 올렸다. 공업부기 문제집을 사서 혼자 공부해 보았지만, 재공품, 반제품, 간접비 등 용어마저 낯설었다.

입춘이 지나고도 성난 바람은 누그러질 기미가 없었다. 일요일 아침부터 물기를 잔뜩 머금은 눈발이 무겁게 뚝뚝 떨어졌다.

"119호실 김민주, 면회 왔습니다. 119호실 김민주, 김민주 면회 왔습니다."

목욕탕에서 빨래하던 나는 사감실로 뛰어갔다.

"사감님, 금방 저 말씀허신 거 맞대요?"

"그래, 민주야, 너 면회 왔다. 옷 입고 경비실로 나가 봐라."

면회를 올 사람이 없는데. 나는 빨래하다 만 것도 잊고 방에 가 외투를 걸치고 나왔다. 진눈깨비로 변한 눈은 시멘트 공장 마당에 닿자마자 형태를 잃었다. 경비실 앞에는 갈색 빵모자를 눌러쓴 키 큰 남자가 두툼한 종이봉투를 품에 꼭 껴안고 서 있었다. 우산도 받지 않은 남자의 어깨가 축축하게 젖어 들었다.

"민주야, 안녕. 잘 지냈니?"

"선생님, 어떻게 오셨대요? 몸은 괜찮으신 거래요?"

사라졌던 학원 부기 선생님이었다. 선생님은 그새 더 야위어 있었다. 일요일이라 면회실로 사용되던 휴게실 문이 잠겨 선생님과 나는 공장 앞 분식집으로 갔다. 선생님은 아직 몸이 다 회복되지 않아 곧 다시 집으로 돌아가야 한다고 했다. 선생님이 들고 있던 봉투를 내밀었다. 봉투에는 공업부기 문제집 한 권과 카세트테이프 열두 개가 들어 있었다.

"이게 다 뭐래요? 공업부기 문제집은 저도 샀어요."

"이건 내가 이 문제집에 나오는 문제 풀이 녹음한 거야. 오디오에 마이크 연결해서 한 문제도 안 빼고 다했어."

"이걸 다 녹음을 허셨다고요? 몸도 안 좋으시면서……."

"내가 너 학원 다니게 해 놓고는 끝까지 책임도 못 진 게 미안해서 고민하다가 이렇게라도 해야 내 맘이 편할 것 같더라고. 문제 풀이하면서 이론 설명도 다 곁들였으니까 이해하는 데 도움이 좀 될 거야. 공업부기가 혼자 공부하기는 좀 힘들거든."

나는 가리봉역까지 배웅하겠다고 했지만 선생님은 테이프가 눈에 젖어 고장 난다며 먼저 들어가라고 했다. 선생님은 꽃이 피면 다시 면회를 오겠다면서 그때는 꼭 2급 부기 자격증을 보여 달라고 했다. 나는 긴 다리로 성큼성큼 걸어가는 선생님 뒷모습을 보면서 빨리 커서 선생님이랑 결혼해야겠다고 다짐했다.

방에 들어와 1번 테이프를 카세트에 넣고 재생 버튼을 눌렀다. 첫 장 문제 풀이에 앞서 용어 설명이 시작되었다. 공업부기는 계정 간 이동이 가장 어려웠다. 녹음된 선생님 목소리는 계정 이동 과정을 <목장길 따라>라는 곡으로 개사해 부르고 있었다.

'재료비 계정, 노무비 계정, 경비 계정은 소비액 대변, 소비액 들은 원가 계산해 제품은 재공품, 간접은 제간, 간접비는 재공품 계정 차변으로 갑니다. 재공품 계정 대변에는 단기 완성품 산출, 단기 완성품 제품 계정에…….'

직업훈련소 교육을 마치고 온 후배에게 프레스 자리를 내주고 나는 고리 제작 재봉틀 앞으로 옮겼다. 드디어 나도 앉아서 일하게 되었다. 진행표를 받아 재단 반에 가서 번호를 보고 원단을 찾아냈다. 무늬를 맞춰 접은 원단을 무시무시한 재단 칼을 이용해 2.5cm 간격으로 잘랐다. 실 창고에서 원단 번호와 같은 번호의 실을 찾아 재봉틀에 끼우고 쌍침기로 양 끝을 박아 고리 모양을 만들었다. 만들어진 고리는 기계가 알아서 정해진 길이로 잘라 재봉틀 앞 상자에 떨궜다. 그럼 고리 부착 담당 언니들이 그 상자를 가져다가 바지 허릿단에 고리를 달았다.

내 재봉틀은 자동기계라 그런지 금방 손에 익었다. 한 조각이 다 빨려 들어가기 전에 다음 원단을 겹쳐 넣기만 하면 재봉틀이 알아서 일했다. 원단이 이미 다 빨려 들어간 줄도 모르고 재봉틀 상판에 손을 얹은 채 한참 졸다가 눈을 뜨면 내 앞에서 조장 언니가 배를 잡고 웃고 서 있는 경우가 잦았다. 나는 잘라 온 원단 뭉치 아래

책이나 공책을 숨겨 놓고 공부하면서 재봉틀 발판을 밟았고, 진행표에 공책을 끼워 실 창고에서 실을 찾는 척하면서 5분씩, 10분씩 공부하다 나왔다. 공부할 시간이 부족한 나는 그렇게 틈틈이 작업 시간을 훔쳤다.

 매번 나를 긴장시키는 건 재단 칼로 원단을 자르는 일이었다. 2m 길이의 가느다란 칼날이 기계 몸통을 통과하면서 눈에 보이지 않을 정도로 빠르게 회전했다. 외부에 노출된 20cm가량의 칼날 부분에 두껍게 접은 원단을 밀면서 일정한 간격으로 잘라야 하는데 워낙 좁은 간격이라 칼날은 아슬아슬하게 내 손가락을 비껴갔다. 철사로 제작된 보호용 그물 장갑이 있었지만 너무 크고 무거워 거인의 손에나 맞을 것 같았다. 조장 언니에게 여러 번 주의를 받았지만 나는 늘 안전 장갑 없이 재단을 시도했다. 재단기는 작업대와 떨어진 뒤쪽에 있었기 때문에 조장 언니가 일부러 달려오지 않는 한 부속조에서는 보이지도 않았다.

 몸이 회복된 아버지가 잠실 주공아파트 경비원으로 취직했다. 24시간을 꼬박 근무하고 다음 날 아침에 퇴근한 아버지는 피곤할 텐데도 짬을 내 엄마랑 등산을 다녔다. 월급을 집에 가져오고부터 부모님이 다투는 횟수는 눈에 띄게 줄었다. 엄마는 식구들이 출근하고 나면 새로 산 세탁기에 빨래를 넣어 돌렸다. 모든 게 순조로웠다. 대문 위를 뒤덮은 덩굴장미 꽃봉오리마저 터질 듯 살이 올랐다.

 시험 때마다 그랬듯 나는 중간고사가 치러지는 동안 잠을 거의 자지 않고 일주일째 버티는 중이었다. 노랗게 변한 얼굴이 꽃밭인 양 붉은 뾰두라지가 만발했다. 기숙사 소등 후엔 새벽까지 촛불을 켜고 앉아 책을 보다가 잠깐 잠이 들면 빵점 맞는 꿈을 꾸다 일어나 다시 기상 시간이 될 때까지 시험공부를 했다. 구내식당에서 아침을 먹다가, 실 창고에서 실을 찾다가, 화장실 변기에 앉아, 재봉틀에 원단을 밀어 넣다가, 나는 졸았다. 아니, 잠을 잤다. 재단 반에 가 원단을 접어 들고 졸면서 걷다가 원단이 쏟아졌다. 나는 재단 반으로 돌아가 재단대에 원단을 펼쳐 다시 접어 돌아왔다. 재단 칼 스위치를 켰다. '위잉' 소리를 내며 칼날이 돌았다.

눈을 똑바로 뜨고 칼을 보았지만 자꾸만 내려오는 눈꺼풀을 힘겹게 밀어 올리고 나면 칼은 어느새 눈앞에 바짝 다가와 있었다. 어느 순간 날카로운 통증에 나도 모르게 소리를 질렀다. 잠이 줄행랑쳤다. 오른손 검지에서 피가 뿜어져 나왔다. 통증을 느끼자마자 손을 뗐는데도 검지 손톱이 삼분의 일가량 갈라졌다. 사람들이 달려왔다. 가로가 아니라 세로로 베어 다행히 내 손가락은 잘리지 않았다.

의무실에서 처치를 받고 손가락에 붕대를 감았다. 사감은 학교에 가지 말라고 했지만 마지막 시험이 남아 있었다. 나는 방으로 돌아가 학교에 갈 때까지 책을 꺼내 놓고 시험공부를 했다. 통증 때문에 졸리지 않아 좋았다.

얼마 전 프레스에 손이 깔린 직원은 화상 상처가 낫도록 한 달 정도 기숙사에서 쉬었다. 하지만 손에 붕대를 감긴 했어도 다친 손가락이 하나뿐인 나는 현장 작업에 그대로 투입되었다. 재단반 아저씨가 원단을 대신 재단해 주었다. 붕대는 매일 점심시간마다 의무실에 가 새로 갈았지만 재봉틀 앞에 앉아 30분만 지나면 원단 먼지가 끼어 다시 새까매졌다. 손가락이 불편해 오른손 자세를 바꿔야 했다. 검지 밑 손바닥에 힘이 잔뜩 들어갔다. 다친 손가락에 새살이 오르고 상처가 아무는 사이 손바닥에는 까맣게 작은 점들이 생겨났다. 처음엔 그냥 무시했지만 작고 까만 점은 숫자를 늘리더니 쿡쿡 쑤시기까지 했다.

"야야, 이거 티눈이다 아이가, 벌써 시커멓다니. 뿌리다, 뿌리. 퍼뜩 안 파내믄 니 손모가지 못쓰게 된다니. 어렵다는 부기 2급도 한 번에 턱 붙는 아가 왜사 이리 멍충하나?"

동기가 겁을 줬다. 나는 손톱깎이로 점이 보이는 부분의 살을 뜯어내 보았다. 피가 나게 뜯었는데도 까만 점은 없어지지 않았다. 문구용 칼을 소독약으로 닦아 상처에 댔다. 무서웠다. 눈을 감고 숨을 참았다. 왼손에 힘을 주고 칼을 살에 박았다. 눈을 뜨고 이를 악물었다. 피가 많이 나 점이 보이지 않았지만 나는 티눈이 있던 자리의 살을 파냈다. 지켜보던 진실이가 비명을 지르며 고개를 돌렸다. 수건으로 눌러 지혈하고 약국에서 사 온 소독약을 바르고 반창고를 붙였다. 다음 날 소독이나 받으려고 의무실로 가 상처를 보였다. 양호 선생은 나보고 천하제일의 똥멍청이라고 했다. 티눈은 약을 바르고 티눈 파스만 붙이고 있으면 알아서 떨어지는 거란다. 파상풍 걸리지 않게 매일 와서 소독을 받아야 한다고 당부하면서도 계속 혀를 찼다.

방
밖
의
방

우수한 성적으로 학교를 졸업한 선배들은 그대로 공장에 남았다. 졸업생 중 두 명만이 방송통신대학교에 진학했을 뿐 더 좋은 직장으로 이직한 선배는 없었다.

"순덕 언니, 언니는 방통대 졸업하면 뭐 할 거예요?"

웃는 모습이 부처를 닮은 순덕 언니는 유정물산이 알아주는 예수쟁이였다. 방통대에 진학한 순덕 언니는 밤마다 도서실에서 공부했다.

"뭐하긴 인석아, 성실하게 돈 벌어 믿음 안에서 신실한 사람 만나 결혼해야지."

"그다음에는요?"

"그다음은 무슨 그다음이야, 아이 낳아 믿음으로 잘 키워야지."

"너무 허무허네요. 그냥 공장서 일허다 그냥 시집가고 또 애 키우고, 그게 뭐래요? 언니는 하고 싶은 것도 없어요? 그렇게 공부를 잘했는데……."

"예수님을 만나지 못한 모든 인생은 허무한 거야. 그래서 사람은 누구나 예수님을 만나야 하는 거고. 예수님을 영접하는 순간 모든 인생은 비로소 가치가 생기거든."

설교가 시작되었다.

"아, 맞다. 나 탈수기에 빨래 넣어 놓고 까먹었네."

나는 핑계를 대고 냉큼 도서실을 빠져나오며 내 미래에 대해 생각했다. 내가 아무리 열심히 공부하고 자격증을 취득해도 공장에 있는 한 나는 여전히 공순이로 늙어 죽을 것 같았다. 그렇다면 결론은 하나였다. 모든 수단을 동원해 하루빨리 이 공장을 탈출하는 것. 하지만 산업체 학교는 소속 기업의 퇴사 동의서가 있어야만 퇴학당하지 않았다. 유정물산은 절대로 동의서를 써 주지 않는다는 게 문제였다. 작년에 퇴사한 선배 언니도 동의서를 받지 못해 끝내 퇴학당했다. 최악의 경우 검정고시를 치를 각오를 해야 했다. 하지만, 이왕이면 3년 교육 과정을 잘 마무리하고 싶었다. 사무실로 가 담당자에게 동의서 얘기를 꺼냈다. 담당자는 안 된다는 한마디로 내 부탁을 뭉갰다.

내가 퇴사하려고 한다는 소문이 하의반뿐만 아니라 상의반, 재단반까지 다 퍼졌다. 나는 사흘이 멀다고 사무실을 찾아가 동의서를 써 달라고 졸랐다. 학원 문제처럼 될 때까지 데모라도 해 보자는 심산이었다. 주말에 외출 나간 동기가 두어 달 전에 출범했다는 한총련 시위대와 맞닥뜨려 매캐한 화약 냄새를 묻히고 기숙사로 돌아왔다. 나도 화염병이라도 만들어야 하나 고민했지만, 나는 화염병을 만드는 방법은커녕 구경조차 한 적이 없었다. 나만의 방법을 찾아야 했다.

여름방학이 다 끝나가도록 동의서는 받지 못했다. 개학 전에 동의서를 써 주지 않으면 할 수 없이 검정고시를 볼 생각이었다. 하지만 개학일이 다가올수록 마음은 급해졌고 산업체 고등학교도 졸업 못할 생각을 하니 억울했다. 이틀에 한번씩 사무실에 찾아가 소란을 피웠다. 이쯤 되면 나도 이판사판 공장판이었다. 현장에서 나와 마주친 외삼촌이 한숨을 쉬고 지나갔다. 나 때문에 아무래도 곤란을 겪는 모양이었다. 쌤통이었다.

개학이 하루 앞으로 다가왔다. 마지막으로 한번만 더 찾아가 보고 이제 그만하자고 마음을 다졌다. 나는 비장한 마음으로 미용실에 갔다. 경건한 의식이 필요했다.

"머리, 거지같이 잘라 주세요."

미용사는 솜씨가 훌륭했다. 잘린 머리는 거지 같았다. 가위로 자른 게 아니라 쥐어 뜯어놓은 것처럼. 내가 기숙사로 들어오는 걸 본 아이들이 한마디씩 하고 지나갔다.

"쟈가 드디어 정신을 놔 버렸네."

"방학 동안 살도 확 빠져서, 해골이 따로 없네."

잠을 못 자 방학 동안 살이 8kg이나 빠졌다. 얼굴엔 광대뼈가 도드라졌다. 다음날 나는 네 시에 재단반에 가는 척하고 현장을 빠져나갔다. 아직 학교에 가려면 40분이나 시간이 더 남아 있었다. 마침 오늘 생산 실적은 형편없었다. 나는 기숙사로 몰래 들어가 교복으로 갈아입었다. 고민 끝에 선택한 시위복이었다. 실패하면 이제 영영 입지 못할 옷이 될 수도 있었다. 곧장 사무실로 학생 담당자를 찾아갔다.

"오늘은 무슨 일이 있어도 동의서 받아야겠어요."

"안 돼. 몇 번을 말해."

"사람이 죽어도요?"

나는 가방을 벗어 던지고 그대로 사무실 바닥에 드러누웠다. 내가 낼 수 있는 가장 거칠고 큰 성량을 뽑아내 울었다. 동의서를 써주지 않으면 도로로 달려 나가 죽어버리겠다고 소리쳤다. 공장장이 나왔고 사무실 직원들이 몰려왔다. 계획한 대로였다. 더 큰 소

민주의 방

란이 필요했다. 나는 눈앞에서 맹수에게 새끼를 빼앗긴 짐승처럼 포효했다.

"오 과장, 빨리 해결해. 본사 사람들 올 시간이잖아. 이게 다 무슨 난리야?"

"막무가내인데 어떡해요?"

"아, 그 동의선가 뭔가 그냥 한 장 써 줘!"

"네? 아, 그게 그렇게 간단한 문제가 아니라서, 저."

"얼른! 시간 없어. 안 그래도 오늘 분위기 어떨지 알잖아?"

잠시 망설이던 담당자가 A4 용지를 두 번 접더니 자도 대지 않고 네 조각으로 잘랐다. 잘라낸 종이에 볼펜으로 내 이름과 회사명을 적고는 '퇴사 후에도 학교에 계속 다니는 것에 동의합니다.'라고 적었다. 심장이 쿵쾅대다 못해 폭발할 것 같았다. 담당자는 글씨 아래에 날짜와 회사명을 적더니 그 옆에 직인을 찍었다. 종이의 찢어진 가장자리가 비뚤비뚤했다. 나는 눈물을 딱 그치고 동의서를 반으로 접어 가슴에 품었다. 동의서를 쥔 손에 힘을 잔뜩 주고 허리를 굽혀 최대한 공손하게 인사하고 사무실을 나왔다. 동의서가 나비처럼 내 품에서 날아가 버릴까 봐 두려웠다. 다리가 후들거려 공장 마당에 주저앉았다. 햇볕에 달궈진 시멘트 바닥이 따뜻했다. 눈을 들어보니 현장을 나온 아이들이 푸른 작업복 차림을 하고 기숙사를 향해 달리고 있었다. 바야흐로 학생으로 변신할 타이밍이었다. 방학이 끝났다.

"인석아, 너 방학 때 무슨 일 있었구나? 몰골이 왜 그 모양이니?"

나는 말없이 동의서를 선생님 책상에 내려놓았다. 담임이 동의서와 내 얼굴을 번갈아 보았다. 나는 선생님을 향해 웃고 싶었지만 생각과 달리 눈물이 흘렀다.

"교무주임 선생님, 민주가 유정물산에서 퇴사 동의서 받아왔는데요?"

"설마요, 유정물산에서 동의서를 써 줄 리가 없잖아요. 이 녀석, 너 동의서 위조하고 그럼 진짜 큰일 난다."

"직인 찍혔는데요?"

교무실 선생님들이 몰려와 내가 들고 온 동의서를 구경했다. 교무주임이 어디론가 전화를 걸었다. 나한테 동의서를 써 준 게 맞는지 확인하는 걸 보니 유정물산 담당자와 통화하는 것 같았다. 교무주임은 전화를 끊더니 다시 다가와 동의서를 손에 들고 바라봤다.

"이왕 써 줄 거 타자기로 깨끗이 쳐서 줄 것이지. 찢어진 종이 쪼가리에 이게 뭐라니? 명색이 대기업 체면이 있지."

그건 선생님이 뭘 몰라서 하는 소리다. 타자기에 종이를 끼우는 사이 담당자 맘이 바뀔 수도 있는 일 아닌가. 교무주임은 동의서를 담임 책상에 내려놓고 내 머리를 한번 쓰다듬더니 자리로 돌아갔다.

"하이고, 결국 이렇게 써 줄 것을, 그동안 관둔 애들 학교도 못 다니게 하더니, 참!"

짐을 싸고 2층에 올라가 영주 언니한테 인사를 하고 돌아와 남은 양초를 경진이한테 넘겼다.

"나처럼 새벽에 들켜서 맨발로 기숙사 밖으로 쫓겨나지 말고, 조심혀서 써."

한겨울밤 추위에 떨던 일이 까마득한 옛일처럼 느껴졌다. 지난 겨울, 나는 소등시간 이후 화장실 변기 뚜껑을 내리고 앉아 책을 보다가 추위를 참지 못하고 이튿날 양초를 사 왔다. 아이들이 다 잠들고 나면 촛불을 켜고 앉아 공부하다가 복도에서 사감 슬리퍼 끄는 소리가 들리면 얼른 불을 끄고 자는 척하길 밤새워 반복했다. 그런데 그날은 사감이 슬리퍼를 손에 들고 도둑고양이처럼 까치발을 하고 우리 방까지 와서 문을 열어 버린 것이다. 내부 고발자가 있었던 게 분명했다. 사감은 화가 나서 새벽 네 시가 넘었다는 사실도 잊고 소리를 질러 댔다. 놀라 깬 2층 층장 언니가 다녀가고도 사감은 분이 가시지 않는지 그대로 나를 밖으로 내쫓고는 현관문을 안에서 잠갔다. 얇은 잠옷에 양말도 신지 않은 나는 유리문 안쪽에서 팔짱을 끼고 나를 노려보는 사감을 향해 두 손을 싹싹 빌었다. 시멘트 바닥은 이미 서리가 하얗게 내려앉은 상태였다. 나는 발바닥이 시멘트 바닥에 들러붙지 않게 하려고 제자리에서 뜀박질하며 오두방정을 떨었다. 잠깐잠깐 발이 바닥에 닿을 때마다 굳은살이 박인 발바닥이 찢어지는 것처럼 아팠다. 사감은 팔을 풀고 사감실로 들어갔다. 나는 바닥에 쭈그리고 앉아 팔로 다리를 껴안았다가 발등을 문지르다가 손으로 엉덩이를 비비면서 울었다. 젖은 볼이 꽝꽝 얼어붙는 것 같아 우는 걸 포기했다.

사감이 동트기 전에 나를 안으로 들인 덕에 동사는 면했다. 감기 걸려 현장 작업에 지장을 주면 가만두지 않겠다는 엄포도 잊지 않앉다. 몇 시간은 추위에 떨면서 견딘 것 같았는데 찬물에 발을 씻고 흙 묻은 복도까지 닦고 방에 돌아와 시계를 보니 고작 40여 분이 지나 있을 뿐이었다. 귀신이 곡할 노릇이란 말은 그럴 때 쓰라고 있는 것이었다.

"너 없으면 혼자 촛불 켜고 책 볼 일도 없지."

말은 그렇게 하면서도 경진이는 내가 준 초를 소중히 편지 봉투에 담아 옷장 안의 옷장인 반닫이에 넣었다. 그러더니 뒤돌아 조용히 작업복을 갈아입고 나갔다. 끝내 얼굴을 보여 주지 않아 경진이의 표정은 알 수 없었다.

"그동안 내가 미워서 너한테 모질게 대한 거 아니야. 민주 너도 알지? 공부 열심히 해서 네가 가고 싶다던 대학도 꼭 가고 훌륭한 사람 돼라. 넌 할 수 있을 거야. 그리고 기숙사에 놀러도 오고. 그때는 내가 맛있는 것도 사 주고 할 테니까."

사감은 사람 좋은 얼굴로 나를 안아주었다. 사감 품이 포근해서 낯설었다. 놀랍게도 사감 눈에는 눈물까지 맺혀 있었다. 나는 처음으로 사감이라는 사람이 궁금해졌다. 사감님은 왜 환갑이 다 되도록 가족도 없이 수백 명의 소녀들과 이 기숙사에서 사는 걸까. 모르긴 해도 내 사연보다 가벼울 것 같지 않았다. 조금 미안해졌다.

마지막 짐 가방을 들고 회사 운동장을 걷다가 사무실에서 나오는 외삼촌과 마주쳤다. 고개만 까딱했다. 까딱도 하고 싶지 않았지만 사감이 따라 나와 마지못해 고개를 숙인 것이었다.

"결국 가니? 아, 정말 나는 너한테 두 손 두 발 다 들었다. 항복이

다. 항복. 그렇게 난리를 쳤으니까 서울대라도 가겠구나?"

외삼촌이 쌩하고 재단반 방향으로 사라졌다.

"주임님이 회사에서 입장이 좀 그런가 보더라. 이해해라. 네가 미워서 그러시겠니."

삼촌이나 나나 누굴 미워해야 할지 모른다는 건 똑같았다.

집으로 돌아온 나는 파란 죄수복에서 벗어난 자유를 맘껏 누리고 싶었다. 언니, 동생과 함께 방을 쓰는 걸 포기하고 먼지가 부옇게 쌓인 다락방을 청소했다. 밤새 백열등을 켜고 책을 보아도 눈치 볼 사람이 없었다.

"민주 너는 인자 어쩔 참이여? 언능 또 일을 알어 보얄 거 아니다냐?"

"하이고 엄마, 숨이나 돌리거든 말혀. 공장 관둔 지 얼매나 되얐다고 벌써 보챈댜."

"아 그른게 그 존 회사를 멋 헌다고 홀라당 때려치니라고 그린가 몰르것다. 외삼촌까지 그르케 꺽정시럽게 만들어감서."

그 좋은 회사가 유정물산을 두고 하는 말이 맞나 생각하느라 나는 선뜻 대답하지 못했다. 나도 언제까지 이렇게 세월아 네월아 하면서 쉴 생각은 아니었다. 어차피 퇴사하고 한 달 안에 재취업 증명서를 제출하지 못하면 퇴학이었다. 죽기 살기로 받아낸 동의서가 아무 의무 없는 종이 쪼가리가 되도록 내버려 둘 수는 없었다.

밥을 먹고 일단 동네 골목을 돌아다니며 구인·구직 광고가 실린 교차로를 찾았다. 다락방에 돌아와 구미가 당기는 광고란에 볼펜으로 동그라미 표시를 해 놓았다. 공장은 제외였다. 동그라미가 얼추 열 개 정도 되었을 때 안방으로 내려와 전화기를 끌어당겼다. 막상 구직하려니 선뜻 내키지 않았다.

'당장 내일부터 나오라는 건 아니겠지. 쉰 김에 며칠 더 놀다가 알아 볼까. 차라리 아무도 전화를 받지 말아라…….'

신호가 가기 무섭게 상대가 전화를 받았다. 나이와 일 년 반 남짓 유정물산 근무 경력을 말했다. 언제부터 나올 수 있냐고 묻더니 내가 야간 고등학교에 가야 해서 늦어도 다섯 시에는 직장에서 나와야 한다니까 어렵겠다고 했다. 학교에 가려면 다섯 시에 일이 끝나도 지각을 면하기 힘들 거리인데 대부분 저녁 여섯 시도 모자라 일곱 시, 여덟 시나 되어야 퇴근이란다. 거리 때문에 집 근처에서 직장을 구하는 건 힘들었다.

학교에 오니 다섯 시가 조금 넘었다. 교실에는 고등학교 교무실에서 사환 일을 하는 현지가 혼자서 만화책을 보고 있었다. 그제야 나는 무언가로 뒤통수를 세게 얻어맞은 것 같았다.

'아, 내가 왜 여태 그 생각을 못했지. 그래 사환이야, 사환! 내가 갈 직장은 다른 어떤 곳도 아니고 바로 학교였어. 여태껏 사환 할 생각조차 못했다니, 내가 이렇게 한심한 인간이었나.'

"현지야, 안녕."

"어, 민주 너 유정물산 관뒀다더니 학교 일찍 왔네?"

"어, 그래서 말인디, 나도 너마냥 학교 사환으로 취직을 좀 혔으믄 쓰겄어. 니가 좀 알어 봐 주믄 안 되겄냐?"

"야, 사환 자리가 어디 쉽겠니? 나도 먼 친척이 소개해 줘서 일하고는 있지만, 특별학급 애들이 한번 들어가면 절대 관두질 않으니까 빈자리 찾기가 하늘의 별 따기지."

부산 출신 현지는 깔끔하게 서울말을 썼다. 아차 싶었다.

"혹시 내가 사투리 써서 그래? 나 사투리 안 쓰고 말 잘해. 봐, 그치? 그니까 그건 하나도 걱정 안 해도 돼에."

"누가 사투리 때문에 그러나……."

"너는 학교서 몇 시에 일 끝나?"

"네 시."

"뭐어, 네 시? 얼레, 그렇게 빨리 끝나? 진짜 좋겠다."

"나도 유풍에서 모자만 만들다가 학교 갔잖아. 천국이 따로 없더라."

"아무튼 진짜 미안한데에, 여기저기 알아 볼 수 있으면 좀 알아 봐 줘어."

"그러긴 하겠는데……."

현지는 말끝을 흐렸다. 나는 2학년에 사환으로 일하는 아이들을 수소문했다. 세 명이 더 있었다. 한 명씩 찾아가서 서울말로 일자리를 부탁해 놓았지만 다들 반응이 현지와 비슷했다. 그런 부탁을 하는 아이들이 많은 것 같았다. 그러거나 말거나 나는 이미 머릿속으로는 사환이 되어 있었다. 다른 직업은 내 고려 대상이 될 수 없었다.

"나, 학교 사환으로 일허기로 혔어."

아침을 먹다 말고 나는 내 결심을 가족들에게 밝혔다.

"얼레, 그려? 어뜨케 그른 자리를 다 얻었디야? 재주도 좋다. 잘혔다. 아무리도 공장보담은 학교 선상님들한티가 더 배울 점이 많것지. 그래서 언지부텀 나오라는디?"

"아니. 아직 자리가 난 것은 아닌디, 여그저그 말혀 놨은게 인자 쫌 있으믄 자리가 나것지."

"야가, 야가 시상 편헌 소리허고 자빠졌네. 그런 것이 어디 막 니 맘대로다가 되는 것이가니? 하이고, 철딱서니 없는녀르 가시내. 그른게 앞날은 내다보도 않고 공장부텀 때려쳤겄지."

"나도 알아 볼게, 방통대 스터디 모임 하는 사람들한테도 얘기해 보고."

"어, 언니. 근디, 이 근처 학교로 알어 볼라믄 늦어도 네 시에는 일이 끝나야 혀. 학교 늦으면 안 된게."

다섯 시에 일이 끝나도 얼추 지각하지 않게 갈 수 있을 것 같았지만 현지보다 늦게까지 일하고 싶지 않았다.

경진이가 우리 반 교실로 들어왔다.

"민주야. 나도 회사 관둘까?"

"……."

"너도 없고, 상희는 교회만 다니고, 기숙사에 얘기할 사람이 없어."

상희는 작업 중 사고로 손을 다쳤었다. 다행히 손은 회복되었지만 명절에 고향에 다녀온 후 한동안 힘들어 하더니 갑자기 신의 계시라도 받은 것처럼 종교활동에 전념했다. 밝아진 상희 얼굴을 보고 내심 안심이 되긴 했었다. 종교가 무엇인지 알 수 없었지만 상희에게 구원이 된 것은 분명해 보였다.

"동의서는? 이제 다 써 주기로 헌 거래?"

"그런 거 같아. 어제 105호에 1학년 지은이 있잖아, 걔 동의서 받고 관뒀대. 친척 집으로 들어가기로 했나 봐."

"하긴, 나 써 줬으니까, 딴 사람들 안 써 주기도 그리겄지."

잘된 일이었다. 하지만 담당자를 찾아가 온갖 비난을 듣고, 비굴하게 매달린 기간이 두 달이 넘었다. 무엇보다 나는 혼자였다. 밥도 잘 못 먹고 밤잠을 설치며 악몽에 시달렸다. 후배가 쉽게 동의서를 받았다는 말에 나는 마음이 썩 개운치 않았다. 기분이 나쁜 것과는 조금 다른 감정이었는데 정확히 설명할 수 없어 경진이한테는 내색하지 않았다. 경진이는 며칠 안 가 기어이 퇴사를 감행했다.

아침 일찍 교복을 입고 경진이네 집으로 갔다. 방 한 칸, 부엌 한 칸이 전부인 경진이네 집은 낮인데도 볕이 들지 않아 집안이 어두웠다. 우리는 형광등 아래서 골목에서 걸어 온 교차로를 앞에 두고 심층분석에 돌입했다. 양말을 판매하는 사무실을 찾아가 보기로 했다. 양말 판매를 하는 일은 맘에 안 들었지만 수당이 월등히 높았다.

우리는 분식집에서 김밥으로 배를 채우고 나서 사무실 위치를 가늠하며 영등포 뒷골목을 헤맸다. 가다가 찾지 못해 결국 다시 전화를 걸었고 그쪽에서 위치를 묻고는 공중전화가 있는 곳으로 우리를 데리러 나왔다. 스무 살을 갓 넘긴 듯한 그는 능바우 담배 덕장에서나 맡을 법한 찌든 냄새를 풍겼다.

"혹시 교복 입으면 안 되나요?"

"아냐. 오히려 교복 입고 다니는 게 더 좋지."

나이 차이가 그리 많이 나 보이지도 않는데 대뜸 반말이었다.

"어차피 최대한 불쌍해 보여야 하니까. 학교도 제대로 못 나가고 그렇게 돌아다닌다고 하면 더 잘 사 줄걸."

"양말을 어디로 돌아다니면서 팔아요?"

"응. 식당 같은 데로 다니면서 불쌍한 척하면서 팔아 달라고 하는 거지."

경진이와 나는 눈을 마주쳤다. 직원은 한 허름한 건물의 녹슨 철제 계단을 오르기 시작했다. 우리가 주저하자 따라오라고 손짓했다.

"저기 4층, 여기서 아침에 물건 받아서 밖으로 다니면서 파는 거야."

문은 열려 있었고 문 앞 계단 끝에는 여기저기 짧아진 담배꽁초가 어지럽게 널려 있었다. 직원이 안으로 들어갔다. 눈에 보이는 건 깊은 어둠뿐이었다. 열린 문으로 담배 연기가 뭉텅뭉텅 빠져나왔다. 어둠이 익숙해질 때까지 우리는 안으로 들어가지 않고 그대로 문밖에 서서 담배 냄새를 고스란히 맡았다. 시야가 트이고 내부가 조금씩 선명해졌다. 우리 또래로 보이는 남자아이 예닐곱 명이 여기저기 무더기로 쌓인 양말 묶음 옆에 앉아 담배를 입에 물고 나와 경진이를 바라보았다. 경진이는 이미 잔뜩 겁먹은 표정이었다.

거울이 없어 확신할 순 없지만 아마 나도 다르지 않았을 것이다.

안에는 의자가 따로 없어 우리는 선 채로 설명을 들었다. 두 명씩 짝을 지어 양말을 가지고 나가서 팔고, 관리 직원 한 명이 근처에서 지켜보면서 사람들이 우리에게 해코지를 못하도록 '지켜 준다'고 했다. '우리는 부모님은 안 계시고 할머니나 동생이 많이 아파서 병원에 있는데 당장 병원비가 없어 이렇게 여러분들에게 도움을 청하러 나온 것이다.'라고 말하면서 양말 꾸러미를 사람들 앞에 내밀면 된다고 했다. 말을 할 때 가능하면 울먹이는 것이 효과가 좋다고 덧붙였다. 나는 양말을 하나 집어 들고 살펴보았다. 양말은 내가 신고 있는 것보다 질이 한참 떨어져 보였지만 족히 열 배가 넘게 책정된 가격 스티커가 붙어 있었다.

"너는 할머니, 너는 남동생으로 하자."

남자는 반쯤 타 들어 간 담배를 손가락에 끼운 채로 경진이와 나를 한 번씩 가리켰다.

"저는 할머니 안 계시는데요."

경진이가 들릴까 말까 한 목소리로 말했지만 남자는 용케 알아듣고 인상을 구겼다.

"야! 씨발 설정이지, 설정. 너 대가리 멋으로 달고 다니냐?"

남자가 소리를 빽 내지르는 통에 무서워진 나는 남동생이 없다는 말을 꿀꺽 삼켰다. 한쪽에서 키 작은 남자 아이 하나가 담배꽁초를 문밖으로 튕겨 내더니 가방에 양말 꾸러미를 챙겨 넣고는 두 남자와 함께 나갔다. 남자가 구겨진 인상을 풀고 흐뭇한 눈으로 키 작은 아이를 쳐다봤다.

"쟤 봐라. 저 새끼가 여기서 젤로 어리거든. 근데 일은 존나 잘해."

경진이가 내 팔을 잡았다. 잡은 손에 점점 더 강한 힘이 느껴졌다.

"일단 둘 다 전화번호 적고 오늘은 처음이니까 맛만 봐. 아니면 한 명씩 찢어져서 다른 사람 따라가 보는 것도 좋고."

"저어, 생각 좀 더 해 보면 안 될까요?"

"생각은 무슨 생각이야, 씨발. 내가 니들 기다리느라고 오늘 공사도 접고 저 앞까지 델러 나가기까지 했는데. 와, 이것들이 씨발 존나 뚜껑 열리게 하네."

"구팀장아, 내가 여자들한테는 좀 교양 있게 대하랬지."

안쪽에서 계속 지켜보던 남자가 말했다. 나이가 제일 많아 보였다. 나는 그 기회를 놓치지 않았다.

"아, 그럼 오늘은 전화번호 적어 놓고 낼 아침 일찍 나와서 낼부터 할게요. 오늘은 당장 일자리를 얻을지 몰라서 선생님하고 약속을 해서요. 그리고, 돈은 확실히 약속대로 주시는 거죠? 그건 꼭 지켜 주셔야 해요. 저희 정말 돈이 필요하거든요."

나는 일부러 돈 얘기를 강조했다.

"그럼, 일만 잘하면 더 줄 수도 있고. 원래는 첫날부터 다 일 시작하는데 내가 여자애들이라 한번 봐주는 거다. 그럼 전화번호 적고 내일 아홉 시까지 꼭 나와! 안 나오면 씨발 내가 지구 끝까지 잡으러 간다."

직원은 종이와 연필을 들이밀었다. 나는 경진이 손을 잡았다. 잡은 손에 힘줬다 뺐다를 두어 번 했다. 경진이가 따라 했다. 내가 먼저 나도 모르는 집 전화번호를 적었다. 직원이 학생증을 보자고 해서 어쩔 수 없이 이름은 그대로 적었다. 우리가 전화번호를 적고 나오려고 하자 직원이 함께 일하게 된 기념 선물이라고 양말을 몇 개 가져가라고 내밀었다. 나는 내일 와서 정식으로 일하고 떳떳하게 가져가겠다고 하고 경진이 팔을 잡고 나왔다. 금방이라도 남자들이 '텅텅텅텅' 발소리를 내며 철제 계단으로 따라올 것만 같았다. 우리는 계단을 내려오기 바쁘게 지하철역을 향해 뛰었다.

"하이고, 클 날 뻔 봤다야. 먼 깡패 소굴도 아니고, 그런 그지 같은 양말을 갖다가 동냥아치 짓을 시킬라고 근다냐. 사람을 뭘로 보고."

"근데, 민주야 그 사람들 진짜 우리 찾아오면 어쩌지?"

"야 먼 수로 우덜을 찾어 내겄냐? 학생증에는 주소도 안 나오고 그 사람들이 아는 거라고는 영등포여상 학생인 거 그거 하난디, 영등포여상은 어차피 영등포에 있잖여, 내가 그런 계산도 없이 학생증을 냅다 보여 줬겄냐?"

둘 다 주민등록증이 아직 안 나온 게 천만다행이었다. 우리는 학교 앞에까지 와서도 교복에 밴 담배 냄새를 없애느라 목동 아파트 주변을 한참 배회했다.

무직 상태로 계속 있을 수는 없었다. 재취업 기간인 한 달이 며칠 남지 않았다. 청바지를 만드는 언니네 공장에 임시 보조로 들어갔다. 일하지 않아도 재취업 증명서를 떼 줄 수 있다고 했지만, 적금을 유지하려면 돈이 필요했다. 일반 상업고등학교를 다니다 온 경진이는 생각보다 쉽게 취업이 되었다. 동네 교회 사무실에 일자리를 얻은 경진이는 일요일까지 출근하고 월요일에 쉬었다. 나도 경진이처럼 교회 사무실에서 일하고 싶었지만 찾아가는 교회마다 거절당했다.

언니네 공장은 유정물산처럼 컴퓨터 재봉틀이 없었다. 다 산업용 본봉기나 오버로크 기계였다. 오래 숙련된 기술자만 다룰 수 있는 것들이었다. 나는 쪽가위로 온종일 실밥을 따고 여기저기서 부르면 쫓아가 시키는 대로 원단을 날랐다. 공장이 유정물산 부속조보다 좁아 뛰어다닐 때 다른 사람 작업을 방해하지 않도록 주의해야 했다. 벽 쪽으로는 천장까지 원단과 작업물을 쌓아 놓는 바람에 열 수 있는 창문이 없었다. 손은 온통 시퍼렇게 원단 물이 들고 콧구멍은 먼지로 자주 막혔다. 그래도 큰오빠, 작은오빠에 언니까지 다니는 공장이라고 아무도 나를 함부로 대하지 않았다. 오히려 은주 동생이라며 수시로 간식이나 음료수를 가져다주는 통에 배가 꺼질 새가 없었다. 게다가 언니가 처음부터 네 시까지만 일할 수 있다고 말을 해 놓은 덕분에 네 시가 되면 집에 와서 씻고 학교에 갈 수 있었다. 물론, 월급도 유정물산보다 아주 많이 적었다.

큰오빠가 사귀던 언니와 살림을 나기로 했다. 결혼식은 나중으로 미루고 방을 한 칸 얻어야 했다. 아버지는 자식들 통장 잔액을 점검했다. 나는 새로 적금을 붓기 시작한 통장 말고도 유정에서 부었던 적금 통장 하나를 더 가지고 있었다. 만기까지 부은 300만 원과 이자까지 하나도 쓰지 않고 그대로였다. 두었다 대학 등록금으로 쓸 생각이었다. 아버지가 점심시간에 공장으로 찾아와 나는 서둘러 점심을 먹고 아버지를 따라 주택은행으로 갔다. 은행 언니가 돈을 내주자 아버지는 인심 쓰듯 3만 원을 내 손에 쥐어 주며 한마디 했다.

"쓰잘디기 없는 디로 다 까먹지 말고 애끼 써!"

은행 앞 인도에서는 내가 좋아하는 붕어빵을 천 원에 일곱 마리씩 팔았다. 나는 뚜벅뚜벅 걸어 내려가는 아버지 뒷모습과 붕어빵을 번갈아 쳐다보다가 그냥 공장을 향해 걸었다. 내년까지는 아직 시간이 남았으니 대학 등록금이야 다시 모으면 그만이었다. 거리에는 전깃줄이 엉킨, 가지 잘린 플라타너스가 앙상했다. 겨울도 머지않았는데 사환 자리는 감감무소식이었다. 서둘러 먹은 점심이 얹혔는지 명치께가 아렸다. 집에 일이 있을 때마다 돈을 내놓던 언니가 생각났다. 언니는 얼마나 오래 이런 체기를 달고 살았을까.

며칠 사이 날이 급격하게 추워졌다. 아침에 문을 열었을 때 하얗게 변해 버린 세상이 시리게 가슴을 파고드는 환희 따윈 없었다. 밤새 내린 눈은 이미 새벽을 사는 사람들에게 짓밟혀 거리를 온통 거대한 시궁창으로 만들었다. 방학인데도 나는 네 시면 작업대를 정리했다. 1분도 더 내 몸을 공장에 두고 싶지 않았다. 쪽가위와 초크를 너덜너덜해진 종이상자에 담고 작업하던 원단 덩어리를 언니한테 넘겼다. 그렇게 무료한 방학을 지나고 있을 때쯤 희소식이 들려왔다. 언니가 졸업한 방송통신고등학교 은사님으로부터 K고등학교에 사환 자리가 났다는 연락이 온 것이었다. 드디어 나도 사환을 할 수 있게 되었다.

　마지막 근무일, 점심시간에 주택은행 앞으로 가 붕어빵을 오천 원어치나 샀다. 불룩한 여러 개의 종이봉투가 커다란 검은 봉지에 다시 담겼다. 제법 씨알 굵은 눈송이가 김이 모락모락 나는 붕어빵 봉지 위로 다소곳이 내려앉았다가 이내 사그라지는 모습이 아름다웠다. 나는 붕어빵을 공장 사람들에게 골고루 돌렸다.

　방학인데도 돈암동으로 가는 버스는 만원이었다. 말끔히 차려입은 어른들 틈에서 넘어지지 않기 위해 의자 등받이라도 붙잡으려면 눈치가 빨라야 했다. 창문여고를 지나고 길음역에 버스가 서자 앞다퉈 내린 사람들이 지하철역 입구로 몰려갔다. 나는 비로소 여유 있게 버스 손잡이를 잡고 창밖을 구경했다.

　얼마 안 가 창밖으로 진풍경이 펼쳐졌다. 미아리 고개를 지나자 여기가 서울 한복판이 맞나 싶게 기와지붕들이 빼곡한 풍경이 나타났다. 처마 밑에는 '애기동자', '선녀법당', '태극신녀', '처녀보살', '사주', '궁합', '택일', '토정비결' 등 사극에나 나올 법한 궁서체 글자들과 함께 연꽃이나 부처가 그려진 간판들이 오색찬란했다.

　어디라도 들어가 내 미래를 점쳐 보고 싶었다. 하지만 이내 고개를 저었다. 나의 미래도 지금과 별반 다르지 않을 거라고 말하면 어쩌나. 아니 더 암담하다고 말할까 두려웠다. 저런 미신 따위는 믿지 않겠다고 다짐했다. 하지만 얼마 못 가 저 수 많은 점집 중 어디가 가장 영험한 신령님을 모실까를 점치고 있는 나를 발견했다. 나는 넋이 나간 사람처럼 간판들을 훑다가 하마터면 내려야 할 정류장을 지나칠 뻔했다.

학교는 방학이라 수업 시간에 맞춰 벨을 누를 필요도 없었고, 걸려 오는 전화도 드물었다. 교무실 곳곳에 쌓인 먼지를 물걸레로 닦고 오후에는 서무실에 들러 우편물을 분류해 각 학년 교무실, 전산실, 체육부실을 돌며 주인 책상에 두고 왔다. 그러면서 선생님들의 자리를 외웠다.

방학에도 야구부는 숙소에서 생활하며 훈련을 계속했다. 고교 야구부로서는 전통 있는, 꽤 실력 있는 팀이라고 했다. 또래 남학생들이 우글거리는 걸 보니 왠지 금녀의 집에 들어선 것만 같아 우편물을 전달하기 바쁘게 도망 나왔다. 수십 개의 눈이 내 등짝으로 꽂히는 느낌이었다. 낯이 핫핫했다.

개학과 동시에 학교는 분주해졌고 내 인기는 날로 치솟았다.

"김 양아."

"네."

"이거 50부만 복사해 줘. 다음 수업 시간에 써야 하니까 빨리 부탁 좀 하자."

"김 양아, 이것부터 좀 해 주면 안 될까."

"김 양아, 수업 종 쳐야지."

"김 양아."

"야, 김 양아."

김 양아. 나의 새로운 이름이었다. 영어 교사로 첫 발령을 받은 선생님만이 나와 일곱 살밖에 차이가 나지 않는다며 나를 꼬박꼬박 민주 씨라고 불렀다. 민주 씨나 김 양이나 낯설긴 매한가지였다. 나는 분신술을 써 김 양이라는 이름을 가진 나를 하나 더 만들어 K고에 두기로 했다. 김 양이가 하는 수많은 일 중에 가장 중요한 것은 수업 시작과 끝을 알리는 벨을 누르는 일이었다. 나는 수시로 시간을 점검했고, 밤에 잠이 들었다가도 시계 초침 소리에 놀라 깨는 일이 빈번해졌다. 하지만 대부분의 일은 단순한 것들이어서 손에 익자 몸도 마음도 편했다. 업무 대부분이 아무나 할 수 있는 일이었지만 내 자리를 지키기 위해서라도 나만이 할 수 있는 일로 만들어야 했다. 수시로 손이 닿지 않는 구석구석 먼지를 찾아 청소했고 선생님들보다 한 시간은 일찍 출근해 보리차를 한 주전자 가득 끓여 놓고 선생님들 책상을 정리했다. 그래 봤자 새벽에 일어나 기숙사를 청소하고 찜통 같은 프레스 앞에서 온종일 서서 일하던 것에 비하면 신선놀음이었다. 게다가 선생님들은 한결같이 친절했다. 오히려 한동안 경험하지 못한 친절함에 적응하느라 애를 먹었다.

곤란한 것은 그뿐만이 아니었다. 학교가 온통 내 또래 남학생들로 가득했다. 나는 교무실 구석에 있는 듯 없는 듯 생활한다고 하는데도 남학생들은 못 보던 여자아이에게 궁금한 게 많았다. 학기 초에 일을 마치고 숙직실에서 편하게 교복을 갈아입고 학교를 빠져나가다가 갑자기 어느 교실에선가 '헤이, 걸!'이라는 외침을 신호로 여기저기서 손뼉을 치고 휘파람을 불어 대는 통에 교감 선생님까지 놀라서 뛰쳐나오는 상황이 발생했다. 그 뒤로 학교에서 교복을 갈아입으면 안 된다는 규칙이 생겨났다. 자연스럽게 지하철역 화장실을 탈의실로 이용하게 되었다.

　오후 네 시가 넘은 시간에 공중화장실에서 사복을 교복으로 갈아입는 여고생. 누가 봐도 온종일 '땡땡이'를 치고 돌아다니다 집에 가기 전에 부모님에게 들키지 않기 위해 교복을 다시 챙겨 입는 문제아로 보였을 것이다. 대부분 들릴 듯 말 듯 혀를 차거나 살짝 흘겨보는 게 다였지만 간혹 대놓고 큰소리로 핀잔을 늘어놓는 어른도 있었다.

　"니네 부모가 너 이러고 다니는 거 아냐? 그러고도 느이 엄마는 너 낳고 미역국을 먹었겠지."

　지나가던 할머니가 등을 후려쳤다. 할머니 손은 힘이 약했지만 꽤 아팠다. 아픈 곳이 등은 아니었다. 그렇다고 매번 사람들을 붙잡고 우리 부모님도 내가 이러는 거 너무 잘 알고 있다고, 엄마가 나 낳고 미역국을 못 먹은 건 미역 살 돈이 없어서라고 설명할 수도 없는 노릇이었다. 설사 내가 설명하려 든다 해도 사람들은 자기 할 말이 끝나면 할 일 다했다는 듯 유유히 화장실을 빠져나갔다. 나에게 변명할 짬은 주어지지 않았다. 나는 함부로 충고하는 어른은 되지 말자고 다짐했다.

엄마의 방

286 컴퓨터를 샀다. 언니가 거금을 썼다. 언니와 나는 그동안 책으로만 컴퓨터 공부를 해 왔다. 종이 건반으로 피아노를 치듯. 언니의 통장은 또 텅텅 비었을 것이다. 엄마는 언니랑 내가 컴퓨터 앞에 앉아 있는 모습을 좋아했다. 대학교 교수님이라도 된 것 같아 멋있다고.

엄마는 여전히 새벽에 일어나 밥을 지어 식구들을 먹이고 모두가 빠져나간 집에서 빨래하고 청소하고 텔레비전을 봤다. 모르긴 해도 그러다 또 돌아올 식구들을 위해 다시 저녁을 짓고 설거지하고 이틀에 한번 집에 들어오는 아버지를 기다리며 텔레비전을 보았을 것이다. 그러다 능바우 살 때 생각이 났는지 시장으로 마실을 다니기 시작했다. 장사하는 사람들 옆에 자리 잡고 앉아 수다를 떨다가 푸성귀를 한 다발씩 얻어 왔다. 어느 날은 풀빵을 사 들고 가 아줌마들과 나눠 먹었다고 했다. 밤늦게 들어온 나는 종종 멍한 표정으로 앉아 있는 엄마를 보았다.

"엄마, 왜 여태 잠도 안 자고 그런데?"

"요새는 하도 머리가 아퍼서 잠이 잘 안 와야."

"허구헌 날 그르케 텔레비전만 본 게 머리가 안 아프고 배기간디? 그르케 헐 일이 없음사 책이라도 보믄 좀 좋간디."

"안 그리도 불경을 다시 끄내서 볼라고 그려."

자정이 되도록 저녁을 거른 내가 뭐라도 한 숟갈 뜨려고 주방으로 들어서는데 엄마가 가만히 따라 들어왔다.

"내가 알어서 먹음 되얐지 멋허러 따라 들오고 그려? 머리 아프담서 어여 들으가 자랑게."

"아니, 게보린 하나 먹을라고 그리지."

엄마는 요즘 들어 부쩍 두통약을 챙겨 먹었다. 엄마는 밥그릇에 보리차를 따라 식탁에 올려놓더니 약은 안 먹고 의자에 앉아서 멍하니 물그릇을 째려보았다.

"엄마 시방 멋혀? 물 떠 놓고 굿이라도 헐라고 그려?"

"응? 내가 멋 헐라고 그린다냐?"

"머리 아프다고 게보린 먹는담서, 엄마 요새 왜 그려? 정신줄 놔 버린 사람같이."

엄마는 그제야 생각났다는 듯이 손가락으로 관자놀이를 꾹꾹 눌렀다.

일요일 아침에 엄마는 시장에서 꼬투리 콩을 한 망 사 왔다. 그걸 다듬겠다고 식탁 위에 올려놓더니 의자에 앉아 생전 처음 보는 물건인 양 콩을 노려보았다.

"엄마, 왜 맥없이 앉아서 콩허고 눈쌈을 허고 그린댜? 요새 엄마 뭐 째려보는 게 취미여?"

"야야, 내가 시방 멋 헐라고 여그 앉아 있었다냐? 그리고 이건 다 뭐시다냐?"

엄마가 손가락으로 콩을 가리켰다.

"엄마, 어디 아픈 거 아녀? 요새 잠을 통 못 자는 것 같드만. 그리서 근가벼, 콩은 내가 진주랑 까 놓틴 게 들으가서 한숨 자."

엄마 눈에는 정말로 잠이 한가득 들어차 있었다. 이미 꿈이라도 꾸고 있는 사람 같았다. 나는 엄마를 안방으로 들여보내고 진주를 불러 함께 콩을 깠다.

"찌깐 언니, 요새 엄마 진짜로 이상혀. 껀뜩허믄 수돗물 틀어 놓고 방이 가서 테레비를 보들 않나, 똥 싸고 물도 안 내리고 나오들 않나, 접때는 주전자도 홀라당 다 태워 먹어 버렸당게. 엄마 할머니 될라믄 한참 멀었는디 벌써 치매 걸린 거 아녀?"
"야가 시방 어디서 입방정이다냐? 그거시사 엄마가 잠을 못 잤은 게 그리지. 너는 엄마가 치매믄 좋겄냐? 쓰잘띠기 없는 소리 말고 콩이나 까."

학교에 다녀오니 집이 낯설 정도로 조용했다. 우리 방이 비어 있어서 안방으로 건너가 문을 열었다. 전화기 앞에 앉아 있는 진주 눈이 벌겠다.
"다들 어디 가고 너만 있다냐? 또 아버지랑 엄마랑 싸우다 경찰서라도 잽히간 거여?"
"찌깐 언니. 그게, 엄마가 쓰러지 가꼬 병원으로 실어 갔어. 언니랑 오빠들도 다 병원에 갔는디 여태 암도 안 와."
"머여? 왜 근다는디?"
"몰라. 엄마가 점심 차린다고 나가서는 밥 먹으라고 불르들 안 혀서 아빠가 부엌에 나가 본 게 엄마가 까스렌지 앞이 쓰러져 있었다는디. 아무리 깨워도 눈을 안 떠가꼬, 아빠가 큰오빠 불러서 병원에 갔어. 언니랑 찌깐 오빠는 일허고 와서 아까 저녁이 병원으로 갔는디 여태 전화도 안 와. 아무리도 단단히 먼 일이 났는가 벼."
나도 어디로 전화해야 할지 몰라 전화기 앞에서 밤을 새웠다. 전화벨은 날이 밝도록 울리지 않았다.

서늘한 나무 그늘을 찾지 못한 말매미들은 시멘트 담벼락이든 가지가 다 잘려 뭉뚝해진 가로수든 가리지 않고 곳곳에 다닥다닥 들러붙어 자지러지게 울어댔다. 리듬 맞춰 듣기 좋게 울어 대던 능바우 참매미들과는 목청부터 달랐다. 소리를 쏟아 내기 위해 땅속에 묻혀 그리도 긴 시간을 참아 냈나 싶었다. 우는 데 한 생을 다 써 버린 것 같은 매미들은 다음날이면 몸이 굳어 길가에 아무렇게 나뒹굴다가 지나는 사람들 발길에 차였다. 돌멩이처럼.

엄마는 머리뼈를 열고 커다란 암 덩어리를 잘라냈다. 사람의 뇌는 워낙 복잡해 암세포를 완전히 없앨 수는 없다고 했다. 자칫 잘못 건드렸다가는 그대로 죽을 수도 있단다. 뉴스에서는 자주 암 정복 시대를 눈앞에 두고 있다고 떠들었지만 공부를 그렇게 많이 한 사람들도 엄마 머릿속에 있는 암세포를 어쩌지 못했다. 머리카락을 빡빡 밀어 버린 엄마 머리에는 커다랗게 수술 자국이 남았다. 계속되는 항암 치료 때문에 까칠하게 올라오던 머리털마저 몽땅 사라지고 급기야는 두피가 번들번들해졌다.

엄마의 두상은 안 예뻤다. 항암 치료를 받으면서 음식 냄새만 맡으면 구토를 해대는 바람에 나날이 살이 빠져 볼이 움푹 꺼졌다. 엄마는 단박에 수십 년 이상의 시간을 훌쩍 뛰어넘어 다다를 수 없을 정도로 먼 미래에서 시간 여행을 온 사람 같았다.

대학 병원에서는 식구들의 돈을 다 받아먹고도 자꾸만 돈을 더 요구했다. 가족들이 번갈아 병원에 다니느라 직장 생활도 엉망이 되었다. 엄마 머릿속에서 자란다는 암 덩어리는 어쩌면 엄마의 머리뼈를 뚫고 집 안 가득 들어차는 중인지도 몰랐다.

가을인지 여름인지 도무지 갈피를 잡을 수 없던 날, 아버지는 나를 다시 주택은행으로 데려갔다. 형제들 통장을 다 헐어 쓰고 마지막으로 내 통장이 헐렸다. 300만 원을 겨우 다시 채운 통장은 종이 쓰레기가 되었다. 대학을 향한 내 꿈도 잔액과 함께 빠져나갔다. 이제 내가 할 수 있는 건 뭐가 남았을까 생각해 보았지만 떠오르지 않았다. 위로 올라가려고 발버둥을 치면 칠수록 더 깊이 빠져 버리는 늪에 걸려든 게 분명했다. 가족들은 점점 말수가 줄었다. 돌림노래 부르듯 집안에는 한숨이 이어졌다.

경진이가 종교를 권했다. 교회 사무실에서 일하더니 어느새 세례까지 받았단다. 하느님께 의지하고 간절히 기도하면 신도 더 이상 팔짱만 끼고 있지는 않을 거라나. 어차피 내가 할 수 있는 건 다 해 봤다. 그렇다면 이제부터는 신의 영역일지도 몰랐다. 내 운명을 맡길 신인데 그 신의 성격이 어떤지 한번 알아나 보자는 심산이었다. 작은 서점에 들어갔다.

"저어, 성경책을 사고 싶어서 왔는데요. 성경책도 팔아요?"
"그럼, 있지. 잠깐 기다려 봐."

주인은 쪽문으로 들어가더니 잠시 후 사다리를 가지고 나왔다. 성경책은 구석 자리 책장 맨 위 칸에 있었다. 신이 있기에 마땅한 높이였다. 천정이 가로막지 않았으면 어쩌면 서점 주인 손에 닿지 않을 만큼 더 높이 올라가 있었으려나. 주인 아저씨는 성경책을 세 권 가지고 내려와 부옇게 쌓인 먼지를 손으로 툭툭 털었다.

"자, 어느 게 좋은지 골라 봐."

나는 그나마 먼지가 덜 묻은 중간 크기의 신을, 아니 성경책을 집어 들고 값을 치렀다.

집으로 돌아오는 지하철 안에서 시커먼 성서의 지퍼를 열었다. 맨 앞장에 '_____님께, _____ 드림'이라고 쓰여 있었다. 성경책은 주로 선물로 주고받는 것 같아 나도 나한테 선물하는 형식을 취했다. 빈칸에 차례로 '김민주', '너 자신이'라고 적었다. 몇 장을 넘겨 보았다. 습자지처럼 얇은 종이 가득, 경진이가 말한 신의 말씀이 빼곡했다. 아직 하느님이, 예수가 어떤 신인지는 정확히 알 수 없었지만 일단 말 많은 신인 것만은 확실했다. 난 말 많은 사람 별론데. 게다가 이렇게 번지르르하게 말주변이 좋은 신이라니.

집에 가는 지하철 안에서 창세기를 펼쳤다. 대충 이해하기로는 인간의 모든 고통은 아담과 하와로부터 시작되었다는 것이었다. 중학생 때 친구를 따라 교회에 갔다가 언뜻 들었던 자비와 사랑의 하느님이라던 신의 실체가 거기 있었다. 동산의 과일 하나 잘못 따 먹었다고 자기가 창조한 인간들을 쫓아내는 거로도 모자라 영원한 고통과 시련의 저주까지 퍼붓는 잔인하기 그지없는 신의 모습.

'이게 사실이라면 엄마가 쓰러진 건 다 간사한 말로 최초의 사람들을 꼬여 낸 뱀과 그 꼬임에 넘어가 먹음직스러운 과일을 따 먹은 그 연놈들 때문이라는 건데……'

일요일 아침, 나는 동네에서 가장 큰 교회를 찾아갔다. 예배 도중 처음 온 사람 손을 들라고 해서 들었고, 끝나고 목회자실로 오라고 해서 갔다. 목사님이 이름과 주소를 받아 적고는 성경책을 선물이라며 주었다. 있다고 했지만 그래도 받으란다. 받았다. 가족들은 교회에 다니느냐고 해서 안 다닌다고 했더니 다음 주엔 부모님도 모시고 오란다. 그러겠다고 대답했다. 신이든 목사든 일단 시키는 대로 다 해 볼 작정이었다.

"아버지, 교회 목사님이 다음 주에 부모님 모시고 함께 오라는디요."
"그려? 그리자. 그리믄 한번 같이 가 보자."
기적은 이미 시작되었다. 이렇게 온순한 아버지라니. 시간이 썩어 나가고, 아버지한테 머리통이라도 쥐어박힐 줄 알았는데, 혹시 아버지도 머리가 아픈 건 아닌지 의심스러웠다.
엄마는 시장에서 가발을 사서 쓰고 종종 꺼내 읽던 불경을 한쪽으로 치우더니 내가 지난주 교회에서 받아 온 성경책을 손에 들었다. 일요일 부모님과 교회에 가서 예배를 드리고 함께 식당에 가서 국수를 먹고 목회자실에서 이야기를 나눴다.
예수님은 어린 양을 이끄는 목자라더니 대쪽 같은 아버지까지도 순한 양으로 만드는 걸 보니 모르긴 해도 꽤 유능한 신인가 보았다. 순한 양으로 만드는 김에 엄마 머릿속에 들었다는, 뇌종양 중에서도 최고로 고약하다는 교모세포종까지 순하게 만들면 좋으련만.

성수대교가 무너져 학교에 가던 아이들이 별이 되었다는 뉴스로 한국 사회가 어수선한 와중에 엄마의 2차 수술 날짜가 잡혔다. 엄마 머릿속 종양은 주인의 섭생과 무관하게 빠른 성장을 보였다. K

고에서 수술 날에 맞춰 휴가를 받았다. 수술실로 들어간 엄마가 너무 오랫동안 나오지 않아 나는 수술실 앞 복도 바닥에 다리를 뻗고 앉았다. 아버지는 아까부터 인턴들이 들어가 엄마 머리를 열고 실험을 하는 게 분명하다며 중얼거렸다. 평소 쏜살같이 지나간 시간을 누군가 몰래 빼돌렸다가 이 순간 수술실 앞에 이자까지 붙여 몽땅 부려 놓았는지 당최 시간이 가질 않았다.

엿가락처럼 늘어진 시간이 지나고 퇴원한 엄마는 성경을 치우고 다시 불경을 꺼냈다. 언뜻 보니 무슨 말인지도 모를 이상한 주문 같은 문장이 가득했다.

"엄마, 엄마는 보믄 이게 뭔 말인지 알기나 허는 거여? 뭐 맨놈의 주문 같은 것들만 중얼거려? '옴아르늑계사바하?', 그게 다 뭔 소리여? 영어도 아니고, 일본어도 아닌 거 같고."

"나도 뭔 소린지는 몰르지. 그리도 그냥 주문 외디끼 죽죽 읽으믄 그것이 기도가 되는 것이라드만."

"뭔 그른 게 있대. 뭔 소린지도 몰르고 어뜨케 기도를 헌다고 그려. 그냥 나 따러서 교회나 계속 댕기잔게."

"나는 아무리도 교회랑은 안 맞는 거 같어."

"교회가 맞고 안 맞고가 어딨다 그려, 그냥 댕김서 목사님 존 말씀도 듣고, 병 나스라고 기도도 드리고 그리는 거지."

"아, 긍게 시방 불경 읽음서 기도 안 허냐."

"한 집이서 여러 신을 믿으믄 안 좋다는디,"

"아, 그르믄 네가 절이 나가믄 될 거 아니다냐."

"말이 되는 소리를 혀. 절은 저그 산이나 가야 있는디, 내가 산에

댕길 시간이 있간디. 그리도 교회는 가차운 게 댕기기가 좋잖여. 엄마도 그리서 절은 나가도 않고 불경만 보는 거믄서."

우리 모녀의 의견은 쉽게 좁혀지지 않았다. 나는 모든 것이 지금 이대로 정말 괜찮은지 생각하다가 일단은 한 시간만 잠을 자고 일어나서 다시 생각해 보기로 했다. 어쩌면 졸음이 신보다 강한지도 몰랐다.

아침에 나가려는데 진주가 부스럭거리며 뭔가를 내 손에 쥐여 줬다.
"이게 뭐냐?"
"엿. 수능 잘 보라고."
"너, 어떻게 알았냐?"
"그믄 맨날 모의고사지 푸는디 그걸 모르겄어?"
"집이다가는 말 허지 마라. 괜히 긁어 부스럼 만들지 말고."
"알었어. 걱정허지 말고 시험이나 잘 봐. 근디 오늘 집이 안 온다믄서 어디서 잘라고 그려?"
"같이 시험 보는 친구네 친척 집에서 자기로 했어. 시험 장소가 멀어서 집이서는 못 가. 집이다가는 예절 수업 땜에 합숙헌다고 혔은 게 그린 줄 알어."
"그럼 내일 도시락은 어찔라고 그려?"
"내 팔자에 무슨 도시락까지. 하루 굶는다고 안 죽어."
"찌깐 언니야, 시험 잘 봐."
K고에서는 흔쾌히 이틀간 휴가를 주었다. 특별학급에서 수능시

민주의 방 249

험에 응시하는 학생은 나를 포함해서 총 네 명이었다. 서로 반이 달라 전교 석차 경쟁자로만 어렴풋이 알던 우리는 초고속으로 친해졌다. 예비 소집에 다녀온 우리는 교무실로 불려 갔다.

"내일 수능시험 다섯 시면 끝나니까 한 놈이라도 학교 지각하면 죽을 줄 알아! 알았어? 괜히 수능 시험 본다고 이미 대학생이라도 된 것처럼 우쭐해서 딴 길로 새는 날에는 졸업도 못 할 줄 알아!"

"네."

"니들이 무슨 대학을 가겠다고 그 난린지, 착실히 돈이나 벌다가 얌전히 시집이나 갈 것이지."

"……"

"니들이 수능 시험을 보니까 뭐라도 된 것 같지? 니들 선배들도 대학 간다고 갔다가 한 학기도 못 버티고 다 그만뒀어. 왜 그런지 알아? 니들은 여기서 1등 하니까 니들이 잘난 줄 알지? 다 우물 안 개구리야, 대학 가 봐라. 수업 내용 하나도 못 알아듣지. 가서 기껏 밤새워 공부하고도 F 학점이 수두룩한데, 1등만 하던 니들이 그걸 견딜 수 있을 것 같아? 지금은 야속하지? 뭐 저런 게 선생인가 싶지? 이게 다 니들 생각해서 해 주는 말이야. 충격 방지용."

여기서 1등이 세상에서 1등이 아니라는 것쯤은 우리도 모의고사 점수를 통해서 **뼈**저리게 느꼈다. 학년 초에 생각했던 것처럼 수능 시험을 보는 것이 바로 대학생이 되는 것이 아니라는 것도 아프게 받아들인 참이었다. 그런데도 우린 대학에 가고 싶었고, 대학생이 되려면 시험을 봐야 해서 다른 선택이 없었을 뿐이었다.

김포에 있는 친구네 친척 집은 시외버스 정류장에서 내려 논길을 한참 걸어 들어가야 했다. 우리는 넷 다 교복 차림이어서 들판에 부는 성난 바람을 그대로 맞으며 걸었다. 날이 어둑해져서 도착한 친구 친척 집에는 집안 곳곳에 원단이 쌓여 있었다. 작업물 사이에 사람이 한두 명씩 앉아 재봉틀을 돌렸다. 한눈에 봐도 넉넉한 살림은 아니었다. 우리는 괜찮다고 했지만 고봉밥에 김치와 콩나물국이 오른 저녁상이 나왔다. 사양하던 우리는 콩나물 대가리 하나 남기지 않고 다 먹어 치웠다. 아무도 입 밖으로 말을 꺼내지 않았지만 이 한 끼가 내일 시험을 버티게 해 줄 유일한 에너지원이라는 사실을 알고 있었다. 우리가 잘 준비하고 방에 누운 후에도 한동안 재봉질 소리는 계속되었다. 새벽에 눈을 떠 감사하다는 쪽지를 남기고 서둘러 가방을 챙겨 나왔다. 아침밥까지 축낼 염치는 없었다. 나는 어젯밤에 먹은 밥이 전혀 소화되지 않아 버스에서 멀미를 했다.

2교시 시험이 끝났다. 아이들이 보온 도시락을 꺼내 밥을 먹었다. 도시락이 없는 우리는 각자 자리에 앉아 책을 보았다. 이제 와 책 몇 장 더 본다고 시험을 잘 볼 리 없건만 달리 할 게 없었다. 명치의 통증이 점점 심해졌다.

3교시 시험을 보는데 자꾸만 구역질이 올라왔다. 참다못해 손을 들었다. 감독관이 무슨 일이냐며 나를 빤히 쳐다보았다. 나는 다른 학생들에게 방해가 될지도 몰라 입술 모양으로 '화장실'이라고 말하면서 주먹으로 가슴을 쳤다. 감독관이 고개를 저었다. 나는 좀 더 참아 보려 했지만 이내 식은땀이 흘렀고 내 얼굴을 지켜보던 감독관이 보조 감독과 함께 화장실에 다녀오게 했다. 나는 복도로 나오자마자 감독관을 뒤로하고 화장실로 달려가 속에 있는 것들을 게워 냈다. 감독관이 뒤늦게 따라 들어와 등을 두드렸다. 힘이 빠져 다리가 후들거렸지만 다 토하고 나니 살 것 같았다. 나는 다시 감독관과 함께 교실로 돌아와 시험 문제를 꼼꼼하게 읽고 정성스레 답을 찍었다. 어차피 수리Ⅱ는 배운 과목이 거의 없었다.

4교시 외국어 영역까지 시험이 끝나고 답안지도 모두 제출했다. 감독관이 확인할 게 있다면서 다섯 시 반까지 아무도 교실 밖으로 나갈 수 없다고 선포했다. 30분 이후에 출발하면 목동까지 날아가지 않는 이상 무조건 지각이었다. 흩어져 앉은 다른 친구들이 나를 쳐다봤다. 나는 앞으로 나갔다. 어차피 한 번 팔린 얼굴이었다.

"학생 또 뭐?"

"저기, 저는 산업체 특별학급 학생인데요, 30분이 넘어서 나가면 학교 수업에 지각합니다. 저희는 수험생이 네 명밖에 없어 오늘도 여섯 시부터 정상 수업을 합니다. 죄송하지만 저희 네 명은 좀 먼저 보내주세요."

감독관 두 명이 잠깐 의견을 주고받는가 싶더니 네 명 다 나오라고 했다. 그리고 학생증을 확인하고는 퇴실을 허락했다. 다른 수험생들이 불만에 찬 표정으로 우리를 쳐다보았다.

한산한 운동장과 달리 교문 밖은 시험이 끝난 딸들을 기다리는 부모들로 인산인해였다. 우리가 기다릴 거라곤 버스뿐이었다. 우리 중 누구도 시험 잘 봤냐고 묻지 않았다. 내가 본 것을 그들도 봤을 테니까. 각자 믿었던 신이 더 많은 정답으로 인도해 주었기만을 바랄 뿐이었다.

기말고사까지 모든 시험이 끝났다. 하루 4교시까지 있는 수업 시간은 모두 자율학습으로 채워졌다. 누군가는 평소와 다름없이 책상에 엎드려 잠을 잤고 말괄량이 아이들은 짝꿍과 수다 떠느라 몇 교시가 지나는지도 몰랐다. 교실 뒤쪽에 몰려 앉은 친구들은 얼마 전에 사귄 남자 친구 얘기하느라 여념이 없었다. 나는 도스토옙스키의 '카라마조프가의 형제들'을 읽었지만 내용이 하나도 머릿속에 들어오지 않았다. 같은 페이지를 계속 반복해서 읽었다. 그 덕에 '김~수한무 거북이와 두루미 삼천갑자 동방삭'에 버금갈 만한 등장인물들의 긴 이름만 줄줄이 외운 셈이 되었다. 기말고사 결과도 수능 시험 결과도 내가 걱정한다고 달라질 건 없겠지만 소설이라도 읽지 않으면 시험 생각 때문에 견디기 힘들었다. 도망칠 곳이라곤 책밖에 없는데 그마저도 쉽게 문을 열어 주지 않았다.

올해도 겨울은 여지없이 추웠다. 안간힘을 다해 가지를 붙잡고 있던 이파리들이 맥없이 떨어져 나갔다. 헐벗은 나무들이 초라한 내 수능 성적표 같았다. 시험 결과는 내가 예상했던 것보다 참혹했다. 시험을 본 우리 네 사람은 교무실로 성적표를 받으러 갔다. 누구도 고개를 꼿꼿이 세우지 못했다. 다행히 학생주임 선생님은 아무 말이 없었다. 지난번에 위협하듯 들려준 선생님 말은 충격 방지 역할을 톡톡히 해냈다. 내가 받은 수능성적으로 수도권 내에 갈 수 있는 대학은 없을 것 같았다. 수능 성적표가 앞으로 살아갈 세상이 나에게 부여한 점수가 아닐까. 그것은 이제 와 내가 수능성적을 어찌하지 못하는 것처럼 영원히 바꿀 수 없을지도 모르겠다.

다행히 K고 선생님들은 내 수능성적을 궁금해하지 않았다. 기말고사가 끝나고 업무가 한가해져 낮에도 책을 읽으며 시간을 보냈다. 3학년 담임을 맡은 선생님들은 대학 정보가 기록된 두꺼운 책을 들고 학생들과 상담하느라 수업도 들어가지 않았다.

고민 끝에 경기도 변두리에 있는 대학에 원서를 넣은 나는 돈 벌 궁리에 몰두했다. 합격하지 못할 경우는 고려 대상이 아니었다. 그건 그때 가서 생각해도 늦지 않으니까. 가을에 아버지한테 통장에 모은 돈을 다 빼앗기고 월급을 최대한 아껴 쓰며 모으고는 있지만 대학 등록금을 내기엔 역부족이었다.

방학이라 한가해서 세 시면 퇴근했다. 퇴근하는 대로 언니네 공장으로 가 실밥 따는 아르바이트를 했다. 안 그래도 연말이라 일은 많은데 퇴사자가 있어 일손이 부족했던 참이라고 사장님이 반가워했다. 야근도 주말 특근도 모두 할 수 있다고 했지만, 그 정도로 일이 많은 건 아니란다. PC 통신에 접속해서 워드 입력 아르바이트를 알아 보았다. 외대 근처에서 학생들 보고서 입력해 주는 일을 구했다. 업체가 학생들로부터 일을 받아 다시 개별 아르바이트생들에게 외주를 주는 방식이었다. 보수가 나쁘지는 않았지만 업체에서 자체 수용이 가능할 때는 일을 주지 않아 그것만 바라보고 있을 수는 없었다. 다시 PC 통신에 접속해서 보험회사 약관 입력하는 일을 찾아냈다. 직접 보험회사로 가서 자료를 받아 왔다. 예상은 했지만, 숫자와 도표가 많아 까다로웠다. 게다가 마감일이 촉박했다.

공장 일을 마치고 밤에 돌아와 밤새도록 워드를 입력했다. 팔에 감각이 둔해져도 눈으로 내용을 읽기 바쁘게 자동으로 손이 타이핑했다. 간혹 손가락에 눈이 생긴 건 아닌가 의심이 될 정도였다. 잠이 몰려와 커피를 여러 번 타 마신 탓에 속이 쓰렸고, 속이 쓰리면 잠이 오지 않아 좋았다. 때마침 우리 방은 외풍이 심해 겨울엔 이불을 꽁꽁 뒤집어쓰지 않는 이상 추위에 떠는 동안 잠도 떨어져 나갔다. 다행히 대학은 떨어지지 않았다.

학교에서 대기업 취업 추천 건으로 연락이 왔다. 거절했다. 취업 담당 선생님은 산업체 야간 고등학교 나와서는 꿈도 못 꿀 자리라고, 졸업도 못할 대학 가느라 힘 빼지 말고 대기업에 들어가 착실히 돈 벌다가 좋은 남자 만나 시집이나 가라고 했다.

'그놈의 시집, 시집, 시집!'

물론 경기도에 있는 대학을 졸업한다고 해도 그런 큰 회사에 들어가기는 힘들지도 몰랐다. 하지만 나도 남들처럼 아침에 일어나 학교에 가고 저녁이면 교문을 나오고 싶었다. 밤새워 아르바이트 하느라 잠을 못 자고 더 초라한 직장에 들어가 평생을 시달려야 한다고 해도 대학을 포기할 마음이 들지 않았다.

워드 입력 아르바이트를 열심히 했는데도 등록금이 부족했다. 큰소리치긴 했지만 나는 할 수 없이 아버지한테 부족한 학비를 구걸했다. 아버지는 들어가기 전부터 손 벌릴 거면서 그리 큰소리를 쳤냐고 나무랐지만 모자란 등록금을 내주었다.

"다음 달 월급 받으면 갚을게요. 다음부터는 제가 아르바이트랑 장학금도 받고 혀서 충당헐 꺼고만요."

"달린 주딩이라고 말은 잘허지, 학교 댕기는 동안 차비랑 밥값은

다 어쩔라고 그려?"

"흙을 파먹든 걸어서 댕기든 제가 다 알어서 헐 거 고만요."

"먼노무 가시내가 즈 아부지한티 한마디를 안 지고. 좌우지간 나는 인자 몰라, 이담부터는 다 니가 알어서 혀, 더 대줄 돈도 읎고."

아버지는 50만 원 남짓한 돈을 보태 주고는 여기저기 능바우에서 딸년 대학 보낸 사람은 나 하나뿐이라고 자랑했다. 좀 억울한 감이 있었지만, 대학 가는 걸 그냥 두고 보는 것만으로도 아버지는 충분히 자비로웠다.

K고를 그만두면서 2월 월급을 받았지만, 책을 사고 대학생한테 어울릴 법한 옷을 두어 벌 사야 해서 아버지에게 빌린 돈은 모르는 척했다. 대학교 등록 과정을 끝냈을 뿐인데도 이제껏 지독하게 내 발목에 들러붙어 있던 거대한 진흙 덩어리가 떨어져 나간 듯 개운했다.

겨울은 아직도 늑장을 피우며 매섭게 버티고 섰는데 OT에 참석하기 위해 나선 길에는 사방에 봄꽃이라도 피어나는 듯한 착각이 일었다. 볼을 때리는 찬바람마저 상쾌했다. 동기들은 하나같이 밝은 표정이었고, 조금씩 들떠 있었다. 나는 동기들과 섞여 한 조가 되고, 마치 진흙탕 길 같은 건 한 번도 걸어본 적이 없는 사람처럼 남들과 똑같이 게임하면서 박수를 쳤다. 미처 떨어지지 않은 진흙 덩어리라도 털어 낼 것처럼 더 큰소리로 웃었다.

OT를 다녀와서는 집 앞에 있는 비디오 대여점에서 아르바이트를 구했다. 대학생이라고 하니 일자리 구하기가 쉬웠다. 강의가 끝나기 무섭게 전철역으로 달렸다. 미팅이니 스터디니 술자리니 그런 것까지 욕심낼 만큼 양심이 없지는 않았다.

　엄마가 다시 입원했다. 음식을 삼키지 못했고, 인지능력 저하가 눈에 띄게 진행되었다. 3차 수술 날짜가 잡혔다. 일단은 엄마 증상을 좀 가라앉힌 다음 수술을 진행할 거라고 했다. 일요일 아침 일찍 언니랑 함께 병원에 갔다. 신경외과 병동에는 민머리를 한 환자들이 많았다. 병원에서 맞는 내일들은 매번 어제와 같았다. 진료실 앞은 이제 막 새로운 소식을 들은 사람들이 무너진 채 울었다.

　수술을 받은 엄마는 며칠이 지나도록 의식이 없었다. 병원에서는 마음의 준비를 하라고 했다. 마음의 준비는 어떻게 해야 하는지는 구체적으로 알려 주지 않았다. 학교에 가서 수업을 듣고 있으면 그 순간 엄마가 마지막 숨을 몰아쉬고 있을 것만 같았다.

　큰맘 먹고 호출기를 샀다. 아버지나 언니, 오빠들이 교대로 병원에서 대기했다. 수업 중에도 수시로 호출기를 들여다보는 습관이 생겨났다. 그러다 종종 내가 무엇을 기다리는 것인지를 깨달았고, 그럴 때마다 소름이 돋았다.

　엄마가 오랜만에 눈을 뜨고 자식들을 알아 보았다.
　"바아…아…이"
　엄마는 말이 잘 나오지 않는데도 무슨 할 말이 남아 있는지 자꾸만 입을 벌리고, 미간을 찌푸리며 무언가를 전달하려고 애썼다. 언니가 힘드니까 그냥 있으라고 해도 자꾸만 입을 열었다.
　"바아안…아…지이…"
　"반바지?"

"으응."

"반바지가 왜?"

"도오오오오."

"돈?"

"으으으. 지이이이주."

"진주?"

"으으응, 교호오오보오오."

"교복 해 주라고?"

"으으으응."

언니랑 나는 집에 돌아와 엄마 옷장을 뒤져 여름 반바지 주머니에 들어 있는 30만 원을 찾아 냈다. 내년이면 고등학생이 되는 진주 교복 맞춰 주려고 엄마가 모아둔 돈인 듯했다. 엄마는 당신의 시간이 얼마 남지 않았다는 걸 이미 알고 있었나 보았다. 엄마는 반바지에 있는 돈으로 진주 교복 해 주라는 말을 끝으로 다시 입을 닫았다. 마치 그 말을 하려고 잠깐 의식이 돌아온 사람처럼. 엄마의 의식은 다시 아주 먼 곳으로 달아나는 중이었다.

병원에서는 엄마를 편하게 집에 모시라고 했다. 엄마는 이미 사지가 마비되었고 스스로 물 한 모금 삼키지 못해 콧줄로 영양제를 넣고 요도에는 소변 줄을 꽂았다. 엄마는 그 상태로 퇴원해 불편하게 안방에 누웠다. 언니와 함께 물수건으로 엄마 몸을 닦아 주려고 옷을 다 벗기고 보니 등 쪽으로 욕창이 보였다. 능바우를 내달리던 튼튼한 두 다리는 근육이 다 빠지고 껍데기만 남은 피부가 흐물거렸다. 언니가 등을 닦다 말고 흐느꼈다. 욕창이 번지지 않게 하려면 30분에 한번씩 엄마 자세를 바꿔 줘야 한다는데 병환으로 살이 빠졌다고는 하지만 굳은 몸을 돌려 자세를 바꿔 주기에는 언니나 나나 힘이 달렸다. 의논 끝에 작은오빠가 일을 그만두고 병간호를 맡았다.

오빠는 밤새 졸다 일어나 엄마 자세를 바꿔 주고 소변 주머니를 비우고 콧줄에 미음을 넣었다. 아침마다 젖은 수건으로 손 양치를 해주고 얼굴을 닦았다. 오빠는 이제야 적성에 맞는 일을 찾은 사람처럼 외출도 하지 않고 엄마 병간호에 매달렸다. 작은오빠가 그럴수록 나는 점점 더 안방에 들어가는 횟수를 줄였다. 기말고사가 좋은 핑계가 되었다. 하지만 시험은 금방 끝났고 여름방학이 지옥문처럼 아가리를 벌리고 기다렸다.

계속되는 무더위에 현기증이 났다. 어쩌다 안방 문을 열고 들어가면 방에서는 전에 없던 냄새가 진동했다. 한번도 맡아 본 적 없었지만 나는 그게 죽음의 냄새라는 걸 단번에 알아챘다. 오빠가 지극 정성으로 자세를 바꿔 주고 몸을 닦는데도 욕창은 개수를 늘렸다. 등뿐 아니라 다리까지 물컹거리는 욕창이 저승의 꽃인 양 피어났다.

삼복더위에 시멘트 마당은 아침부터 이글이글 타올랐고 대문 위 덩굴장미는 축축 늘어졌다. 엄마는 삶과 죽음 양편에 다리를 한 쪽씩 걸치고 있는 사람 같았다. 엄마가 곧 두 발 다 죽음의 세계에 들여놓을 거란 걸 아무도 의심하지 않았다. 의사가 말한 마음의 준비는 저절로 되는 것이었다.

 마지막 수술 후 부기 때문에 머리뼈를 닫지 못한 자리에 악성종양이 존재를 드러내기 시작했다. 며칠 만에 엄마의 머리는 좌우대칭이 심하게 어긋났다. 어느 날 갑자기 뿔이라도 불쑥 솟아날 것처럼 한쪽 머리가 눈에 띄게 부풀었다.

방, 끝과 시작

뒤뜰에서 댓바람 소리가 기분 좋게 들려온다. 앞, 뒤 방문을 다 열어놓고 낮잠을 자던 나는 그 소리에 정신이 든다. 이내 빗방울 소리가 자작자작. 나는 댓잎마다 투명하게 맺히는 빗방울을 바라보며 채 가시지 않은 잠기운을 털어낸다. 토방에서 들려오는 다급한 발소리. 마루로 나가보니 비를 쫄딱 맞은 진주의 양손에 봉숭아 꽃잎이 수북하다. 빗물을 머금은 연분홍, 주황, 빨강, 다홍, 하양, 색색의 꽃송이들이 탐스럽다.

"찌깐 언니야, 우리 봉숭아 물들이자."

"그려? 근디 물들일라믄 꽃보다는 이파리가 더 존디."

"긍게 말여. 근디 오늘은 꽃이 하도 이쁘게 피어 가꼬 그른가 이상허게 꽃만 따고 싶드랑게. 안방 빼닫이에 백반 있는가 좀 찾어 봐."

"그려, 근디 이게 뭔 냄새라냐? 엄마 뭐 맛난 거 허는가 빈디?"

"응. 엄마가 호박이 벌쎄 늙었다고 따왔다. 껍데기 긁어 내고 풀대죽 끓이는 중이여."

"그려? 얼래, 먼노무 호박이 여름빼니 안되얏는디 벌쎄 늙어 버릿다냐잉?"

"긍게 말이여."

나는 백반을 찾기로 한 것도 잊고는 부엌으로 달려간다.

"엄마! 풀대죽 끓인담서?"

"그려, 우리 딸래미가 풀대죽 먹고 싶다고 노래를 불렀싼게 너 먹으라고 호박이 다 크지도 안 허고 폭삭 늙어 버렸는갑다."

가마솥 뚜껑 틈 사이로 뜨거운 물이 줄줄 나오기 시작하자 엄마가 일어나 커다란 가마솥 뚜껑을 연다. 나도 따라 일어나 솥 안을 바라보지만 김이 잔뜩 올라와 시야를 부옇게 가리는 바람에 풀대죽도 옆에 서 있는 엄마도 보이지 않는다.

"큰언니! 찌깐 언니! 언능 인나 보랑게. 후딱!"
진주의 다급한 목소리에 잠이 깼다.

남자는 불이 움푹 꺼졌고, 구릿빛 피부엔 주름이 빼곡했다. 검은색보다 하얀색 비율이 높은 머리칼은 푸석거렸다. 하늘보다는 땅을 향해 몸을 기울인 시간이 길었던 사람처럼 허리가 잔뜩 굽었다. 외모에 어울리지 않게 기다란 속눈썹이 눈을 깜빡일 때마다 위아래로 움직였다. 눈동자가 유난히 맑았다.
장의사가 솜을 뜯어 엄마의 인중에 몇 초 동안 얹었다가 치웠다. 장의사가 데려온 의사가 아주 잠깐 눈으로 엄마를 훑더니 엄마의 병에 대해서 몇 마디 묻고는 사망진단서를 써 주고 돌아갔다. 몸 곳곳에 자리 잡은 욕창, 종양으로 불룩 튀어나온 머리, 누가 봐도 의심할 여지 없는 죽음이었다.
삼복더위에 선풍기도 틀지 못한 방안에 산 사람들이 엄마 주변을 에워쌌다. 누구도 더위를 불평하지 않았다. 누운 엄마와 구분이라도 해야 할 것처럼 힘써 숨을 몰아쉬는 통에 엄마가 숨을 거둔 방안에 존재하는 거라곤 숨소리뿐인 듯했다. 그 숨소리 사이에서 나는 숨이 찼다. 장의사가 먼저 나가고 나도 그를 따라 방을 빠져나왔다.

대문 밖 채반에는 오빠가 내놓은 세 장의 지폐 대신 끈에 꿰인 엽전 세 개가 짚신 옆에 놓여 있었다. 짚신 세 켤레. 저게 다 저승사자의 것이라면 엄마는 뭘 신고 그 뒤를 따라갈까. 엄마가 신발을 마지막으로 신어 본 게 언제였지. 신발을 신는 방법을 까먹고 맨발로 걷는 건 아니겠지. 고향에서처럼 짝짝이 슬리퍼를 신고 따라가는 건 아니겠지. 고무 슬리퍼가 한 쪽씩 찢어져 버리고 남은 파란색과 보라색 슬리퍼를 한 쪽씩 신고 밭일을 나가던 엄마 생각이 났다. 파란색 슬리퍼에는 복숭아 모양으로 볼록 무늬가, 보라색엔 포도 무늬가 있었던가, 아니면 그 반대였던가. 복숭아가 아니고 사과였던가. 아, 그보다도 엄마는 사지가 마비되어 걷지 못할 텐데 저승사자가 꽃가마에라도 태워 데려가려나. 드라마를 보면 저승사자를 따라가는 망자는 다 걸어가던데. 이제 엄마도 다시 걸을 수 있게 되었으려나. 나는 다시 방으로 들어갔다. 엄마의 경직된 다리는 아무것도 할 수 없을 것 같았다.

3년 반 만이었다, 중학교 졸업식을 마지막으로 고향에 방문하는 것이. 꿈에서라도 다시 가 보고 싶었던 내 고향. 그리운 산 냄새. 가난했지만 가난하기만 하진 않았던 내 유년의 시간을 고스란히 품은 채 언제까지라도 나를 기다려 줄 것만 같던 산천. 저녁이면 시장에 갔던 엄마가 동구 밖 멀리서 잰걸음으로 돌아오던 곳. 가을이면 늙은 호박을 끌어안고 닳아빠진 숟가락으로 껍질을 긁던 곳. 풀대죽이 끓는 부뚜막 앞에 앉은 엄마의 일 바지에 코를 박고 엄마 냄새를 맡던 곳. 그곳에 간다. 숨 쉬지 않는 엄마와 함께.

달리는 버스 안에서 종종 울음소리가 났고, 한쪽이 잦아들면 다른 쪽에서 바통을 이어받기라도 한 것처럼 흐느낌이 번졌다. 나는 조금이라도 울어 보려고 했지만 눈물이 나오지 않았다. 언니 울음소리가 들리고 얼마 안 가 언니 옆에 앉은 진주가 울기 시작했다. 나는 숨을 거둔 엄마보다 엄마를 잃은 동생이 더 불쌍했다. 엄마도 아직 중학생인 막내를 두고 가는 것이 끝내 마음에 걸렸는지 마지막 숨을 거두는 모습도 온종일 옆에 붙어 있던 작은 오빠가 아닌 동생에게만 보여 주었다. 바로 이틀 전인데 그 순간이 벌써 까마득하게 오래전 일처럼 느껴졌다.

"큰언니! 찌깐 언니! 언능 인나 보랑게, 후딱!"

일요일이라 늦잠을 자고 있던 나와 언니는 진주의 외침에 잠이 깼다. 나는 꿈속에서 엄마가 끓여 준 풀대죽을 먹지 못해 입맛을 다셨다.

"뭣 땜시 그려? 어디 불이라도 났디야? 일요일인디 그냥 더 자게 냅두지 않고."

"엄마, 엄마가 이상혀. 빨리 인나 보랑게."

언니와 나는 몸을 벌떡 일으켜 안방으로 뛰어 들어갔다. 엄마 눈은 감겨 있지 않았지만 한눈에 보기에도 살아 있는 사람의 것이 아니었다.

숨진 엄마의 얼굴을 떠올리는 사이 영구차가 낯선 곳에 멈췄다. 능바우에서 꽤 거리가 있는 화산 언저리라고 했다. 나는 와 본 기억조차 없는 땅에 선산이라는 이유만으로 엄마를 모셔야 한다는 사실을 받아들이기 힘들었다. 외할아버지 무덤 옆이라면 모를까.

　어른들이 차에서 내리는 동안 나는 자리에 앉아 창문을 열고 밖을 쳐다봤다. 하늘엔 구름 한 점 없었다. 사방에서 참매미가 리듬 맞춰 곡을 했다. 선산 앞으로 펼쳐진 짙푸른 논에는 나락이 영그는 중이었다. 뒤늦은 태풍에 쓸려 나가지 않는 이상 머지않아 알곡을 살찌우고 고개를 숙이겠지. 숙명인 듯 시간을 받아들이고 짧은 생을 마감하는 것에 안도하려나. 더 오래 누워 있지 않아도 된 엄마의 죽음 앞에서 내가 그랬던 것처럼. 익숙하고도 끔찍하게 낯선 풍경이었다.

　꽃상여는 없었다. 장정 여섯이 하얀 천으로 동여맨 관을 들고 장지에 올랐다. 서울까지 올라오지 못한 친척들이 먼저 와 기다렸다. 무덤 자리는 준비가 끝나 있었다. 주변에는 잘린 칡넝쿨이 따가운 햇볕에 늘어졌고 관리되지 않은 다른 봉분 주변으로 개망초가 들쑥날쑥 피어 흐드러졌다. 관이 천천히 구덩이로 들어갔다. 봄부터 여러 날을 움직이지도 못하고 누워만 있던 엄마를 죽어서도 옴짝달싹 못하도록 저 좁은 땅속에 가두고 있었다. 게다가 장의사가 엄마 몸을 꽁꽁 묶어 놓지 않았던가. 나는 엄마가 누운 칸을 똑똑히 지켜보았다. 엄마의 마지막 칸이 얼마나 깊고 어두웠는지 기억하고 싶었다. 남자들이 관을 내리고 수평을 잡고 한 사람씩 흙을 떠 관 위에 뿌렸다. 엄마 위로 흙이 쌓였다. 친척들이 눈물 없이 곡을 했다. 눈물을 흘리는 건 내 형제들뿐이었다. 나는 여전히 눈물이 나지 않았다.

평평하게 광중이 매워지자 사람들이 발로 흙을 밟아 다졌다. 답답한 땅에 가두고 혹여 빠져나오기라도 할까 봐 장정 여럿이 발로 밟기까지 했으니, 이제 엄마는 천년만년 그 속에서 벗어나지 못하겠구나. 얼굴도 모르는 시가 어른들 무덤 사이에서 엄마가 자유로울 수 있는 길은 없어 보였다. 구덩이에 묻힌 게 나라도 되는 것처럼 갑갑했다. 나의 마지막을 상상해 보았다. 잘 그려지지 않았다. 사람들이 엄마가 누운 자리를 다지는 동안 나는 애써 마음을 다졌다. 그렇게라도 하지 않으면 숨을 쉴 수 없을 것 같았다.

'엄마, 엄마가 가지 못한 칸에 내가 가 닿을게. 엄마가 다 못 산 시간도 내가 살아내 볼게. 최선을 다해도 마음이 무너질 때면 머문 칸에 잠시 앉아 엄마를 기억할게. 그리고 다시 힘을 내서 칸을 넘어가 볼게. 누구든 함부로 나를 밟고 지나가게 내버려 두지 않을 거야.'

살고 싶었다. 나는 어느 때보다 더 잘 살아 내고 싶어졌다. 죽고 싶었던 수많은 순간마다 사실 나는 너무나 잘살고 싶었다는 걸 알았다. 봉분이 올라가고 사각형으로 잘린 떼가 입혀졌다. 엄마의 옷가지가 불살라졌고 무덤 우측으로 향 없는 제사상이 차려졌다. 산신제가 끝나자 이번에는 무덤 앞에 제사상을 차리고 향을 피웠다. 여자들은 곡소리를 멈추고 남자들이 제사 올리는 모습을 지켜보다가 제사가 끝나자 언제 울었냐는 듯 큰 소리로 서로의 안부를 묻고 음식을 나눴다. 친척들이 아버지에게 다가와 위로의 말을 건넸다. 아버지는 위로받아 마땅한 사람의 표정을 지었다.

나는 멀찌감치 떨어져 앉아 아버지의 얼굴에서 눈을 떼지 않았다.

"너무 미워허들 말어라. 느그 아부지도 참 불쌍헌 양반인게."

언제 왔는지 고모가 먹을 것을 들고 내 옆에 앉았다. 내가 아무 말이 없자 고모가 말을 이었다.

"그느 아부지, 긍게 짝은 오빠가 어려서 을매나 똑똑혔는지 아냐? 허고 싶은 것이 겁나게 많었응게. 핵교만 지대로 갈쳤어도 못 되야도 면서기는 혀 먹었을 양반이디. 근디 어찌겄냐. 가난혀서 핵교도 지대로 못 갈키고. 긍게 속이 부아가 쌓이고 쌓인 거여. 어렸을 때는 을매나 착혔는지 몰라야."

"……."

"친구들이 학교에 가고나믄 혼자 산이로 들어가서 껌껌혀질 때까지 울다 내려오던 게 하루 이틀이 아녀. 그럼 또 느그 할아부지는 농사일 시켜둔 거 안혔다고 승질을 있는 대로 부맀지."

"글쎄요. 고모, 그래도 저는 잘 모르겠어요."

"그려, 왜 안 그리겄냐. 아무리 맺힌 것이 많어도 처자식을 그리 대허믄 안 되는 건게. 그리도 나는 느그 아부지가 짠헌디 어찐다냐. 한 치 걸러 두 치라 근가. 근디 느덜 중이 니가 질로 느 아부지 닮은 건 아냐?"

고모가 긴 숨을 내쉬며 아버지를 쳐다봤다. 내 시선이 고모를 따라갔다. 평생 가난 속에 살아온 아버지는 내가 생각했던 것보다 선택할 수 있는 것이 훨씬 적었는지도 모른다. 술에 취하지 않았던 순박한 아버지의 모습들을 나도 기억한다. 그렇다고 해도 나는, 아버지가 예전에도 지금도, 그리고 아주 한참 시간이 흘러도 어떤 것들은 영원히 알지 못하리라는 걸 깨달았다. 나 또한 오래도록 아버를 이해하지 못할 것이다. 어쩌면 사람은 자기 자신조차 끝내 이해할 수 없는 존재가 아닐까. 서로에게 타인일 수밖에 없는 존재들이 뙤약볕에 앉아 음식을 나눠 먹고 있었다. 모두가 타인이라고 생각하니 눈에 보이는 장면이 다 연극 같았다.

   고향 친척들이 돌아가고 우리 가족과 몇몇 지인만 올라탄 차 안은 조용했다. 버스가 부르르 몸을 떨었다. 창밖으로 엄마가 멀어졌다. 고향 들녘이 뒷걸음질 쳤다. 유년의 내가 환영처럼 나타나 점점 작아지다 점이 되어 사라졌다.
   집에 돌아오니 언제 그런 짬이 났는지 안방의 병풍은 치워지고 없었다. 텅 빈 방을 보자 심장이 요동쳤다. 안방이 이렇게나 넓었나. 엄마가 마지막 시간을 보낸 방이었다. 이제는 영영 엄마가 없을 방이었다. 텅 빈 게 방인지 내 마음인지 헷갈렸다. 더 이상 엄마의 부재를 부정할 길이 없었다.
   답답한 마음에 방을 빠져나와 대문 밖으로 나갔다. 세상의 틈마다 어둠이 스며드는 중이었다. 하루를 견딘 사람들을 가득 태운 버스가 신호가 바뀌기를 기다렸다. 다들 자기 방을 찾아 돌아가고 있었다. 엄마가 우리의 방으로 영영 오지 않을 거라는 생각에 덩어리 같은 서러움이 꾸역꾸역 치솟았다. 나는 땅바닥에 주저앉아 이제 막 엄마의 자궁을 빠져나온 갓난아이처럼 목놓아 울었다. 버스 안에서 사람들이 우는 나를 쳐다보았다. 빨강 신호등이 이내 초록으로 바뀌고 버스가 멀어졌다. 컴컴한 하늘 밑, 방마다 불이 켜졌다.

2024 현대경제신문
신춘문예 장편소설 부분
심사평

소설 미학이 돋보이는 신선한 구성

심사위원장 김호운
(소설가, 한국문인협회 이사장)

국내 신문사 주최 신춘문예 공모 행사 가운데 장편소설을 모집하는 곳은 현대경제신문사를 제외하고는 찾아보기 어렵다. 소설의 본령이 장편소설이지만, 신문·잡지·출판사에서 장편소설을 수용 발표하기에는 지면 확보 등 여러 가지 어려운 점이 있어서 대부분 중편이나 단편소설을 수용한다. 신춘문예 역시 신문에 게재할 수 있는 분량의 단편소설 중심으로 공모하고 있다. 이러한 창작환경에서 장편소설 중흥을 위해 신춘문예에 장편소설을 공모하는 현대경제신문사에 소설가의 한 사람으로서 먼저 감사 말씀을 드린다.

2024년 현대경제신문 신춘문예에서 예심을 거쳐 본심에 올라온 장편소설을 숙독하여 「민주의 방(房)」(한열음)을 최종심으로 두고 심도 있게 재숙독한 결과 당선작으로 선정했다.

「민주의 방」은 10개의 방으로 나누어 서사를 진행하는데, 소설 미학을 살린 새로운 구성이 돋보인다. 여기에서 방은 생활공간이

기도 하지만 주인공의 삶을 변화시키는 여정이며 사유의 공간이기도 하다. 눈에 보이는 방과 눈에 보이지 않은, 행복하고 안전한 방을 위해 치열하게 삶을 이어가는 주인공의 이야기에서 현대인의 지난한 삶을 상징적으로 보여 주고 있다. 삶은 목적이 아니라 과정이다. 이 작품은 그런 과정을 소설 미학으로 잘 살려냈다. 복잡하고 부끄럽고 힘든 과정이지만, 결국 우리의 삶은 그것을 '자기의 삶'으로 받아들일 때 행복으로 환치할 수 있다. 문장 또한 나무랄 데가 없다. 서사 전개에 있어서 몇 군데 아쉬운 부분이 있으나 탄탄한 문장이 이를 극복하고 있다.

　이 외에도 서사 구조가 무난한 응모작이 다수 눈에 띄었으나 구성을 받쳐 주는 문장이 흠결 없이 탄탄하지 못해 수상작에 오르지 못하는 아쉬움을 남겼다. 이에 이번 신춘문예 장편소설 부문은 대상 작품만 선정하고 우수작은 따로 선정하지 않았다.

　2024년 현대경제신문 신춘문예에 응모한 분들에게 격려의 박수를 보내며, 당선한 작가에게 축하 말씀을 전한다.